受2019年教育部人文社会科学研究青年基金项目"文化符号学视域下的意大利作家卡尔维诺晶体小说研究"(编号:19YJC752022)资助

卡尔维诺晶体小说的文化符号学研究

A Study of Calvino's Crystal Novels from the Perspective of Cultural Semiotics

潘书文 著

东南大学出版社
SOUTHEAST UNIVERSITY PRESS
·南京·

图书在版编目(CIP)数据

卡尔维诺晶体小说的文化符号学研究 / 潘书文著
. — 南京：东南大学出版社，2021.11
　　ISBN 978-7-5641-9785-8

Ⅰ.①卡… Ⅱ.①潘… Ⅲ.①卡尔维诺(Calvino, Italo 1923—1985)—小说研究　Ⅳ.①I546.074

中国版本图书馆 CIP 数据核字(2021)第 231316 号

责任编辑：李成思　　责任校对：咸玉芳　　封面设计：顾晓阳　　责任印制：周荣虎

卡尔维诺晶体小说的文化符号学研究
Ka'erweinuo Jingti Xiaoshuo De Wenhua Fuhaoxue Yanjiu

著　　者	潘书文
出版发行	东南大学出版社
社　　址	南京市四牌楼 2 号　　邮编：210096　　电话：025-83793330
网　　址	http://www.seupress.com
电子邮箱	press@seupress.com
经　　销	全国各地新华书店
印　　刷	苏州市古得堡数码印刷有限公司
开　　本	700mm×1000mm　1/16
印　　张	12
字　　数	235 千字
版　　次	2021 年 11 月第 1 版
印　　次	2021 年 11 月第 1 次印刷
书　　号	ISBN 978-7-5641-9785-8
定　　价	48.00 元

本社图书若有印装质量问题，请直接与营销部联系，电话：025-83791830。

序

金陵城的十月是一个金色的收获季节，十月的金陵城是一个斑斓的五彩世界。2021年的10月更是如此，在这座六朝古都出现了新中国成立以来最为"火热"的景象。这不仅是指金陵气象史上"最热"的国庆周，也是指在控制新冠疫情以后，国庆长假释放出的人们的"热情"。就在这时，我收到了潘书文博士发来的书稿《卡尔维诺晶体小说的文化符号学研究》，这让本来在东郊家中休息的我"兴奋"了起来。

作为潘书文的硕士和博士研究生导师，这部书稿对我来说其实并不陌生。潘书文博士早在读博期间，就对意大利著名作家卡尔维诺的创作十分感兴趣，从那时起她就致力于此项研究。后来，她又以"文化符号学视域下的意大利作家卡尔维诺晶体小说研究"为题，申请并获得了2019年度教育部人文社会科学研究青年基金项目。本书稿就是该项目研究的最终成果。可以说，这部书稿撰写的全过程，我不仅知晓，而且有时还参与其中。然而，今天当我阅读此书时，依然被书稿打动着，既为本项成果的出彩之处"叫好"，更为潘书文博士的成长感到骄傲。

确实，这部书稿是潘书文博士十多年来努力和成长的结果，是她应该在金秋十月收获的丰硕果实。记得是在2007年夏天，潘书文从北京外国语大学意大利语专业本科毕业并获得文学、法学双学士学位后，来到南京师范大学外国语学院意大利语系任教。当时，我任南师大外国语学院的院长，看到了这位年轻教师的努力和进取，也不断鼓励和支持她。她几乎每过五至十年就上一个台阶：于2011年在职获得欧洲语言文学研究方向的硕士学位并被遴选为教育部第22期驻外后备干部，2013年在意大利罗马大学访学一年，2020年在职获得外国语言学及应用语言学的诗学与文化符号学研究方向的博士学位。

潘书文作为南师大意大利语专业的青年骨干教师，十多年间主讲了"高级意大利语""中级意大利语""基础意大利语""意汉互译""意大利文学史"等课程，曾获得学校2013—2014年度"优秀教师奖"和2020年度"本科优秀教学奖"。她虽然教学任务繁重，但从未间断对卡尔维诺小说创作的研究，而且不断深入，先后在《当代外国文学》《外国文学动态》《中国社会科学报》等刊物上发表论文数篇，丰富了我国的意大利文学研究，尤其是深化了卡尔维诺小说研究。可以说，潘书文博士对卡尔维诺小说创作的研究是非常扎实的，成果是丰硕的，是"金色"的。

同时，《卡尔维诺晶体小说的文化符号学研究》一书的价值又超越了对卡尔维诺小说创作的研究本身。在相当长的一段时期内，我国外国文学研究界往往把还原外国作家及其创作的本来面目作为批评的首要任务。其实，研究者自身的主体性——即文学批评者的研究视角和分析方法——更为重要。任何文学批评都无法企及所谓的"本真"，更无法回避研究主体的作用。文学经典作家创作的意义并非在于反映了什么，那是社会历史学研究的任务。文学批评的任务应该主要在于发掘文学文本的可阐释空间，揭示文学创作文本的意义再生机制。潘书文博士正是从这一维度，改变了以往对文学文本或创作进行主题思想归纳和艺术特色提炼的研究方式，用文化符号学的方法，深入分析了卡尔维诺的小说文本，并把其小说创作概括为"晶体小说"。"晶体"可以随着"光"的照射角度不同而呈现出不同的色彩。因此，潘书文博士笔下的卡尔维诺小说又是一个"斑斓"的、"五彩"的世界。

秋天是"金色"的、"斑斓"的，同时最近又有人称其为"绿色"的。这显然是缘于自然生态环境的改善。然而，在我看来，这种"绿色"又代表着"青春"的色彩，显示出学术之树的常青。每当我们不断收获各种成果时，就会看到青年一代的茁壮成长。我们完全有理由相信，本书只是潘书文博士为金色秋天献上的一份礼物，而这份礼物为我们的学术研究又增添了一抹"绿色"，我们期待着她的更多新成果。秋天的收获是为了下一个春天的播种和耕耘，也正因为如此，学术是常青的，学术人永远年轻！

张杰
2021年国庆于南京东郊巴厘原墅

目 录

绪论 ……………………………………………………………………… 001
　第一节　研究目的、意义与研究方法 ……………………………… 002
　第二节　研究思路、研究内容与创新点 …………………………… 011

第一章　追求无限的艺术大师 ………………………………………… 017
　第一节　新现实主义时期：20世纪40年代 ……………………… 018
　第二节　童话和超现实主义时期：20世纪50—60年代 ………… 024
　第三节　后现代主义时期：20世纪60年代末—80年代 ………… 031

第二章　多元视域下的卡尔维诺研究综述 …………………………… 037
　第一节　意大利视域下的卡尔维诺研究 …………………………… 038
　第二节　英美视域下的卡尔维诺研究 ……………………………… 045
　第三节　中国视域下的卡尔维诺研究 ……………………………… 052

第三章　洛特曼、艾柯文化符号学的理论要旨与晶体小说 ………… 058
　第一节　多元共生：符号圈的对话机制 …………………………… 059
　第二节　结构与解构之间：艺术文本符号圈建构模式 …………… 067
　第三节　符号圈中的时间维度：文化记忆机制 …………………… 075
　第四节　晶体小说的构造及与立体派绘画的联系 ………………… 079
　第五节　晶体小说的美学元素及元素转换 ………………………… 083
　第六节　艾柯的诠释学理论与卡尔维诺创作 ……………………… 091

第四章　《寒冬夜行人》：元小说文本阐释的博弈策略 ……………… 096
　第一节　《寒冬夜行人》概述 ………………………………………… 097
　第二节　"我—你"博弈：作者与读者的交锋 …………………… 100

  第三节 "我—我"博弈：矛盾挣扎与自我构建 …………… 105
  第四节 "我、你、他"调和：走向"多元统一" …………… 107

第五章 《看不见的城市》：无限延拓的"多棱金字塔"模式 111
  第一节 《看不见的城市》概述 …………………………… 112
  第二节 "多棱金字塔"意义的发生器：对话 ……………… 116
  第三节 "多棱金字塔"意义的增殖：符号圈的不匀质性 … 120
  第四节 "多棱金字塔"的内在界限性：界限穿越、时空转换 … 123
  第五节 "多棱金字塔"模式产生的根源：文化记忆再生机制 … 127

第六章 《命运交叉的城堡》：文化记忆机制 ………………… 131
  第一节 《命运交叉的城堡》概述 …………………………… 131
  第二节 原始记忆的保存与传递 ……………………………… 134
  第三节 记忆的重新编码与建构 ……………………………… 138
  第四节 历史文化语境下的文本创作 ………………………… 141

结语 …………………………………………………………………… 145

参考文献 ……………………………………………………………… 151

后记 …………………………………………………………………… 168

附录 1 卡尔维诺主要作品意大利文—英文—中文名录 ………… 170

附录 2 卡尔维诺简略年谱 ………………………………………… 179

绪论

文化符号学的研究范围极其宽广而复杂,它把艺术、文学、历史乃至社会文化现象的各个层面都视为文化符号系统进行研究。文学文本是经过艺术加工的语言文本,显然属于文化符号学的研究范畴。本书从洛特曼、艾柯(Umberto Eco,1932—2016)[①]的文化符号学视角对卡尔维诺的晶体小说进行研究,通过文本细读,挖掘文本的意义再生机制,拓宽文本批评的视野,为解读卡尔维诺的经典文学文本提供方法论意义上的参考。

意大利作家伊塔洛·卡尔维诺(Italo Calvino,1923—1985)是20世纪最具影响力的作家之一,也是近年来国际上被翻译作品最多、最受读者喜爱的意大利作家之一。他一生致力于对小说创作的无限可阐释空间营造的艺术探索,留下了许多脍炙人口的文学作品。他的每一部作品都别具一格、构思缜密、结构精巧、用语精准,不断触碰着读者的幻想极限。在20世纪60—80年代,即其创作的中后期阶段("试验探索阶段"),卡尔维诺的文学视野更加开阔,他淋漓尽致地发挥想象力去探索小说叙事的形式,创作出一部部想象诡谲并且有思想厚度、人文情怀的作品,这一阶段也是卡尔维诺创作生涯的巅峰阶段。意大利符号学家艾柯曾说过:"越是超越现实的后现代主义作品便越真实,因为人们能从中感受到一种陌生化的间离效果。"卡尔维诺的中后期作品正散发着一种独特的"间离"美感,激发人们去探索和思考。在西方,评论家们乐于将他与博尔赫斯、纳博科夫、马尔克斯相提并论。美国当代著名作家约翰·厄普代克(John Updike)称他为"最有魅力的后现代主义大师",给予他高度的评价:"博尔赫斯、马尔克斯和卡尔维诺三人同样为我们做着完美的梦,三人之中,卡尔维诺最温暖而明

---

① 在中国学界,艾柯有多种译名,如翁贝托·艾柯、翁贝托·埃科、翁伯托·艾柯、翁贝尔托·埃科、安伯托·艾柯、安贝托·艾柯、安伯托·埃柯等,本书取"翁贝托·艾柯"这一译名。

亮。"① 中国意大利文学研究领域著名学者吕同六先生也高度赞赏道:"卡尔维诺的小说诡奇独特,厚实的思辨与涌动的抒情冶于一炉,不断驱动读者走进深邃的思想境界与艺术境界,氤氲着特殊的艺术魅力,开拓了小说世界的新天地。"②

卡尔维诺也是一位具有高度理论自觉意识的作家。在文学创作的同时,由于长期从事埃伊纳乌迪(Einaudi)出版社编辑的工作,卡尔维诺接触了形形色色的作家和作品,受他们的启发和影响,他结合自身的写作实践,不断探索小说创作的美学理论,形成了一套独具特色的诗学体系,留下了以《美国讲稿》(*Lezioni Americane*)③、《为什么读经典》(*Perché Leggere i Classici*)、《文学机器》(*Una Pietra Sopra*)为代表的一系列美学专著。卡尔维诺崇尚科学,从不因循守旧,善于从宇宙整体的维度思考人类存在,并将他广博的科学知识融入文学创作之中。他以独特的科学文学观和智性写作,为20世纪的文学创作注入了一股新风,指引着一代又一代的作家们创作。因此,意大利学者卡迪奥利(Alberto Cadioli)称他为"隐藏的文评家"④,他也被称为"作家们的作家"。可惜的是,1985年,当他获得诺贝尔文学奖提名之时,却因脑出血仓促离开了这个世界,与奖项失之交臂。有趣的是,他在生命的最后时刻,在动完手术之时,仍不忘调侃自己。他望着那些塑料导管和静脉注射器,说:"我觉得自己像一盏吊灯。"⑤

第一节 研究目的、意义与研究方法

卡尔维诺的文学地位和艺术魅力是毋庸置疑的,那么,让我们回到研究的原点:为何他的后现代经典著作会引起学界和大众的热议?作品的陌生化效应是如何转化为读者审美的愉悦,从而带来极大的审美价值的?卡尔维诺指向无限的叙事奇观是如何通过"晶体模式"这一复杂的有机统一的文本形式实现的?这些

---

① 译文出自吴潜诚:《在波赫士之东、纳博柯夫之西:介绍卡尔维诺的生平和作品》,http://www.ruanyifeng.com/calvino/2007/10/between_borges_and_nabokov.html,访问日期:2019年6月8日。
② 吕同六:《卡尔维诺独特的小说世界(专家荐书)》,《人民日报》2002年2月26日,第11版。
③ 本书中所有作品的意大利语名仅在作品第一次出现时标注,后面不再标注。
④ Elio Baldi: "Italo Calvino, l'occhio che Scrive. La dinamica dell'immagine autoriale di Calvino nelle critica italiana". *Incontri* 1 (2015): 26.
⑤ 沈萼梅、刘锡荣:《意大利当代文学史》,北京:外语教学与研究出版社,1996年,第344页。

"晶体小说"又是如何赋予读者多层次、多角度的意义阐释空间的?

著名符号学家、塔尔图-莫斯科符号学派的重要代表人物尤里·米哈依洛维奇·洛特曼（Yuri Mikhailovich Lotman, 1922—1993）的研究方法为步入多元的、立体的、无限增殖的卡尔维诺叙事迷宫提供了方法论的指导。长期以来，在学界，对卡尔维诺后现代作品的研究，大多数是在努力探索其创作的主题思想和艺术特色，试图对他的创作给予某种确定性的评价，找出一定的规律。这背后实际是西方文学批评所自觉运用的思维范式即逻辑学范式，其主要特征是通过推理、归纳、演绎，揭示出研究对象的某种确定因素，从而进一步确定研究对象的本质。然而，文学经典往往是无法把握的，因为它们是开放的文本，所蕴含的文化价值是多元的，在每一个时代、每一个历史文化语境中，它们都会迸发出全然不同的意义。正如卡尔维诺本人明确指出的："一部经典作品是一本永不会耗尽它要向读者说的一切东西的书。……经典作品是这样一些书，它们带着先前解释的气息走向我们，背后拖着它们经过文化或多种文化时留下的足迹。"①"经典作品是那些你经常听人家说'我正在重读……'而不是'我正在读'的书。"②

自胡塞尔建立了现象学理论后，西方文论开始运用现象学范式进行批评研究，"这一新的研究思维范式并不过分注重由逻辑推理得出的研究成果，却更注重探讨和感受过程本身，它不努力揭示复杂现象间的共性，而是区分出它们之间的差异、个性"③。洛特曼文化符号学的研究方法正契合了这一思维范式，它把文本看作一个符号系统，从文本的结构出发，从形式分析的"如何说"切入，动态地阐释文本的意义再生机制，不断地发掘文本的可阐释空间，再现文本多元的意义。它从过程本身出发，将文本中各文学要素的"共性"和"个性"有机联结在一起，并探讨了元素的相互转换，从而揭示了人物或事物形象的复杂多义性以及经典文学文本百科全书式的信息承载量。不仅如此，洛特曼的符号学理论还把文学的内部研究与外部研究结合起来，把艺术文本的内容与形式看成一个不可分割的有机整体，他指出："结构的改变将给读者和观众传递另外一种思想，显而易见，从这个意义来说，诗歌中没有纯粹的'形式的元素'，'形式的元素'就是意义元素，艺术文本是复杂构筑的意义，它所有的元素都是意义的元素。"④此

---

① 伊塔洛·卡尔维诺：《为什么读经典》，黄灿然、李桂蜜译，南京：译林出版社，2012年，第4页。
② 同上书，第1页。
③ 张杰、康澄：《结构文艺符号学》，北京：外语教学与研究出版社，2004年，第31页。
④ 同上书，第59页。

外，洛特曼把艺术文本当作一个符号系统，将其置于大文化系统中去考察，用整体化、系统化的研究方法来阐释艺术文本问题。因此，这恰恰可以诠释艺术文本是一个"活的生命体"，它有着无限的生命力，它的意义不仅产生于自身复杂的文本构造，还来自它与外部社会文化语境、作者、读者不间断的对话之中。文化符号学视域下的文本分析是开放的、多元的、动态的，这无疑契合了卡尔维诺创作的初衷，为解读他的经典文本提供了一种全新的视角和理想的途径。

翻开卡尔维诺的后现代文本，我们发现他的写作激情来自对"无限"的追求，这使得他的作品呈现出变幻无穷的叙事奇观和百科全书式的关系网络。德国哲学家卡西尔（Ernst Cassirer）认为："展示事物各个方面的不可穷尽性就是艺术的最大特权之一和最强魅力之一。"[1] 卡尔维诺也认为："文学生存的条件，就是提出宏伟的目标，甚至是超出一切可能不能实现的目标……文学面临的最大挑战便是能否把各种知识与规则网罗到一起，反映外部世界那多样而复杂的面貌。"[2]因此，卡尔维诺把"百科全书式"的创作模式作为他创作的准绳，认为20世纪伟大小说表现的思想应当是开放型的百科全书，小说应当成为认知的工具。这一观点得到了后期包括艾柯在内的众多符号学家、文学家的认可[3]。

在《美国讲稿》的第五编"内容多样"中，卡尔维诺谈到了意大利当代作家卡尔洛·埃米利奥·加达（Carlo Emilio Gadda）创作百科全书式小说的尝试：在加达的作品中，每一个情节、每一个人物甚至每一个最小的物件都被认为是携带意义的元素，这些元素连接成网，每个元素又可以关联其他的元素。于是，小说的主题无限衍生，越来越广，甚至包罗整个宇宙。加达虽然没有完全实现自己的创作理想——这主要是离开了外部条件的客观性，但他对理想的探索十分符合卡尔维诺的哲学主张："客观世界是'系统的系统'，在这个大系统中每个小系统都影响其他系统并受其他系统影响。"[4] 同样，如果把一个文学文本看成一个大系统的话，这个系统由来自文化的成千上万的小系统组成，这些小系统互相交织、互相影响甚至互相冲突，然而又能彼此转换，使得文本呈现出无尽的意义。

---

[1] 恩斯特·卡西尔：《人论》，甘阳译，上海：上海译文出版社，2003年，第184页。
[2] 伊塔洛·卡尔维诺：《美国讲稿》，萧天佑译，南京：译林出版社，2012年，第107页。
[3] 艾柯认为百科全书模式是他提出的"弱思维（Pensiero Debole）"概念的一种体现，它有着开放的结构，几乎无所不包，并且基于"无限释义（Semiosi Illimitata）"的原则。百科全书模式也是一种迷宫模式。详见 Roberto Ludovico. *Le città invisibili di Italo Calvino*: *Le ragioni dello scrittore*. Montreal: McGill Università, 1997: 67 - 68.
[4] 伊塔洛·卡尔维诺：《美国讲稿》，萧天佑译，南京：译林出版社，2012年，第101页。

因此，百科全书式的文本必然是开放的、未完成的。卡尔维诺指出："受我们欢迎的现代书籍，却是由各式各样的相反相成的理解、思维与表达通过相互撞击与融合而产生的。即使全书的结构已经过仔细研究而确定下来，重要的却不是这个结构呈现出来的那个封闭而和谐的图案，而是这个结构产生的离心力，是为了全面客观描述真实而必然带来的语言的多样性。"① 文本中多元共生的意义元素互相作用，使得文本呈现出一种众声喧哗的"狂欢化模式"，文本的结构也在封闭中开放，在无穷的置换中不断向外生成，呈现出一种解构主义模式。秉承这样一种创作原则，卡尔维诺的每一部后现代小说都是过去与将来、内心世界与外部环境、幻想与现实等错综复杂的关系交织在一起形成的网。

除了百科全书式的创作模式，童话思维是卡尔维诺文学创作的另一个重要支撑。多年来对意大利民间童话的搜集汇编工作使卡尔维诺受益匪浅，成为一个极会编织故事、讲述奇迹的作家。他的作品总是蒙着一层轻盈的童话面纱，给人一种浪漫、优雅、睿智、绚丽夺目之感。这也是卡尔维诺区别于同时代其他作家的原因所在。对童话的热衷，也是卡尔维诺浸润在灵魂深处的喜好。在搜集整理完民间故事，承接编撰《意大利童话》(*Fiabe Italiane*) 之前，他说：

> 我深刻地体会到，对我而言这就像从跳板上沉着地跃入大海，一百五十年来，只有那些被这片海洋吸引的人才可跳入其中，这些人并非是喜爱在超乎寻常的浪涛中游泳，而是受到了自身血液的召唤，仿佛是为了拯救一件在海洋深处动荡起伏的东西，如果不去救它，它就消失在海中，再也回不到岸边。②

卡尔维诺用他对童话的热情和执念，肩负起挽救意大利沉淀数千年的集体文化记忆的重任，并将其融入自己的现代性创作之中。

童话思维主要体现在卡尔维诺创作的两个方面：一是主题、结构、语言的轻逸，二是小说中处处充满着幻想之光，不仅视觉形象鲜明，而且文本的叙事结构奇巧。

"轻逸（Leggerezza）"是卡尔维诺在《美国讲稿》中放在首位的美学元素。

---

① 伊塔洛·卡尔维诺：《美国讲稿》，萧天佑译，南京：译林出版社，2012年，第111页。
② 伊塔洛·卡尔维诺：《意大利童话（上）》，文铮等译，南京：译林出版社，2012年，第6页。

面对生活之痛，金兹伯格（Natalia Ginzburg）① 选择让她笔下的人物缄口不言；皮兰德娄（Luigi Pirandello）让主人公们戴上面具，自欺欺人地生活在永久的假面之中；卡尔维诺则通过美学主义，为艺术找到第二条出路："反对资产阶级进步中可怕的窠臼，创造出一种居于时空以外的美的宗教。"②这种美的宗教可以理解为以一种轻逸的、童话般有趣的方式看待这个世界。他说："我们要在无尽的绝望中尽可能地活得快乐。如果世界仍是如此荒谬，那么我们唯一能做的，就是给这种荒谬加上一种格调。"③用美国后现代主义小说家约翰·巴思（John Barth）的话说，"这是个不含泪水的博尔赫斯，或者说是个富有活力的博尔赫斯"④。卡尔维诺善于用幽默风趣的方式，举重若轻地探讨现实本质，他的小说中也从来不乏调侃、反讽与戏仿。"在童话中，神奇色彩一直占据着统治地位，它凌驾于道德意图之上。"⑤童话的说教往往是含蓄的，它往往以轻松幽默、奇幻的故事内容，来探讨一些现实生活中诸如生存之痛这一类的严肃话题。卡尔维诺的创作同样如此，从《分成两半的子爵》（*Il Visconte Dimezzato*）、《树上的男爵》（*Il Barone Rampante*）、《不存在的骑士》（*Il Cavaliere Inesistente*）等超现实主义小说，到《看不见的城市》（*Le Città Invisibili*）等后现代派小说，他塑造了一个个轻逸的、梦幻般的寓言式场景和人物形象，体现了他对当代人类生存状况的思考和对人类生存处境的担忧。

小说结构的"轻逸"，指的是卡尔维诺推崇用文笔敏捷和简练的短篇小说代替冗繁的长篇小说，这也是他偏爱博尔赫斯的原因，因为各种可能所构成的网，都被博尔赫斯压缩到只有几页的故事里。这种"长文短写"，也被卡尔维诺认为是在如今快节奏的现代生活中长篇小说应该遵循的规则，"今天的长篇，其结构是累积式的、模数式的、组合式的"⑥。卡尔维诺的后现代作品如《寒冬夜行人》（*Se una Notte d'inverno un Viaggiatore*）⑦、《看不见的城市》、《命运交叉的城

---

① 娜塔丽亚·金兹伯格（Natalia Ginzburg, 1916—1991），意大利当代著名女作家，著有《家庭絮语》（*Lessico Famigliare*）等作品。
② 伊塔洛·卡尔维诺：《文学机器》，魏怡译，南京：译林出版社，2018年，第132页。
③ 伊塔洛·卡尔维诺：《文字世界和非文字世界》，王建全译，南京：译林出版社，2018年，第95页。
④ 约翰·巴思："平行性！"：卡尔维诺与博尔赫斯》，Alphaomega译，http://www.ruanyifeng.com/calvino/2007/10/the_porrallels.html，访问日期：2019年3月12日。
⑤ 伊塔洛·卡尔维诺：《意大利童话（上）》，文铮等译，南京：译林出版社，2012年，第40页。
⑥ 伊塔洛·卡尔维诺：《美国讲稿》，萧天佑译，南京：译林出版社，2012年，第115页。
⑦ 该小说又被译为《如果在冬夜，一个旅人》，本书均采用《寒冬夜行人》这一译名。

堡》（*Il Castello dei Destini Incrociati*）就是"长文短写"的典范。它们都采用了"框架故事"加若干个"内嵌故事"的组合式的叙事模式，"对小说可能呈现的多样性进行取样……这些小故事的结构使我能够把思维与表达上的浓缩与客观存在的无限可能性联系起来"①。这些小说也被卡尔维诺称为"超级小说"，它们呈现出百科全书式的模式，以小见大，以浓缩的篇幅，映射出外部世界纷繁复杂的面貌。

语言的"轻逸"则指的是笔触的轻逸、灵巧、精确、果断。卡尔维诺致力于减轻词语的重量，这样，意义附着在没有重量的词语上，也会变得像词语一样轻微。《看不见的城市》中可汗和马可·波罗长时间静默的对话或许就是为语言减负的尝试。约翰·巴思全面总结道："卡尔维诺在写作风格上清楚直接，全无矫揉造作或花巧虚饰，然而一丝不苟，细致入微……如水晶般澄明，冷静，轻盈，绝无滞塞之处。"② 卡尔维诺认为文学语言需要精确，如水晶般澄净。然而，精确最终展示的是一种朦胧的美感，它延长了读者审美的愉悦感，达到了"陌生化效应"。对此，法国青年作家蕾拉③也有着同样的感受，她认为，如果想要给读者传递一个含糊的信息，令他们如坐针毡，希望他们受到冲击，那就反而要运用最精准的语言。

卡尔维诺的小说就像绵密的泡沫一般，既轻盈又有丰富的内涵。除了"轻逸"，童话思维的另一种体现为小说中处处充满着幻想色彩，并且它与现实交织着，形成了一幅幅独特的社会风俗画卷。这也是受到编撰《意大利童话》的启发。卡尔维诺惊叹于意大利民间童话的深处是那样丰富、清晰和变幻莫测，现实与幻想交织在一起，并且处于无穷的变化和无尽的重复之中，像铺开一张硕大的蛛网。受此影响，在《美国讲稿》的"形象鲜明"这一章中，他谈到构思一篇故事时，首先映入头脑的是一个形象、一个富有象征意义的画面，当这个形象在他头脑中变得足够清晰时，他便着手把它发展成一篇故事。然后，形象周围又产生新的形象，像蛛网般越织越大，他的意识便开始起作用，试图把这些形象编织成错综复杂的故事，通过某种结构得以展开。可以说，是幻想创造了文字，而文字又将故事的幻想引向无限。卡尔维诺认为："幻想是一部电子计算机，它存储了

---

① 伊塔洛·卡尔维诺：《美国讲稿》，萧天佑译，南京：译林出版社，2012年，第115页。
② 约翰·巴思：《"平行性!"：卡尔维诺与博尔赫斯》，Alphaomega 译。
③ 蕾拉·斯利玛尼（Leila Slimani），被称为"征服了整个法国"的80后女作家，2016年凭借《温柔之歌》获得了法语文坛最高奖——龚古尔奖。

各种可能的组合，能够选出最恰当的组合，或者选出最有意思、最令人高兴、最令人快乐的组合。"① 文学恰恰就是依照幻想，"按照自身材料所包含的可能性进行的组合游戏"②。卡尔维诺在他的后现代作品中，运用了复制、拼贴等多种组合形式，促成了小说意义的无限增殖。从《命运交叉的城堡》中的各种塔罗牌意象③，到《看不见的城市》中的各种城市意象，再到《寒冬夜行人》中形形色色的小说类型，每部小说都以一种独特的组合方式，将这些意象编织在一起，这些组合方式就是小说鲜明的结构模式，是幻想的产物。

综上所述，如果用一些关键词来总结童话思维的话，它们便是：短篇、轻逸、重复、节奏分明、讽刺幽默、形象鲜明、元素组合、变幻莫测、意义多元。

百科全书式的创作模式和童话模式是卡尔维诺文学创作所追求的美学准则，它们实际上相融又互补。"晶体模式"则是卡尔维诺提出的和这两大准则相对应的完美的叙事模式。"晶体小说"④像是在文字平面上架构起了立体的、透视的并四处折射的流光溢彩的空间。首先，从质地来看，晶体的清澈和通透代表了小说语言的澄净、细腻和精确。其次，从形式来看，"它既能充分展现丰富性、复杂性、多义性，折射出创作主体深邃的思考和独特的艺术想象，同时又能将这种审美文化上的'繁复性'有效地控制在特定的简洁有序的时空维度之中"⑤。

在《美国讲稿》的第三章"精确"中，卡尔维诺首次谈到了"晶体（Cristallo）"的概念，并承认自己是个晶体派作家。由于用科学的思维方式进行创作，他十分偏爱那些几何图形、对称、排列组合与比例，认为世界各国的文学在马拉美⑥之后都追求一种"宇宙模式"的几何图案，在这种图案内部，存在着一些有

---

① 伊塔洛·卡尔维诺：《美国讲稿》，萧天佑译，南京：译林出版社，2012年，第89页。
② 伊塔洛·卡尔维诺：《文学机器》，魏怡译，南京：译林出版社，2018年，第275页。
③ 塔罗牌，由"TAROT"一词音译而来，是西方古老的占卜工具，中世纪起流行于欧洲。主要分为文艺复兴时期的里奇牌和18世纪之后流行的马赛牌两种。现在国际上通行版本总共有78张，包括22张王牌又称为大阿尔卡纳，和56张4种花色的小阿尔卡纳。纸牌上的意象有很深的宗教历史渊源及象征意义。
④ "晶体小说"的概念并不是卡尔维诺第一个提出的。早在20世纪60年代，爱尔兰小说家艾丽丝·默多克（Iris Murdoch）就将当代小说分为"晶体型小说"（The Crystalline Novel）和"新闻型小说"（The Journalistic Novel）两类。然而，她把"晶体型小说"视为缺乏鲜明人物个性的小说退化的产物，这显然与卡尔维诺的"晶体小说"的概念不同。对于卡尔维诺的晶体小说的阐释，详见本书第三章第四节、第五节。
⑤ 杨黎红：《论卡尔维诺小说诗学》，山东师范大学博士学位论文，2008年。
⑥ 斯特芳·马拉美（Stéphane Mallarmé，1842—1898），法国象征主义诗人和散文家，代表作品有《牧神的午后》《希罗狄亚德》等。

序的区域，"文学创作即是这些区域之一，在其内部生命呈现出某种形式，具有某种不固定、不明确的意义。这个意义不像僵化的岩石，而是一个有生命的机体"[1]。因此，作为意义生成器的文本，它是运动的、发展的，具有自主进化机能。"晶体的产生和生长与简单生物体的产生和生长极其相似，它就是生物与矿物之间的一座桥梁。"[2] 晶体不断向外生长，显然十分符合卡尔维诺对文本的形式要求。"晶体具有精确的晶面和折射光线的能力，是完美的模式，我一直认为它是一种象征。"[3] 卡尔维诺把那些表面结构稳定而规则、给人带来宁静感和秩序感，同时又具备复杂的"自我编制系统"的小说都纳入"晶体小说"这面旗帜之下。"晶体小说"结合了结构主义与解构主义的精髓，以有限的形式显示出无限的、开放的世界，总是给人带来一种视觉上的魅力。

洛特曼与卡尔维诺是同一时代的人，洛特曼的结构文艺符号学产生于20世纪60至70年代，卡尔维诺的后现代主义作品也大多产生于这一时期，而这一时期恰恰是西方文艺理论界由结构主义转向解构主义的历史转折期。无论是洛特曼的符号学理论，还是卡尔维诺的文学作品和文学理论，都刻有结构主义与解构主义的烙印。他们的思维方式和理念深深契合，都倡导有限度地开放文本，在解构中有所建构，都坚持对意义的追问。因此，用洛特曼的符号学方法更能发掘卡尔维诺文本的独特性。洛特曼把艺术文本作为建立在自然语言基础之上的"第二模拟系统"，从整体系统中来发掘文本的意义再生机制。它是一种既注重文本的内部智能机制，又注重文本的外部历史文化语境的理论体系。

洛特曼十分重视艺术文本的系统性，明确指出："系统大于个体相加的总和，如若没有系统，个体就无法存在，或失去存在的意义。"[4] 在分析艺术文本的结构时，他认为文本是一个层级结构系统，"每一个层次都可以有意义，每个层次上所有的要素都含有变量，这些变量都可以包含意义……可以说，在艺术文本的大系统中存在着无数的子系统，它们都对作品的意义发生作用"[5]。因此，文学文本越精密、越复杂，传递的信息就越多，可被阐释的空间就越大。卡尔维诺的"晶体小说"便是一个复杂的文本系统。从共时性角度来看，每一个晶面都是一

---

[1] 伊塔洛·卡尔维诺：《美国讲稿》，萧天佑译，南京：译林出版社，2012年，第68页。
[2] 同上书，第69页。
[3] 同上书，第69页。
[4] 张杰、康澄：《结构文艺符号学》，北京：外语教学与研究出版社，2004年，第156页。
[5] 同上书，第72页。

个内涵丰富的子系统，它们相互对话，相互影响，有时彼此穿越界限，彼此转换、交融，在文本这个大系统中处于动态平衡的状态；从历时性角度来看，整个文本又作为一个子系统，在大的文化符号圈中与其他文本、文化相互作用。它保存了历史积淀的文化记忆，在进入新的文化语境之后，所携带的原文化符号意义发生了根本性的变化，这便构成了文化符号圈内的记忆再生机制。文本的意义在一次次对话中不断向外衍生，就像晶体不断向外延拓，呈现出一种开放的、未完成的格局，折射出无所不包的百科全书式的内容。

在"晶体小说"的创作过程中，卡尔维诺将百科全书式的内容和无穷无尽的关系网编织进了小说中。对于作家来说，"增加选择的可能性是建构艺术文本的法则"[①]。作家往往在遣词造句、结构建构方面面临艰难的选择，有些选择是被迫的，有些选择是刻意展现给读者的，每一种选择都是一种意义的解读。文本在不停地编织，被加工出来。对于读者来说，他们是携带着不同的文化语境、不同的文化记忆的主体，他们对文本进行解码并重构。因此，作者与读者成为既对立又统一的两个主体，他们是平等的。他们相互对话、彼此塑造，共同推动意义的无限增殖。洛特曼认为，作者、文本、读者"三位一体"，三者形成有机的整体系统，任何一方都不具备垄断的绝对权威，他们之间是多元平等、和谐共生的关系。在这一点上，洛特曼继承了巴赫金建立在自由、平等基础上的对话主义，卡尔维诺的创作也恰恰体现了这种对话性。

关于作者、文本、读者之间多层次的对话，意大利著名符号学家翁贝托·艾柯通过他的文本诠释理论，给予了更为细致全面的论述。他的文本诠释理论是依托符号学的框架构建起来的，所涉及的主要著作有《开放的作品》（*Opera Aperta*）、《读者的角色》（*Lector in Fabula*）、《诠释与过度诠释》（*Interpretazione e Sovrainterpretazione*）、《悠游小说林》（*Sei Passeggiate nei Boschi Narrativi*）。卡尔维诺的文学创作理念和艾柯的诠释学理论也是深深契合的，他们是精神上的挚友。按艾柯自己的说法，"卡尔维诺是他领斯托里加奖（Strega Prize）时的伴护人"[②]。

艾柯在《开放的作品》中提出了"开放的文本"观，认为开放的文本是小径分岔的花园，读者可以在任何时候做出自由的决定。他充分肯定了读者的能动作

---

① 张海燕：《文化符号诗学引论：洛特曼文艺理论研究》，北京：人民出版社，2014年，第134页。
② 约翰·巴思：《"平行性!"：卡尔维诺与博尔赫斯》，Alphaomega译。

用，读者成为一部作品意义生成的至关重要的因素。但是，这并不意味着读者可以断章取义地自由阐释文本——他们只能基于文本自身连贯性和整体性进行合理的阐释。"我们需要区分自由使用文本和阐释开放的文本。"① 为此，艾柯的诠释学理论认为：诠释活动并不是漫无目的的"无限释义"，而是基于"文本意图"的合理诠释，因此必须为诠释设限，避免"过度诠释"。在《读者的角色》中，艾柯提到了"经验作者—经验读者""模范作者—模范读者"这两组概念，并更细致地阐释了这些主体围绕"文本意图"的关系。他认为："一部作品的完整意义的产生，取决于原作品、作者和读者三方面的共同建构，任何强调其中的某一方面而忽视另一方或另两方的尝试都有可能导致'误读'和意义的混乱。"②

可以说，卡尔维诺对文本的精心设计与艾柯的文本诠释理论不谋而合。小说《寒冬夜行人》与艾柯的《读者的角色》同一年（1979年）出版。而在紧随其后的一年（1980年），卡尔维诺的文艺理论著作《文学机器》出版。在《寒冬夜行人》中，存在着多个"我"，"我"叠合了经验作者、叙事者、主人公等多重身份。在《文学机器》中《文学中现实的层次》一文中，卡尔维诺总结道："在所有这些作家的作品当中，都可以从进行写作的主体'我'身上分辨出一个或多个层次的个人主观现实。"③ 他举例说明："我写荷马讲尤利西斯说：我倾听了美人鱼的歌唱。"④ 这里的"我""荷马""尤利西斯"分别是不同层次的叙述主体，艾柯赋予了他们专门的名称——"经验作者""模范作者"等等。可以说，《文学机器》的一部分是对《寒冬夜行人》创作理念的总结。十几年后，艾柯在哈佛诺顿讲座的开篇表达了对卡尔维诺的致敬，因为是卡尔维诺将鲜活的小说创作与诠释学理论相结合，探索了科学研究与艺术审美相融合的一条新路径。

第二节 研究思路、研究内容与创新点

本书将从"动态的意义生成过程"的研究理念出发，以洛特曼的文化符号学

---

① Umberto Eco. *Lector in fabula*. Milano：Tascabili Bompiani，2010：59.
② 王宁：《艾科的写作与批评的阐释》，《南方文坛》2007年第6期。
③ 伊塔洛·卡尔维诺：《文学机器》，魏怡译，南京：译林出版社，2018年，第486页。
④ 同上书，第486页。

理论为主要研究方法，兼顾艾柯的文本诠释学理论，努力探索卡尔维诺晶体小说的内在艺术构造，发掘其文本的意义再生机制，从而为文学批评解读经典文本提供值得借鉴的途径。本书选取的研究文本为卡尔维诺文学创作成熟期最具代表性的三部小说：《寒冬夜行人》《看不见的城市》《命运交叉的城堡》。它们深受结构主义、后结构主义的影响，标志着卡尔维诺小说创作的符号学转型，也是最能体现小说的"晶体模式"的典型文本。无论从内容还是形式来看，它们都是卡尔维诺一生孜孜不倦的文学实验的巅峰之作。这三部小说的每一部都试图重新发掘一种内在逻辑结构，正如卡尔维诺所说："我与一个哲学家截然不同，我只是一个遵循故事内在逻辑的作家。"它们从洛特曼符号学理论的三个方面，展现了三种独特的意义再生机制。需要指出的是，这三个方面并不是孤立存在的，而是互相交叉、各有侧重。本书的结构安排，便是基于这三个方面。首先在理论环节，按照它们的内在逻辑对理论进行梳理和总结。其次，采用文本细读的方法，基于上述的这些小说，分为三个层次，具体阐释这三种独特的意义再生机制[①]。

第一层次：对话机制研究。洛特曼指出："文本作为意义的发生器是一种思维机制。要使这个机制发生作用，需要一个谈话者。"[②]也就是说，从文本意义的发生器来看，对话是意义发生的关键。在这三个文本之中，对话都在源源不断地产生，既有人物间的对话，也有文化元素的对话。而《寒冬夜行人》通过独特的"博弈对话"，成为三个文本中最能体现"对话性"的代表作。为此，本书通过文本细读，试图将洛特曼所说的"我—他"及"我—我"对话机制从文本中挖掘出来，同时结合艾柯所定义的不同层面的作者和读者身份，将不同时空下作者创作与读者阅读的时间轴视为重叠，分析时间轴上作者权威和读者权威此消彼长、互相博弈的运作规律，以及他们与自身博弈的复杂过程。博弈的力量作用于文本，成为文本意义不断生成的驱动力。

第二层次：文本符号圈模式研究。对话构成了文本意义发生的关键，而文本作为意义的发生器又是通过各种动态的模式实现的。从洛特曼文化符号学的视角来看，我们把《命运交叉的城堡》中的各类塔罗牌元素、《看不见的城市》中的各类城市元素、《寒冬夜行人》中的各类小说元素视为各类不匀质的子结构，它

[①] 本书的理论框架也是基于研究思路中的这三个层次，即洛特曼理论的三个方面——"对话机制""结构主义与解构主义结合的文本符号圈模式""文化记忆机制"，并融合了艾柯的文本诠释理论。

[②] 转引自康澄：《文化及其生存与发展的空间：洛特曼文化符号学理论研究》，南京：河海大学出版社，2006年，第114页。

们并存于文本符号圈中，依据一定的方式组合在一起，并且始终处于动态的联系之中。因此，在"晶体模式"的基础上，每一个文本均有其独特的文本符号圈模式，以此来揭示意义的增殖过程。《看不见的城市》通过独特的"多棱金字塔"模式，成为三部小说中最具迷宫特色、视觉魅力，并最能体现卡尔维诺的科学文学观的代表作。

第三层次：文化记忆机制研究。如果说第一、二层次都是从共时性角度来探讨文本的意义生成机制的话，第三层次则是从历时性角度，通过符号圈的文化记忆机制来揭示意义的生成过程。文本如同文化，具有记忆功能，一方面，它有保存自己过去语境的能力，携带着历史积淀的记忆信息；另一方面，"由于符号会进入某种现代语境中，这种信息将因此被'催醒'，这不可避免地会使原文化符号意义发生变化"[①]。所以，文本新信息的产生存在于过去与现在的碰撞和对话之中，这便构成了文化符号圈内复杂的记忆再生机制。在三部小说中，我们均能清晰地体验到时间感，能感受到在与历史，与置于其中的叙述、经典文本、人物等的交流与对话。《命运交叉的城堡》是三部曲中最能体现"历史感"的一部小说。文本中充满了各种塔罗牌意象，其中的一些意象带有历史积淀的意义，成为象征，也是文本意义生成的至关重要的元素。此外，塔罗牌的多种组合方式代表了多声部的复调，它们与一些经典文本互文，也成为文化记忆机制运行的方式。

基于以上思路，本书围绕"博弈对话""模式构建""文化记忆"三个研究关键词，从洛特曼文化符号学的视角出发，对卡尔维诺的三部代表性的"晶体小说"进行深入细致的研究。拟回答如下三个研究问题：第一，在《寒冬夜行人》中，作者、文本、读者三者之间是如何对话的？第二，在《看不见的城市》中，文本意义的无限增殖是如何通过处于结构与解构之间的文本模式实现的？第三，在《命运交叉的城堡》中，各种不同的文化记忆是如何融入文本之中，促成意义的无限增殖的？

本书具体的章节安排如下：

第一章：追求无限的艺术大师。从卡尔维诺的出生背景、生活的社会背景、文化环境谈起，深入剖析这些外在因素对其创作生涯的影响。分析作家创作的三个阶段的形成、每一个阶段作品的特质、创作转型的原因，为后文具体阐释中后

---

① 康澄：《文化及其生存与发展的空间：洛特曼文化符号学理论研究》，南京：河海大学出版社，2006年，第85页。

期的晶体小说、美学观念提供铺垫。

第二章：多元视域下的卡尔维诺研究综述。力求从意大利视域、英美视域和中国视域这三个维度，完整全面地梳理国内外学界对卡尔维诺文本的多元研究，并做到述中有评，以此阐明本书研究的创新之处。

第三章是理论归纳和梳理，围绕本书所运用的主要研究方法——洛特曼的文化符号学理论，并兼顾艾柯的文本诠释学理论，分六层对它们的理论要旨进行论述，深入剖析卡尔维诺提出的美学元素。并通过比较，阐释洛特曼文化符号学理论与"晶体小说"的内在联系。第一，阐明多元共生的符号圈的对话机制，揭示文本或文化在结构上的不匀质性和多语性，进而构成意义的生成机制。文本中既有人物间的对话，也有各文化元素的对话，既有"我—他"对话，也有"我—我"对话。作者、读者、文本通过对话，形成有机的整体系统。第二，揭示艺术文本符号的建构模式介于结构与解构之间。艺术文本具有空间模拟机制，艺术结构仍然是艺术文本的第一要素，然而，其有限的空间具有无限的延展性。由于符号圈的不匀质性、不对称性和界限性，文本结构不断向外延拓。晶体模式便是一种文本符号圈模式和空间模拟机制。第三，从文化空间的时间维度用文化记忆机制来考察符号圈与文化时间的内在联系。第四，分析"晶体小说"的构造，并联系立体派绘画，指出它们之间的共性。第五，通过大量例证解析"晶体小说"的美学元素，指出在它的内部始终存在着二元对立、二元互补、二元融合的关系。第六，阐明艾柯的文本诠释学理论与卡尔维诺文学创作的紧密关系，重点从各层次的作者、文本与读者的互动以及为阐释设限的角度加以论述。

第四章是从博弈对话的角度，分析《寒冬夜行人》中作者与读者以及他们与自身的博弈关系，而此关系是艾柯认为的一种文本策略。外层博弈是作者与读者间的"我—你"博弈，他们彼此塑造，共同推动意义的无限增殖。在博弈的过程中，读者一方面在作者的指引下破解文本迷局，另一方面又积极地参与意义的建构，实现了与作者、文本的有机融合，这也是文本意图的体现。作者的"我—我"博弈处于博弈的内层，它使得文本中各种相反相成的观点交织在一起，这恰恰又是引导读者参与自我博弈的一种策略。在博弈的过程中，自我得以重塑，世界得以重构，文本的意义得以重现。

第五章是从模式构建的角度，阐述《看不见的城市》的"多棱金字塔"模式，并通过三维立体图，动态地展示该模式无限延拓（即文本意义不断生成）的过程。文本作为意义的发生器，它的意义产生于其内部多层次的、多角度的对话。这一对话形成的空间结构，是由独特的"多棱金字塔"模式实现的，并且使得对话所构建的动态的文本符号圈无限延拓。在该模式下，存在着一个复杂的界限网，各子系统的界限穿越、时空转换十分活跃，完成了"边缘"向"中心"汇聚的界限穿越过程。从根源上来看，该模式的形成又是受到社会文化深刻影响的，留有历史的烙印和文化的记忆。

第六章是从文化记忆的角度，揭示《命运交叉的城堡》中复杂的文化记忆机制。"文化符号系统具有多级性和复杂性，均是一种记忆进入带有其他记忆容量的子符号系统的表征。"① 基于此，该章试图分析该文本系统中多个层级的记忆机制，既有塔罗牌意象中的一些象征符号，也有历史经典文本，还有时代的文化语境和作者的个人经历等记忆元素。这些记忆符号都进入文本符号圈中，它们相互碰撞和对话，实现了文化记忆的保存、传递、创造功能，使文本不断产生出新的意义。

本书的创新之处在于：

第一，以洛特曼的文化符号学理论为主要研究方法，系统性地研究卡尔维诺的"晶体小说"。洛特曼文化符号学的研究方法是一种动态的文本解读法，它强调深入文本的内核，不断地发掘文本内部各子系统以及文本与文化符号圈内各系统的多重互动，从而挖掘出文本的意义再生机制。它更契合卡尔维诺晶体小说创作的初衷，同时为文学批评解读经典文本提供了方法论意义上的参考。卡尔维诺后期创作的《命运交叉的城堡》《看不见的城市》《寒冬夜行人》也标志着他创作的符号学转型。然而，中外学界运用符号学理论，系统完整地分析卡尔维诺晶体小说的研究较为薄弱，研究格局多是呈碎片状，更鲜有用洛特曼的文化符号学理论研究"晶体小说"的文献。基于此，本书的主要目标是以卡尔维诺的上述三部小说为基础，紧贴文本，从洛特曼文化符号学的视角对其进行整体把握和综合性分析，进而完整地阐释卡尔维诺小说文本意义的再生机制。

第二，以卡尔维诺晶体小说为实证基础，结合艾柯的诠释学理论，在洛特曼的对话理论基础上继续前进：本书指出作者与读者之间的对话并非完全平等，而是一种以文本为介质的博弈共生关系，目的都是实现文本意图。作者通过博弈的方式，引导读者参与意义的建构，帮助读者找寻走出迷宫的最佳态度，文本意义也不断增殖。为此，本书以《寒冬夜行人》为例，力图精准地剖析经验作者、经

---

① 康澄：《文化记忆的符号学阐释》，《国外文学》2018年第4期。

验读者、模范作者、模范读者之间不同层次的博弈对话过程，阐明动态的意义生成过程。

第三，鉴于卡尔维诺的科学文学观，在"晶体模式"的基础上进行模式创新。"晶体模式"是卡尔维诺对他小说创作模式的概括，本书以《看不见的城市》为例，力图通过文本细读，在该模式的基础上，发掘一种能够更为精确反映文本符号圈的运作机制的空间模式——无限延拓的"多棱金字塔"模式，从而更直观地展现文本的意义再生机制。

"晶体小说"拥有稳定有序的结构，但其不断自我复制的过程又具有开放性、未完成性和不确定性，它是一个无限生长的生命体，这也正是卡尔维诺将结构主义（系统的完整性）和后结构主义（系统的发散性和不确定性）相结合的文学产物。正是基于对当今世界多元、无序、破碎的理解，卡尔维诺试图用文本的开放、动态、多元来打破静止的、单一的、封闭的创作原则。卡尔维诺主张冲破作者权威，赋予读者解读文本的充分自由。同时，他认为，对文本的开放性阅读必须从文本本身出发，受文本的约束。因此，文本意义的生成是作者与读者、作者与文本、读者与文本不间断对话的产物，三要素缺一不可。此外，文本意义的生成还与它所携带的历史文化记忆息息相关。显而易见，"晶体小说"的标签便是"结构完整、意义多元、自我解构、自我复制"，这正符合了洛特曼文化符号学所倡导的系统的完整性、动态性，符号的多义性、互文性，意义生成所依赖的历史文化语境等理念。总之，用洛特曼的符号学理论来分析"晶体小说"的意义生成过程，更能把它的独特性和审美感挖掘出来，充分拓展了它的可阐释空间。反之，卡尔维诺通过"晶体小说"的创作来阐释后现代语境下的符号学理论，用艺术去评价艺术，既带给了读者审美的愉悦，又增强了理论的审美性，探索了理论研究与艺术审美相融合的一条新路径。

第一章
追求无限的艺术大师

卡尔维诺的艺术风格是多元的，其文学创作分为三个阶段：第一阶段：新现实主义阶段。20世纪40年代，年轻的卡尔维诺踏上了文学之路。受时代格局和环境的影响，他起初的创作风格是新现实主义。处女作《通向蜘蛛巢的小径》(*Il sentiero dei nidi di ragno*，1947年）是他为数不多的新现实主义作品的代表。小说出版后，深受意大利民众的喜爱，卡尔维诺也一举成名，跻身意大利最受欢迎的小说家之列。

第二阶段：20世纪50—60年代，童话和超现实主义阶段。尽管卡尔维诺已经通过新现实主义小说成为意大利知名的作家，他却没有止步于此。在尝试过写别的新现实主义小说后，他认为自己没有写出好的作品，也不应该再停留在新现实主义的创作道路上。从50年代初开始，他转而投入幻想和寓言作品的创作之中，找到了走出困境的推动力——这或许是受到了意大利各地的民间童话的启发。50年代初期，卡尔维诺开始在意大利各地搜集民间故事，并汇编成册，于1956年出版了《意大利童话》。该故事集囊括了近200篇意大利各地的民间童话。无论是成人，还是孩童，都十分喜爱这本童话故事集。其中的有些故事还被插画师绘成了少儿绘本，如今依旧十分畅销。与童话的亲密接触对卡尔维诺中后期文学创作的转型产生了深远的影响。无论是小说的形式还是内容，都受童话模式的影响。这一时期，以《我们的祖先》(*I nostri antenati*)三部曲、《短篇小说集》(*I racconti*)为代表的超现实主义、寓言式小说相继问世。《短篇小说集》中还收录了他的另一部短篇小说集《马可瓦尔多》(*Marcovaldo*)的10篇故事。在《短篇小说集》出版之后，《马可瓦尔多》也于1963年独立出版。它是卡尔维诺创作生涯中一部承前启后的作品，标志着他的文学创作达到了新的高度。

第三阶段：20世纪60年代末—80年代，后现代主义阶段。这一阶段是卡尔维诺小说创作的黄金时期、巅峰阶段，也是符号学转型阶段，具有浓郁的后现代色彩。60年代中期至80年代，在巴黎隐居期间，受当时风靡欧洲学术圈的结构主义、后结构主义思想的影响，卡尔维诺的文学创作开始进入实验性文本创作阶段。《命运交叉的城堡》《看不见的城市》《寒冬夜行人》相继问世，它们是卡尔维诺创作转型后最具代表性的符号学小说。如果说创作初期，童话和寓言那闪烁模糊的光初次照耀进卡尔维诺的文学世界，创作中期的他已经"一只脚跨进幻想世界，另一只脚留在客观现实之中"，那么转型后的他已然超越了客观现实，像是身处在飘游于大地之上的热气球中，远距离观察大地的"异乡人"。然而，这一阶段的创作并没有脱离现实，而是通过虚幻的人物和意象映射现实——一个支离破碎的世界。读者似乎在这些人物和意象中看到了自己生活的模样，却又不完全是自己的生活。小说里还增添了许多奇思妙想，妙趣横生。

第一节 新现实主义时期：20世纪40年代

意大利民族似乎天生具备讲述故事的天赋，从古罗马时期的宏伟史诗《埃涅阿斯纪》，到中世纪晚期的《神曲》，文艺复兴时期的《十日谈》《疯狂的罗兰》《被解放的耶路撒冷》，再到流传于民间的用各地方言创作的神话、怪诞故事集，这些作品无不体现了在千年文明滋养下的民族的智慧和丰富的想象力。作家们用一种神奇的、充满诗意的语言将众多真实的历史事件、超现实的甚至有些荒谬的魔幻情节、凄婉的爱情故事编织在一起，向我们娓娓道来。读者似乎立刻就被拽入了故事的幻境之中，不可自拔。二战后的意大利，百废待兴，人民的生活穷困潦倒，身处困境中的人们由于在战争中被禁言过久，他们感受到了沟通的迫切性，每个人都有自己的故事，每个人都急于把那比戏剧更荒谬、更精彩的生活讲述出来。作家们也在这样的背景下开始写作，于是，新现实主义文学爆发。

"'新现实主义'并非十九世纪地方'写实主义'的简单翻版。作品所关注的并不是地方风情本身，而是这整个世界……语言、风格和节奏对我们、对我们的现实主义是极其重要的。我们为自己画出一条线，每一个人都是以自己的地方语言和自己的风景为写作基础。"① 相较于19世纪真实主义作家们那种刻板的创作理念和严格遵循的道德规范,新现实主义作家的创作个性得到了极大的释放。经过战争的摧残,他们迫切希望把家乡发生的真实的事情、耳闻目睹的悲惨的社会现状叙述出来。与此同时,家乡的自然景物也作为叙事的一种辅助元素,融入人物的故事中,渲染出一种十分真切的气氛。新现实主义是一种纪实文学,展现出作家内心深处隐秘的孤寂、痛苦、忧郁。作家笔下的那些人物通常是出身卑微的小人物,他们在这个世界上苟延残喘,痛苦地生存着,从某种程度上也折射出作家个人生活的影子,是作家精神状态的真实写照。新现实主义具有鲜明的政治倾向,它敢于正视现实,为贫穷的人民呐喊、发声。莫拉维亚的短篇故事集《罗马故事》、莱维的小说《基督不到的地方》、德西卡的电影《偷自行车的人》都是新现实主义的经典之作,体现出浓郁的地域特色,还原了历史与现实的真面貌,并折射出艺术家鲜明的创作风格。

与其他作家相比,卡尔维诺更是讲述故事的能手。因为,传统的新现实主义集中体现的是苦难、反法西斯主义、对社会不公的谴责等政治主题,然而,卡尔维诺的新现实主义作品传递的则是一种温情、美好、一丝俏皮的灵动感、一股原始的生命力,像是黑暗历史中的一道微弱之光。他认为,年轻人是战争遗产的"专有保管者","我们要保管的是一种信念,相信生命总能从零再生,还有我们经历折磨和失败的能力。但是,我们的重心是勇敢的快乐。许多东西从这样的氛围中滋生,包括我最初的短篇小说和第一部长篇小说的基调"②。

他的第一部长篇小说,也是新现实主义的代表作品《通向蜘蛛巢的小径》,被温暖的积极力量包裹,描绘出了二战期间一个游击队员皮恩的可爱形象以及他缤纷多彩的游击生活,源于勇敢的快乐,又将这份快乐撒播给每位读者,让人感到无限温馨。故事主人公皮恩是一个心地善良、富有正义感、有些幼稚的"野"孩子,他误打误撞成为一名反法西斯的游击队员,在游击队里接触到了许多新鲜有趣的事物。对于皮恩来说,参加游击队的生活是他与神秘的成人世界接触的一种方式。他始终念念不忘自己偷来的那支手枪,因为他迫切希望进入成人世界,展示自己的力量,手枪对于他来说是接近成人世界的一个工具。少年皮恩的形象正是卡尔维诺年轻时期的真实写照。卡尔维诺在高中毕业后,和弟弟一起参加了

---

① 伊塔洛·卡尔维诺:《通向蜘蛛巢的小径》,王焕宝、王恺冰译,南京:译林出版社,2006年,"前言"第5页。
② 同上书,"前言"第2页。

当地游击队组织的抵抗运动。他说:"少年皮恩这个角色和游击战争之间的关系,象征性地对应了我自己和游击战争之间的关系。作为少年的皮恩面对难以理解的大人世界所处的劣势,对应着作为小资产阶级的我在相同处境中所感到的劣势。"① 从这段话可以看出,整部小说并不是对抵抗运动的歌功颂德,而只是以抵抗运动为背景,对普普通通的小人物展开心灵的剖析,揭示他们与世界格格不入的内心的创伤,感知他们拿起武器救赎人类、救赎自己的精神力量。

除了对人物的"超现实"处理,故事还笼罩着一层清新的童话色彩,像是献给家乡的一首自然诗,引人入胜。小说的故事发生在卡尔维诺的家乡——风景秀美的意大利西部利古里亚海沿岸的小城圣雷莫。意大利一年一度的"圣雷莫歌会"在那儿举办,那里也是很多利古里亚歌手歌词里传唱的绝美之地。圣雷莫的景色分为两种截然不同的类型:一种是海滨观光场所——常年鲜花盛开的海滨大道、高大的棕榈树、赌场、大饭店、别墅;一种是从老城的小巷开始,顺着小河蜿蜒而上的山区——漫山遍野的栗子树林、松树林,绿油油的葡萄园和橄榄园,潺潺的溪流。

卡尔维诺并不喜爱那些海滨观光场所,在他的小说里,他只字未提那些地方,可能那些地方沾染了浮华的资本主义和拜金主义的气息,也可能是因为卡尔维诺想刻画一个独特的别人从未写过的风景,一种自然、原始的风景,透过它能够直窥人的内心世界。伴随着风景描写的是小说中人物的故事,与风景融合在一起,美丽的自然景色是主人公寄予思考的地方,也体现了小说深远的寓意。例如,在小说的结尾,作者写道:"表兄又背上冲锋枪,把手枪还给皮恩。他们行走在乡间。皮恩把手放在表兄那只像面包一样又柔软又暖和的大手里。黑暗中有星星点点的亮光,那是盘旋飞舞在篱笆上的萤火虫。"② 这段意味深长的描写体现了作者从孤寂到豁然开朗的心路历程。皮恩是作者的影子。一开始,作者就像皮恩那样,茫然地陷入了抵抗运动中,在历史的洪流中不知道自己所处的位置,也看不清未来。现实世界变幻莫测,让皮恩越发觉得难以把握世界,也和同时期很多人那样,不知道为何而战。不过,渐渐地,随着故事的推进,皮恩在同伴们身上找到了一股生命力,那是一种突破现实、与现实作战的勇气。他鼓起勇气,和同伴手拉手行走在通往蜘蛛巢的小径上。萤火虫星星点点的亮光象征了微弱的

---

① 伊塔洛·卡尔维诺:《通向蜘蛛巢的小径》,王焕宝、王恺冰译,南京:译林出版社,2006年,"前言"第19页。
② 同上书,第169页。

生命之光，它是让战争中的人们看到希望的温暖力量。

卡尔维诺通过皮恩倾听那个正处于青春期的、不太成熟的自己的声音。在突变的时代面前，卡尔维诺也是迷茫的。因此，全书传递出一种对饱受生活摧残的、同样迷茫的小人物的亲切关怀，把他们当作最可爱最善良的人。同时，运用"表现主义透镜的扭曲变形"①，作者还给这些人物抹上了一层古怪俏皮的色彩，甚至从外表和性格上丑化他们，使他们变成反面人物。作者"正是从这种'反面'的角度寻觅到独特的节奏和脉络，渲染了一种既反映历史现实而又超越历史现实的创作意境"②。

从第一部新现实主义作品开始，卡尔维诺就展示出与众不同的创作风格，作品融合了清新的色调和温暖的场景，小说人物都是如此戏剧化和"超现实"。可以说，他是世界上为数不多的把战争故事描写得如此有趣生动的作家。那么，卡尔维诺为什么能开辟出一条风格迥异的创作道路，脱颖而出呢？这要从他的家庭和自小接受的教育说起。

和20世纪众多有着悲惨人生境遇的作家不同，卡尔维诺的一生还算"风平浪静"——尽管他经历了从二战到战后百废待兴，再到二十世纪五六十年代意大利经济奇迹、工业化社会迅猛发展这一系列风云变幻的社会变革。卡尔维诺出生于一个知识分子家庭，父母都是热带植物学家。1923年10月，他出生在古巴哈瓦那附近圣地亚哥的一个名叫拉斯维加斯的小镇。为了让他永远记住自己的故乡是意大利，夫妇俩给孩子取名为"伊塔洛"，也就是"意大利"的意思。也有说法认为，"伊塔洛"是受爷爷名字的启发。卡尔维诺的爷爷是一个医生，也是第一批在利古里亚海岸栽种玫瑰的种植者之一。因为爷爷是热忱的爱国人士，属于意大利的"马志尼派"③，人们给他起了一个有趣的绰号："非常意大利"(l'Italianissimo)。"伊塔洛"(Italo)这个名字就来源于爷爷的绰号。

1925年，在卡尔维诺2岁的时候，夫妇俩带着他回到父亲的故乡圣雷莫，并在那儿定居了下来。圣雷莫温润的地中海气候十分有助于培植热带植物。他们住的那幢别墅既是栽培花卉的试验站，又是热带植物的研究中心。因此，卡尔维诺自幼就与大自然结下了不解之缘。那幢汇集了各种奇花异草的别墅是他童话之

---

① 伊塔洛·卡尔维诺：《通向蜘蛛巢的小径》，王焕宝、王恺冰译，南京：译林出版社，2006年，"前言"第8页。
② 沈萼梅、刘锡荣：《意大利当代文学史》，北京：外语教学与研究出版社，1996年，第349页。
③ 朱塞佩·马志尼（Giuseppe Mazzini），意大利革命家、民族解放运动领袖，是意大利建国三杰之一。

梦开始的地方。人类在孩童时期，总是对各种稀奇古怪的植物感兴趣，例如"食人花""猪笼草"等等。卡尔维诺也不例外，他每天都在与植物对话，做各式各样千奇百怪的白日梦。"直到他后来到巴黎定居，还经常会做与年少时在圣雷莫相关联的梦。他曾对著名思想家列维-斯特劳斯说，他经常会梦到儿时家里的那座由好多叫不出名字的植物所环绕的庭院，甚至会梦到绿荫下那个正在做白日梦的孩子。"① 这种深刻的童年经历，为他后来文学创作的"轻盈"和童话色彩奠定了基础，他文学作品中各种幻想元素的原型，一部分可能来自童年时期轻盈而美丽的梦。

在那个年代，圣雷莫就像意大利的一座小岛，而卡尔维诺的家庭也像是城市中的一座小岛。他说："在我孩童时期，圣雷莫和意大利的其他地方都不一样，它是国际化的小城，在那儿住着老派的英国人、俄国大公、稀奇古怪的各种人。我的家庭对于圣雷莫、对于意大利来说也是不同寻常的：我的家人是科学家、自然的崇尚者、自由的思考者。"②卡尔维诺之所以拥有自由驰骋的想象力，一方面是基因的影响，另一方面也得益于一个宽松自由的家庭氛围。他的父母受过良好的教育，拥有开阔的眼界。他的家庭从不随波逐流，也从不逆流而上，而是在社会环境中寻求一个最舒适的着落点，保持着最大限度的平衡。圣雷莫的国际化也使它迥异于意大利其他相对闭塞的城市。因此，独特的圣雷莫、独特的家庭氛围赋予了卡尔维诺自我审视的珍贵机会，没有禁锢住他的任何思考力和想象力，也使他能够自由追求梦想。这在战争前夕的意大利是极其罕见的。多年后，在巴黎定居期间，卡尔维诺再次引用"小岛"的比喻来形容创作时"独居一方"的状态。"我的书桌仿佛一个岛：可以在这里也可以在那里……我在巴黎的家是一栋乡间小屋，我的部分工作可以在孤独中进行，哪里不重要，可以是一栋与世隔绝的乡间小屋，可以在岛上……来巴黎是当我能够或需要独处的时候。"③作家南方朔把卡尔维诺与自我的独处称为"独我主义"（Solipsism），这是他后期文学的主要表现形式，是一种"我—我"对话，是"自我诘问与辩难"④。

---

① 狄青：《卡尔维诺年代》，桂林：广西师范大学出版社，2020年，第219页。
② Francesca Serra. *Calvino*. Roma：Salerno Editrice，2006：22.
③ 伊塔洛·卡尔维诺：《巴黎隐士》，倪安宇译，南京：译林出版社，2012年，第157页。
④ 同上书，"前言"第6页。

卡尔维诺在圣雷莫这座小城生活了近20年。在圣雷莫的童年和青少年时期的经历为他后来的文学创作打上了深刻的烙印，使他的作品始终具有童话般的轻盈质感。1941年高中毕业后，他听从父母的意愿，在都灵大学农学系学习。随后，二战爆发，他不得不中止学业，参加了当地游击队组织的反法西斯的抵抗运动。参战的经历也为他第一部新现实主义风格的小说提供了素材和灵感。然而，战争结束后，在举国欢庆意大利复兴的和平初期，在初尝文学带来的胜利果实后，在时代面向他开启的各种可能性面前，卡尔维诺却是犹豫的、迷茫的，他并不知道未来的文学之路该如何选择。他认为："我自己的故事就是青春期特别长的故事……文学出现在我面前，不是作为一条直率而客观的成长道路，而更像是一个我不知如何上路的旅程。我有年轻人的欲望和紧张，却没有年轻人那种自发的优雅。时代的突然成熟只是更加凸显我的不成熟。"[1]

战争的爆发给卡尔维诺带来的一个益处就是：他可以听从内心的声音，去都灵大学攻读文学专业。1945年，卡尔维诺全家迁居都灵。1947年大学毕业后，他在都灵著名的埃伊纳乌迪出版社任文学顾问，开始了精彩的文学生涯。在此期间，他加入了意大利共产党。

当时，生活在都灵的意大利新现实主义作家切萨雷·帕韦塞（Cesare Pavese）非常欣赏卡尔维诺的文学才华，也十分了解和熟悉他的文学志趣。正是帕韦塞推荐卡尔维诺到出版社工作，并帮助他出版了第一部小说《通向蜘蛛巢的小径》。卡尔维诺说："是帕韦塞第一个向我谈起我作品中的童话笔调，在这之前我尚未意识这一点。我的文学道路开始显现出来，现在我发现，一切元素都已包含在那最初的开始中。"[2] 帕韦塞使卡尔维诺逐步确认了自己的文学个性，明确了文学道路的方向，他是卡尔维诺创作生涯的领路人，他的朴素和勤奋也深深影响了卡尔维诺。令人惋惜的是，1950年，帕韦塞在都灵一家宾馆里服毒自尽，这对当时只有27岁的卡尔维诺来说，打击是巨大的。

值得一提的是，帕韦塞是一个孤独的作家，他通过日记来记录灵感、反思自我的方式也进一步触动了卡尔维诺，推动了卡尔维诺后期作品中与自我对话风格

---

[1] 伊塔洛·卡尔维诺：《通向蜘蛛巢的小径》，王焕宝、王恺冰译，南京：译林出版社，2006年，"前言"第20页。

[2] 同上书，"前言"第15页。

的形成。此外，帕韦塞十分憎恶文学作品中的主观性泛滥，坚决反对作者生平在文学作品中出现。这一点，无疑也影响了卡尔维诺的文学理念。卡尔维诺写道："我仍然属于和克罗齐一样的人，认为一个作者只有作品有价值。因此，我不提供传记资料，或提供一些虚假的资料，或者，我一次又一次地改变我的个人资料。我会告诉你想知道的东西，但我从来不会告诉你真实。"[①] 在目前世界关注度很高的意大利畅销书作家费兰特（Elena Ferrante）身上，也能看到帕韦塞的影响。她坚持"作者隐身"的观点，读者至今无法猜测她的模样和身份。

第二节　童话和超现实主义时期：20世纪50—60年代

都灵是意大利北部皮埃蒙特大区的首府。在这座城市的高地，推开窗就能见到巍峨的阿尔卑斯山。它曾是萨伏伊王国的首府，后来成为萨丁王国的首府。1861年意大利统一之后，它成为意大利王国的第一个首都。历史的积淀使它成为一座庄重、质朴、充满文艺气息的文化名城。这里有意大利最大的古埃及博物馆、国家电影博物馆、充满贵族气息的咖啡厅、法式和意式混杂的建筑，王宫里还有馆藏丰富的萨伏伊画廊。帕韦塞认为："这是一个充满奇思异想的城市，由新旧元素混合而成，有一种贵族式的体面；一个很规则的城市，物质和精神绝对和谐统一；一个激情的城市，适度沉迷于闲适的生活；一个充满讽刺精神的城市，生活品位很高；一个模范城市，平静中蕴含着不安。"[②]

卡尔维诺之所以选择在都灵工作，很重要的原因是受到了帕韦塞的邀请。这位卡尔维诺的精神导师，在街道、丘陵散步中教他品味都灵之美，品味都灵大自然与文明之间的特殊关系。他的影子填满了卡尔维诺的都灵生活。在细致品味都灵时，卡尔维诺认为这座城市的精神、文化传统与他的精神世界深深契合，由此

---

① Italo Calvino. *I libri degli altri*. Lettere 1947-1981. Torino：Einaudi, 1991：479.
② Cesare Pavese. *Il mestiere di vivere*. Torino：Einaudi, 1952：19. 转引自：陈英：《切萨雷·帕韦塞的"神话空间"》，《外国文学》2019年第3期。

深深吸引着他。他说:"都灵吸引我的,是某些精神:不编织无谓的浪漫情怀,对自己的工作全心投入,天性害羞的不信任,积极参与广阔世界游走其中不故步自封的坚定,嘲讽的人生观,清澄和理性的智慧。"① 事实上,卡尔维诺在一生的文学创作中也实践了这样的城市价值观:勤勉、理性、对艺术孜孜不倦的探索。在《作家与城市》一文中,卡尔维诺也谈到了写作环境、周遭事物对作家创作的影响,承认都灵是从事写作的最佳城市。"在都灵能够写作是因为过去与未来比现代更清晰,过去的顽强与对未来的期待使审慎、有秩序的今日之貌实际且具意义……都灵要求逻辑,然后借由逻辑向疯狂招手。"② 都灵曾是意大利的首都,整个城市的灵魂核心是浓厚的统一运动精神和爱国情怀。都灵也是现代化的工业城市,是"菲亚特"汽车的总部所在地。在这座二元碰撞和融合的城市里,历史、现代、未来并行,秩序中涌动着不安和对秩序的解构。这一切,都对卡尔维诺的中后期创作产生了深远的影响。

20世纪50年代的意大利,时代格局发生了突变:游击战争时期和战后初期的散乱状态已随时间远去,随之而来的是经济的复苏。意大利是美国"马歇尔振兴欧洲计划"中最大的受益国之一,在1947—1951年四年间得到了12亿美元的援助,进入了高速发展的黄金期,在短时间内创造了令世界瞩目的"经济奇迹"。经济发展的同时,社会问题日趋严重,工业化时代的弊病充分暴露出来。世界变得杂乱无章,主观的意识被"淹没在物质世界的海洋当中,淹没在存在的事物源源不断的流动当中"③。人类在流动的物质世界里逐渐被商品化,不仅是外在,连意识和思想也被商品化了。为了形象地说明这一点,萨特在小说《恶心》中试图完整描写"自我"失去的整个过程:"主人公逐渐发现,自己与外部世界的区别消失了,镜子里他的面孔变成了一种物质,是'我'与物质之间唯一的黏合剂。"④

卡尔维诺就这样被推进变革时期的浪潮,在都灵文化氛围的熏陶下,他的创作进入了第二个阶段:童话和超现实主义阶段。这一阶段也奠定了他在意大利文坛的地位。1957年,他做出了人生最重要的决定之一:退出意大利共产党。因为在严酷的社会现实面前,他无力去改变,现实之痛永远深居于每个人的心中。

---

① 伊塔洛·卡尔维诺:《巴黎隐士》,倪安宇译,南京:译林出版社,2012年,第1—2页。
② 同上书,第4页。
③ 伊塔洛·卡尔维诺:《文学机器》,魏怡译,南京:译林出版社,2018年,第61页。
④ 同上书,第62页。

与其直面现实,发出痛苦的呐喊,不如换一种方式来讽刺和抨击社会的弊病。从这个时期开始,卡尔维诺刻意淡化以往的社会公共知识分子形象,对公共事务的介入渐少。他较少公开露面,把早期对政治的热情和关注转移到了童话、寓言世界、城市生活中,从而塑造了树上的男爵、分成两半的子爵、不存在的骑士等具有异时异域风情的贵族形象,以及现代社会的典型小人物——马可瓦尔多。1980年,在接受《共和国报》的一次采访时,他说:"50年代至60年代,政治在我心中占据的空间比以前要小很多。我不再把它看作是一种彻底拯救人类的活动,所以,我不再信任它。从此,我的青春被尘封,那股推动着我以'第一人称'的视角参与政治活动的力量已然终结。"①

50年代,埃伊纳乌迪出版社委托寓言作家去搜集民间传说,整理出版一套意大利童话。卡尔维诺欣然接受,他到处收集、筛选已发表的或是未发表的意大利19世纪的民间故事,并把方言翻译为标准意大利语。80年代,他就这些童话故事文本展开学术研究,完成了理论性著作《论童话》(*Sulla fiaba*)。这些工作虽然辛苦,却唤醒了他对寓言和幻想小说的热爱。

卡尔维诺从50年代初开始创作《我们的祖先》三部曲,用影射和暗喻的手法,探寻人类生存中的困境,探索走出困境的道路。该书由《分成两半的子爵》《树上的男爵》《不存在的骑士》三部小说构成。王小波认为,《我们的祖先》是"轻逸"的典范,看过的读者都喜欢。相较于作者后现代风格的小说,该三部曲故事性更突出,人物塑造更鲜明,因此可读性更强。很多中国读者也正是从该三部曲开始认识卡尔维诺的。

《分成两半的子爵》塑造了一个在奥地利—土耳其战争期间被劈为两半的子爵梅达尔多的形象:一半是邪恶的身躯,只有半边脸、一只眼睛、一只耳朵、半张嘴、一条胳膊、一条大腿,令人毛骨悚然。这个半身人身披黑色大斗篷,见不得世上任何完整东西的存在,无论经过何地,都要把当地的生灵万物劈成两半:半个蘑菇、半只蝴蝶、半朵花⋯⋯不仅如此,他还设计陷害自己的亲人:企图用毒蘑菇毒死他的亲外甥;放火焚烧从小把他养大的奶妈的房子等。没过多久,子爵的另半边身体也回来了。这是善良的一半,极尽所能地帮助处于困境中的人们。然而,他总是站在道德制高点,把自己的道德标准强加于人,让人觉得好人比恶人更糟。最后,在争夺同一个姑娘的决斗中,"恶人"子爵和"好人"子爵

---

① Italo Calvino: "Quel giorno i carri uccisero le nostre speranze". *La Repubblica* 12 (1980): 1-2.

同时被对方砍伤。在医生的帮助下,梅达尔多子爵复归为一个完整的人,他从此过上了幸福的生活。显然,"向人的一切分裂开战,追求完整的人"是该小说较为确定的宗旨。卡尔维诺用寓言式的轻盈的写作方式,讲述了现代人的异化和对完整人格的苦苦追寻。然而,在《后记(1960)》中,卡尔维诺又阐释了该小说更有新意的一层内涵,表达出对善恶并存、充满矛盾性的"半人"的喜爱。开篇和结尾那个完整的梅达尔多反而没有个性、没有面容,让人一无所知,纯粹是个在工业化社会中被物化的工具。"而这两个一半,两个非人的相反形象,结果表现得更具人性,形成矛盾关系。"① 在该小说里,善与恶并非绝对,而是可以互相转化,让读者体会出相反的情感:"极恶"的一半那么地不幸,令人同情,而"极善"的一半,那么地自以为是,迂腐可笑。正是善恶之间的张力赋予了人物性格的矛盾性,也暗示了现代人人性的复杂、分裂。卡尔维诺并没有通过善与恶的主题警示现代人要崇尚善、摒弃恶,这样的说教意义使得小说显得过于肤浅、单薄。作者仅是真实地展现出善恶冲突、交织、转化的多重人格,对以分裂作为真正生存方式的现代人给予肯定和同情,因为人类生存的时代就是分裂的时代。从某种意义来看,正因为人能感知自我的分裂和复杂,人才能被称为完整的人。

"反过来的情感""分裂""人的存在"等主题与意大利著名戏剧家皮兰德娄的"幽默主义"美学思想有着异曲同工之妙。可以说,在《我们的祖先》三部曲中,卡尔维诺精妙地沿袭了20世纪初意大利作家们所探讨的主要话题,通过一些表面滑稽却发人深省的事件,表达出人类在现实面前无奈的辛酸。不过,卡尔维诺的处理方式更加轻盈,充满童话色彩。那个分成两半的子爵与皮兰德娄笔下的帕斯卡尔十分相似,只是帕斯卡尔形体并未分裂,精神却已分裂:他本想通过改变名字和身份实现自我的蜕变,却在新的环境中,依旧与现实和自我格格不入,最终成为一个具有多重人格、极度分裂的个体。分成两半的子爵正是现实社会中诸如帕斯卡尔此类人物的童话原型。

《树上的男爵》也是一部关于人类寻找自我、完成自我的童话式寓言小说。比起《分成两半的子爵》,该小说的思想内涵更趋成熟、完善,人物塑造和情节设计也更加精巧。故事不再时代不详、背景模糊,人物不再单薄而象征化,而是对历史进行模仿,精心刻画了18世纪的风景、自然环境以及贵族家庭的生活传统。故事的主人公柯希莫是一位少年。在1767年6月15日那天中午,柯希莫在

---

① 伊塔洛·卡尔维诺:《分成两半的子爵》,吴正仪译,南京:译林出版社,2012年,第96页。

一次家庭聚餐中，当众把仆人端上来的一盘蜗牛推开了。如此一件小事却引发了父亲的大发雷霆。于是，柯希莫一气之下，攀爬到窗子正对的那棵树上，从此走进了另外一个世界。他不再回到树下，拒绝下地，在树上度过了一生。其实，蜗牛事件只是促使柯希莫逃离的一个导火索，原来他早已忍受不了贵族家庭旧式的礼仪和家教、对权力无止境的渴求、家族成员之间的明争暗斗。栖息在树上的柯希莫经历了各种生存的严峻考验，学会了和孤独相处。他学会了和山羊交朋友，挤羊奶喝；他学会了最原始的烹饪方法；他甚至和一只母鸡达成协议，让它隔一天在树洞里给他生一个鸡蛋。渐渐地，他适应了树上的生活，尽量让这一狭小空间里的日子变得丰富多彩，开辟了一个属于自己的伊甸园：他在树上参与过革命，面对过至亲的离世，也遇到过真爱但又失去了。柯希莫一直都在远距离地参与这个世界，目睹日月的沉浮、时代的变革和世事沧桑。然而，他始终未曾下地，因为他知道，如果要"保有自我"，就非如此不可。斗转星移，在树上栖息了几十年的柯希莫老了，但他仍然坚持不从树上下来。他生病了，病情日益恶化。终于有一天，死神降临的时候，他仍骑在一个枝杈上，一动不动地坐在树上，目光呆滞，身子呈半僵硬状态。人们把一把安乐椅和一张床抬上树，他却拒绝安逸地躺下。最后，他看见一个热气球从树梢上飘过，并抛下一根长长的绳索，他轻盈地一跃，就像卡瓦尔坎蒂①越过豪门子弟的包围，离开墓地那样，敏捷地抓住了绳索，随着热气球飘远了。

柯希莫生活在树上，始终热爱大地，最后升入天空，他向众人展示出一种伟大的精神力量。"为了与他人真正在一起，唯一的出路是与他人疏离，他在生命的每时每刻都顽固地为自己和为他人坚持那种不方便的特立独行和离群索居。这就是他作为诗人、探险者、革命者的志趣。"② 柯希莫历经磨炼，最终纵身一跃，归于苍穹，充分完成了自我，实现了人生的理想。卡尔维诺把他认同为自己的真实写照，他就像一个道德楷模，真实地来到了作者面前，具有精准的象征意义。现代人类生活在一个没有奇迹的世界中，自我全部丧失，荡然无存。人们每天重复地地劳动、吃饭、休息，麻木地生活着，被压缩为一个没有名字、没有个性的抽象集合体，处于集体无意识的状态，混同在产品和环境之中，沦为物质的奴隶。工业化社会使得人类退化为原始人的状态，与生物没有区别。卡尔维诺清醒地认

---

① 中世纪晚期意大利诗人，"温柔的新体"诗派的重要代表人物，备受但丁的推崇。
② 伊塔洛·卡尔维诺：《分成两半的子爵》，吴正仪译，南京：译林出版社，2012年，第97页。

识到了这一点，他通过柯希莫这一形象充分表达了自己的愿望：做一个特立独行、忠于理想的人。疏离于世界不等同于远离世界，而是以更饱满的热情，远距离参与这个世界，并为之奋斗，从而实现完整的自我。

对"人类寻求自我"这一主题的思考越发深入和成熟之后，卡尔维诺创作了同系列的第三部作品——《不存在的骑士》。创作这部作品时的历史背景比前两部更加动荡不安。20世纪50年代末的意大利，经济奇迹刺激了商业消费的繁荣，市场上充斥着形形色色的商品、广告牌。各种中小型企业迅速崛起，一片欣欣向荣。然而，在这绚丽的泡沫背后，是人内心的惶惶不安、恐惧、迷离、孤独。在生产力高度发展的今天，人类的危机意识也愈发凸显，物质消费所带来的幸福感只能赋予人一时的感官刺激，而生活越是幸福、富裕，人内心的幻灭感越是深重。小说的主人公阿季卢尔福是法国查理大帝时代的一名骑士。他穿戴整齐、光彩夺目，却从不摘掉头盔，也不对别人露出自己的面容。原来，这是一位"不存在"的骑士，徒有其表，没有内核。他终日机械而又准确地做着各种动作，但没有灵魂。他向往在自己行走过的大地上能留下足迹，他渴求过真正人的生活，然而一切未能如愿。最后，他消散在空气中——这也没什么大不了的，因为他从来也没有存在过。卡尔维诺挖掘出这样一个没有意识的存在模式，象征着现代人已经蜕变为和客观世界、自然浑然一体的"机械"，他们无法主宰自我的命运，甚至无法认清自我，意识不到自我的存在。卡尔维诺通过刻画人类的孤独和迷失，从而揭示出一个扭曲、变形、荒谬的现代世界。

在《后记（1960）》中，卡尔维诺总结道："我想使它们成为关于人如何实现自我的经验的三部曲：在《不存在的骑士》中争取生存，在《分成两半的子爵》中追求不受社会摧残的完整人生，《树上的男爵》中有一条通向完整的道路，这是通过对个人的自我抉择矢志不移的努力而达到的非个人主义的完整——这三个故事代表通向自由的三个阶段。"[①] 从争取生存，到争取完整存在，再到逃遁于现实，达到自我封闭的完整，卡尔维诺在不同层次上揭示了现代人的祖先家系图，使得我们每个人都能在某个、某些主人公身上看到自己的影子和生存的现状。因此，该三部曲让人读后回味无穷。

《马可瓦尔多》也是卡尔维诺在该时期创作的一部经典之作。没有《马可瓦尔多》的构思和铺垫，或许就不会有后期的《看不见的城市》——它们都是"城

---

① 伊塔洛·卡尔维诺：《分成两半的子爵》，吴正仪译，南京：译林出版社，2012年，第102页。

市"系列,通过主人公的双眼,观察城市的细微变化、四季轮回。所不同的是,《马可瓦尔多》里描述的城市比较写实,比如公园里的长椅、市政府的鸽子、雪里的城市、高速公路上的广告牌等等,一切景物都那么熟悉、亲切,仿佛就是一部关于城市的微电影。而《看不见的城市》中的城市像极了梦境里的海市蜃楼,缥缈、陌生而又熟悉,它们是绵延之城、死者之城、轻盈之城,是善与恶、美与丑、真实与梦境、死亡与希望、变化与永恒交织的综合体。正如《纽约时报书评》总结的那样,"《看不见的城市》像一种记忆,《马可瓦尔多》则传达出生活的那种感官上的、可触碰的质感"[1]。卡尔维诺是个极其善于描绘城市、讲述城市里的故事的作家,通过描绘城市的千姿百态,勾勒出生活在其中的现代人的生活万象。

《马可瓦尔多》开启了卡尔维诺的黄金写作年代。它最早曾于1952年发表在都灵的《团结报》上,全书共包含20个小短篇,分别是"春夏秋冬"五组四季的轮回。故事以大都市都灵为背景,主人公马可瓦尔多是一个在公司当小工的穷人,靠微薄的薪水维持着数口之家的生计。虽然生活于闹市,却对大自然心驰神往,他的灵魂整天流浪于自然万物之中。他善于观察日月星辰、山野绿地、飞鸟鱼虫,发掘城市里的自然之美、生活之美,虽然出身卑微,却拥有着高尚的志趣。他善良纯朴,有一双观察自然的敏锐的双眼,像孩子一样在"沟渠"里仰望星星。城市里的广告牌、红绿灯、橱窗等,从来都留不住他的目光。对他来说,生命中不只有公司、运货车、电车时刻表,还有远方的诗意,一种慵懒而幸福的期待。当他目睹城市里的人们浸泡在超级市场令人眼花缭乱的商品中,淹没在欲望的海洋里,被物欲蒙蔽了双眼,最终沦为和钢筋水泥一样冷冰冰的存在物时,内心是辛酸和痛苦的。然而,他也很无奈,因为就连这些保证生活正常运行的商品,他都没有足够的钱去购买,更没有资格去苛责别人。他经常身处城市的某个地方,思绪却穿越了城市的边界,进入某种自然的梦境中。比如在《和奶牛们旅行》中,他夜夜期盼着儿子的归来,当他聆听路上的脚步声时,把房间的小窗户想象成"荡漾着回声的海螺开口,把耳朵贴在上面就听得到大山里传来的声响"[2]。在《月亮与GNAC》中,马可瓦尔多一家总是喜欢在夜间驻足于顶楼的窗前,看霓虹灯时亮时灭。他期待看到霓虹灯熄灭20秒中的那个黑夜,让各种

---

[1] 伊塔洛·卡尔维诺:《马可瓦尔多》,马小漠译,南京:译林出版社,2020年,封底。
[2] 同上书,第62页。

迥异的思绪飘过。他欣赏新月的光晕、天空中飘着的团团黝黑的云朵，他喜欢数星星，看星星的朝向，甚至观察潜藏的银河。总之，马可瓦尔多不愿意看到灰秃秃的墙、仓库里的箱子、各种有棱有角的东西，仿佛四周充满了敌意，他希望永远生活在幻想中。

《马可瓦尔多》的文笔真实中带着诗意，体现出卡尔维诺对自然细腻的观察。全书充满想象力，轻盈美好，又有深刻的寓意。马可瓦尔多的处境正是现代社会大多数"打工人"的处境：生活在贫穷、千篇一律的世界里，内心渴望诗与远方，渴望自我完整。作者"启迪了陶醉在消费社会中思想变得迟钝的人们，引导他们去设想和创建一个更正确、更合理的世界"①，这正是作品引起读者广泛关注和共鸣的一个重要原因。

总体来看，在卡尔维诺文学创作的第二阶段，他更加关注人类个体的成长以及心灵空间的释放，不断地审视、总结人类实现自我的整个过程。他认为："人类真正的完成自我并不意味着呈现出一种无边界的完整性、统一性，那只是幻象。人类完成自我的过程是自然的、符合历史发展规律的，也是个体的纯自愿选择，它体现在不断的自我建设中、个体能力和风格的培养中，最后形成一种有着特定内部规律、不断放弃和重构的个人符码。人类要将这一过程进行到底。"② 无论是人的个体，还是人类社会的发展，都应该是多元的、动态的。每个个体实现自由的方式是多元的、持之以恒的，而多元的个人符码才有可能构成一个多元的迷彩世界。

第三节 后现代主义时期：
20 世纪 60 年代末—80 年代

少年时期居住的家园圣雷莫，青年时期的"第二故乡"都灵，以及中年时期的罗马、巴黎及美国地域空间，都对卡尔维诺的创作空间影响深远。中年在世界各地的游历极大地拓宽了他的文学和文化视野，使他的创作向更深更远的方向发展。

1959 年，36 岁的卡尔维诺接受美国福特基金会的邀请到美国访学。在此后

---

① 沈萼梅、刘锡荣：《意大利当代文学史》，北京：外语教学与研究出版社，1996 年，第 351 页。
② Italo Calvino. *I nostri antenati*. Milano：Mondadori, 2020：359.

的半年时光里,他主要生活在纽约,并在美国各地旅行,足迹踏遍了美国的大部分地区。他参与各种文化沙龙、酒会、艺术展,看百老汇的音乐剧,和美国的文化名流保持着紧密的联系。他在美国的各个城市看到了许多与意大利不一样的传统和文化,被美国的现代感所震撼。卡尔维诺十分喜欢旅行,并将所见所闻记录下来,因为文字所传达出的不只是对眼见实景的描述,更是旅行者对事实的动态的认知过程。对于卡尔维诺来说,"生活第一,然后才谈哲学和写作。趋近世界,也就是说朝发掘更多真相努力,是写作者的基本生活态度"[1]。此后,一本类似于游记的作品《一个乐观主义者在美国》(*Un ottimista in America*)诞生。

纽约的繁荣和城市的现代性、包容性让来自意大利的卡尔维诺大开眼界,也让他陷入关于宇宙和存在问题的思索中。在纽约,卡尔维诺认识了"垮掉的一代"[2],品味了美国的前卫文化。他十分喜爱看美国电影,跟美国电影的关系一度如胶似漆。他热爱纽约,把纽约视同为自己的家乡。他的60年代的作品如《宇宙奇趣全集》(*Le cosmicomiche*)、《时间零》(*Ti con zero*)中一些短篇的背景就设在纽约。离开纽约回国不久,卡尔维诺就发表了一系列文章,如《向迷宫挑战》《惶惑的年代》《物质世界的海洋》等,探讨机器文明的时代中人类与物质世界的关系。卡尔维诺认为,他有一种强烈的好奇心去认识美国,掌握多样复杂事实,并通过美国,发掘"另一个自己",这是一种新奇的体验,有点像谈恋爱。即使回到意大利,他依旧满脑子美国,每当听到或读到任何与美国相关的消息,他都会扑上去,认为唯有他才算足够了解[3]。他进入了"走火入魔"的状态。美国文化深深刻在了他的心中。

对于美国文学,卡尔维诺是欣赏、钦佩的。青年时期读过的海明威的作品着实令他开了眼界,他被自然、粗粝、充满野性和生命力的美国意象深深吸引,并承认早期的作品受到了海明威的影响。他最欣赏的文学大师是爱伦·坡,即使不限美国,对他影响至深的作家还是爱伦·坡。因为爱伦·坡在短篇篇幅限制下,仍然游刃有余,卡尔维诺称其为"文学英雄、文化英雄的一个神话形象"[4]。卡尔维诺对短篇的钟爱很大程度上来自爱伦·坡的启发和影响。在美国当代文坛

---

[1] 伊塔洛·卡尔维诺:《巴黎隐士》,倪安宇译,南京:译林出版社,2012年,第117页。
[2] "垮掉的一代"(Beat Generation)是第二次世界大战后风行于美国的文学流派。该流派的作家一般为性格粗犷豪放、落拓不羁的男女青年。他们以浪迹天涯为乐,蔑视社会的法纪秩序,寻求绝对自由,纵欲、吸毒、沉沦,以此向体面的传统价值标准进行挑战。
[3] 伊塔洛·卡尔维诺:《巴黎隐士》,倪安宇译,南京:译林出版社,2012年,第116页。
[4] 同上书,第218页。

中，卡尔维诺又被那些后现代派的小说家折服，这其中包括俄裔英语作家纳博科夫、索尔·贝娄、厄普代克、约翰·巴思。他羡慕索尔·贝娄的侃侃而谈、满腹嘲讽，钦佩厄普代克的文采翩翩，赞美纳博科夫的聪慧、才华横溢，称其为"天才、本世纪（指20世纪——笔者注）最伟大的作家之一"，觉得自己或多或少受其影响。他还惊叹于巴思复杂的文本构造，认为自己跟那可称为美国新前卫主义的文学思潮也有关联。卡尔维诺的《寒冬夜行人》、《帕洛马尔》（*Palomar*）等小说明显受美国后现代思想的影响。总之，在美国期间，卡尔维诺和众多名作家保持往来，并把他们之间的交流用日记、书信的形式记录下来。美国之行为他提供了宝贵的精神财富。

至于巴黎，这座城市在卡尔维诺的人生轨迹中留下了浓墨重彩的篇章。一是因为他在巴黎认识了他的妻子，随后一家人便生活在此；二是巴黎是他"文学朝圣"的圣地，推动了他后期文学创作的转型。巴黎的生活对于卡尔维诺来说是里程碑式的。

1962年，卡尔维诺在巴黎认识了他的妻子艾斯特尔·辛格，一个被朋友们称为齐姬塔（Chichita）的阿根廷女人。她是联合国教科文组织和国际能源组织驻巴黎的一名翻译人员，高雅多才、娇小、满头红发、精力充沛。1964年2月19日，他们在古巴的哈瓦那举行了婚礼。卡尔维诺曾经说过："在我的生命中，我遇到过许多有强大力量的女性，我不能没有这样一个女性在我身旁。"同年，他们回到罗马，建立了家庭。从此，齐姬塔更名为艾斯特尔·卡尔维诺，她成为卡尔维诺生命里的一部分，在卡尔维诺去世后，为其文学遗产的出版、推广做出了巨大的贡献。她不断整理遗著，将一些残篇、传记、访谈性质的文章汇整出版。没有她的贡献，我们就读不到《美国讲稿》、《巴黎隐士》（*Eremita a Parigi*）、《圣约翰之路》（*La strada di San Giovanni*）等经典之作，也就无法深入地领会卡尔维诺。1965年，他们的女儿乔万娜·卡尔维诺（Giovanna Calvino）出生。同年，《宇宙奇趣全集》在意大利出版。

1966年，卡尔维诺的挚友维托里尼（Elio Vittorini）去世。维托里尼的死标志着卡尔维诺一段人生旅程的终结。在他死后的那几年，卡尔维诺内心产生了一种疏远感，生命的节奏发生了变化。他对很多事物不再有冲动，也不愿处于社会生活的中心，只想在安静的角落里静观万物。1967年，他举家搬迁至巴黎，在后来的十多年里，他经常待在那儿，直到1980年才又搬回罗马。

巴黎带给卡尔维诺的冲击力是巨大的，既亲切又陌生，可能是促使他对事物重建兴趣的主要因素。卡尔维诺说："巴黎十分浓浊，很多东西、很多含义深藏不露。或许它让我有一种归属感：我说的是巴黎的意象，不是城市本身。然而又是城市让你一落脚立即感到亲切。"① 巴黎的亲切或许源于卡尔维诺与它的惺惺相惜，因为这是一座历史名城、一座经由阅读而熟识的文学名城，巴尔扎克、福楼拜、左拉、普鲁斯特这些卡尔维诺青年时期读过的作家，都曾生活在这座城市里，而卡尔维诺也以主人的身份生活于此，在不同时间、同一空间下与这些作家"交集"，感受他们的生活点滴，这一切如此真实、亲切。巴黎的陌生感在于它像一本巨大的参考书，是一个被像百科全书一样来查阅的城市。这座城市提供一连串的信息，包罗万象，有着数不胜数的商店、博物馆、名胜古迹，乳酪店陈列着上百种乳酪，植物园里满是奇异的植物和爬行动物，全城无处不见超现实主义留下的足迹。"我们可以像阅读集体无意识那样阅读城市；我们可以将巴黎诠释为一本梦之书，一本收藏我们无意识的相簿，一本妖魔大全。"② 巴黎的多样性、真实与虚幻的结合为卡尔维诺百科全书式的创作理念，天马行空的想象力，以及将现实融于奇异、魔幻的艺术手段提供了灵感。

在巴黎，卡尔维诺说："有这样一种文学，它呼吸着哲学和科学的空气，但又保持着与它们的距离，具有像一阵微风那样的轻灵感，在它身上既有理论上的抽象，又有现实中的具体。"③ 和符号学相结合的文学就在此类，它既具备符号学理论的严谨性，又有文学语言的诗意书写。60 年代末至 70 年代，正是西方文艺理论界由结构主义向解构主义过渡的时期，在巴黎这样一座文学艺术的先锋之地，涌现出一大批符号学大师，如罗兰·巴尔特、列维-斯特劳斯、格雷马斯等，他们的各种符号学思想激烈碰撞。卡尔维诺与这些符号学家交往密切，参与了各种符号学研讨会，并参加了《原样》(*Tel Quel*) 杂志、乌力波（Oulipo）等先锋派文学理论团体。巴黎的经历让他大开眼界，进一步拓宽了他的创作思路，为他创作的符号学转型、诗学体系的最终形成奠定了基础。1967 年，新颖别致的散文集《时间零》出版，其中"时间零 T_0"的概念被广泛运用于他的后现代小说中。1968 年，他参加了由罗兰·巴尔特组织的研讨会，内容有关巴尔扎克的《萨拉金》(*Sarrasine*)，他们一起探讨了写作中作者主体性的问题。

引领卡尔维诺进行符号学研究的还有一位年轻人：贾尼·切拉蒂（Gianni

---

① 伊塔洛·卡尔维诺：《巴黎隐士》，倪安宇译，南京：译林出版社，2012 年，第 156 页。
② 同上书，第 160 页。
③ 狄青：《卡尔维诺年代》，桂林：广西师范大学出版社，2020 年，第 228 页。

Celati),他是维托里尼去世后卡尔维诺遇到的又一精神挚友。他们是在1968年夏天乌尔比诺大学的一次符号学研讨会上相识的。卡尔维诺惊叹于切拉蒂如同火山爆发一般喷涌而出的思想。在切拉蒂面前,卡尔维诺就像一位忠实的听众,不断地汲取着思想中的养料。"我们不间断地聊了三天,他把他五月在巴黎的所见所闻全都告诉了我,如此充满激情,就仿佛沿着一条通向自由的道路前行,把身上所有的负重都抛去了,感觉开启了新的篇章。"① 这是卡尔维诺对切拉蒂的描述,这种感觉应该和巴黎带给卡尔维诺的感觉十分相似。在巴黎文化氛围的熏陶下,在切拉蒂的引领下,1969年,卡尔维诺的第一部带有符号学色彩的小说《命运交叉的城堡》② 问世。70年代,《看不见的城市》等兼具后现代和符号学色彩的小说诞生,标志着他的创作达到了一个新的高度。

巴黎的经历也再一次坚定了卡尔维诺关于作者隐身的观点。在一次和巴黎记者的对话中,他说十分喜爱乘坐地铁,地铁带给了他匿名的快感,因为他可以夹在人群中观察人和世界,保持绝对隐形。有一次,他在地铁上看到了一个教授模样的人,"那天下着大雨,而那位教授赤脚走路,一副心不在焉的样子,没有人注意他,没有人好奇,隐形的梦想成真……当我所在环境让我自以为是隐形人时,我觉得无比自在"③。卡尔维诺把隐形的快乐带入了小说创作中,塑造了和读者平等的、不露面、不现身的作者形象。他认为,对于一个作家而言,越是接近无名,他所呈现的那个小说世界越能赋予读者深刻的印象,但所谓的无名并不等同于"作者已死"。1979年,卡尔维诺创作的《寒冬夜行人》出版,将作者与读者的关系问题的讨论付诸实践。

受巴黎符号学思想的影响,卡尔维诺的后现代小说是晦涩难懂的,然而,英国评论家卡莱尔说:"凡伟大的艺术品,初见时必令人觉得不十分舒适。"卡尔维诺后现代小说的艺术价值是极高的,它融合了文学的诗意想象、符号学的逻辑严密、科学的思辨性,这些小说和符号学理论相互指涉、印证,引起了学界和大众的广泛热议。

虽然在巴黎生活了很久,卡尔维诺始终认为他的生活、工作、社会关系仍在意大利。1980年,他重新回到罗马居住,很多时候住在距罗马100多公里的海

---

① Silvio Perrella. *Calvino*. Roma:Laterza,2010:96.
② 该小说由两部分组成,其中第一部分《命运交叉的城堡》于1969年首次发表,第二部分《命运交叉的饭馆》于1973年与第一部分集结在一起出版,两部分统一定名为《命运交叉的城堡》。
③ 伊塔洛·卡尔维诺:《巴黎隐士》,倪安宇译,南京:译林出版社,2012年,第158页。

边的别墅里。那时，他的名字在意大利已是家喻户晓，他的《意大利童话》成为小学生的必读书目。他的很多小说一版再版，虽然很多读者并不能充分领会他的意图，但这丝毫不影响小说的销量，所有人都惊叹于他对小说艺术的无限追求。"卡尔维诺热"在意大利持续了很久。

回到罗马的几年间，卡尔维诺仍孜孜不倦地进行小说创作，并参加各种学术活动。1983年，又一部具有影响力的小说《帕洛马尔》出版。作家南方朔认为，这是一部卡尔维诺的心灵传记，主人公帕洛马尔即作家本人。帕洛马尔观察事物并进行联想的方式便是卡尔维诺的心灵独白和自我诘问，从中能体现出他独特的宇宙观和哲学观。

1985年，在这一年里发生了很多事情。4月，卡尔维诺去阿根廷首都布宜诺斯艾利斯参加一场幻想文学研讨会，在那里，他见到了自己的偶像博尔赫斯，异常兴奋地向他讲起各种奇幻的文学理念。巧合的是，在1985年的诺贝尔文学奖候选人名单中，卡尔维诺和博尔赫斯的名字出现在了一起，但两人因不同原因均未获奖。夏天，卡尔维诺开始为美国哈佛大学的诺顿讲座准备讲稿。或许因为准备得太辛苦，9月6日，他因脑出血被送进意大利中部佩斯卡拉的锡耶纳医院抢救，9月19日凌晨，卡尔维诺在该医院与世长辞，一切都很突然。

卡尔维诺的墓地位于地中海岸边一个叫卡斯蒂廖内（Castiglione）的小镇上，十分简陋。在他的葬礼上，很多朋友都来向他道别，这其中包括了艾柯，一个在文学创作和符号学研究中，很多思想都与卡尔维诺相契合的文学大师。朋友们的内心是焦灼的、不安的、惋惜的，因为随着卡尔维诺的离去，他脑海里众多尚未成形的理念、尚未着手写的作品都随他远去了，小说世界里众多奇异的可能性也随他远去了。

或许在写《帕洛马尔》这部作品时，卡尔维诺就预感到自己的死亡，也或许他想退离这个世界，因为最后一章的标题是"如何学会做死者"，主要是探讨死亡与世界的关系。该章的开头是："帕洛马尔先生决定今后他要装作已经死了，看看世界没有他时会是什么样。"① 卡尔维诺的离世倒也没有让这个世界转得更慢或转得更快，只是我们的内心依旧惦念着他、感激着他，因为是他让我们看到一个如此不同的世界、一个充满光的寓言世界。

---

① 伊塔洛·卡尔维诺：《帕洛马尔》，萧天佑译，南京：译林出版社，2012年，第145页。

第二章
多元视域下的卡尔维诺研究综述

卡尔维诺才华卓越、精力充沛，是一位多产的作家。他既在小说领域有着非凡的建树，亦精耕于散文、书评、艺术批评、报告文学。他既是作家，又是文评家、编辑、记者，"卡尔维诺一生所扮演的不同角色使他能够代表多种主体说话，使他的写作更具韧性，风格也更多元，这可能在意大利文学史上是独一无二的"[①]。除此之外，他在哲学、历史、生物、数学、绘画、天文学等领域均有所涉猎，广博的学识造就了他非凡的想象力和独树一帜的文风。他长期置身于欧洲社会文化活动的中心，是典型的欧洲公共知识分子。卡尔维诺早年长期担任新闻工作者，参与主编、出版过多种重要刊物，例如从 1959 年至 1966 年，他和挚友维托里尼一起创办了一份以当时文学主流相关论文及文评为主的专刊《样书》(*Il Menabò*)。1980 年出版的美学专著《文学机器》就收集了他为《样书》撰写的多篇重要文章。作为编辑，卡尔维诺多年供职于意大利著名的出版社埃伊纳乌迪。他曾隐居巴黎十多年，在此期间与罗兰·巴尔特、列维-斯特劳斯等符号学家交往密切。在他去世之后，他的妻子将他的各种日记、访谈、短评集结成杂文集出版，名为《巴黎隐士》。这本书有着明显的传记性质，包含了卡尔维诺在巴黎的生活经历和文学感悟，以及他大半生的成长轨迹。巴黎的学术经历也为他日后文学创作的符号学转型奠定了坚实的基础。

他热爱旅游，访问了墨西哥和日本等国，并在意大利的《晚邮报》上发表各种旅行见闻，这些文章后来被收在 1984 年出版的《收藏沙子的旅人》(*Collezione di*

[①] Elio Baldi：" Italo Calvino, l'occhio che scrive. La dinamica dell'immagine autoriale di Calvino nelle critica Italiana". *Incontri* 1 (2015)：23.

sabbia）中。1959 年，他访问了美国，在那儿待了半年时间。这个国家给他留下了深刻的印象，他将旅途见闻写成一篇篇游记，汇集在了《一个乐观主义者在美国》中。自此之后，他与美国的联系愈发紧密：70 年代，卡尔维诺成为美国科学院（the American Academy）的荣誉成员，并在北美的不同城市发表演说；1985 年的夏天，他开始为哈佛大学的诺顿讲座（the Norton Lectures）准备讲稿，遗憾的是，讲稿还没完成，他就因突发脑出血离开了人世。在他离世之后，他的妻子将讲稿汇编成册，于 1988 年出版，定名为《美国讲稿》，又称《未来千年文学备忘录》。

可以说，卡尔维诺既是一位意大利的经典作家，也是一位世界级的作家和文学理论家。针对这样一位人生履历丰富、有着多重文化身份和宽广的国际视野的先锋派作家，国内外学术界的批评研究也呈现出一种多元共存的研究局面。

第一节　意大利视域下的卡尔维诺研究

正因为卡尔维诺是国宝级的作家，且拥有丰富的创作经历和多变的创作风格，意大利学界对他的研究历史悠久、成果形式丰富——有专著、传记、论文集、期刊论文、硕博士论文等，且研究视角多元、剖析深入。这些研究最早始于 20 世纪 50 年代，从 80 年代起迅猛发展。在创作主题方面，研究卡尔维诺早期创作阶段的学者，大多关注他的公共知识分子身份的社会职责，研究他的文学创作与社会、政治、现实的关系。欧金尼奥·博隆加罗（Eugenio Bolongaro）2003 年出版的专著《卡尔维诺与文学指南》主要从社会文化、历史的视角进行研究，该书分为两大主线："卡尔维诺和战后意大利"以及"卡尔维诺和他的风俗画创作"。拉斐尔·帕伦博（Raffaello Palumbo）2011 年发表的论文《伪造的叙述：意大利当代的现实文学》认为，从 20 世纪 90 年代起，意大利文学重新回归现实主义，并阐释了卡尔维诺的文学创作与现实主义的联系。

卡尔维诺作品中的人文关怀和个体、群体的历史话语，是主题研究的另一个重要视域，这包括探讨自我存在的价值以及个体与群体之间微妙而紧张的关系。弗朗哥·里奇（Franco Ricci）1990 年出版的专著《困难的游戏：阅读卡尔维诺〈故事集〉》，围绕卡尔维诺故事集的几个系列——"艰难的爱情""艰难的田园诗""艰难的记忆""艰难的生活"——分别加以论述,探讨了人类个体的生存之路。2005年马可·贝尔波利蒂(Marco Belpoliti)的论文《看得见的城市与看不见的城市》针对《看不见的城市》这一小说,从心理学、政治的层面,阐释了该小说创作的动机、人类与城市的关系、"轻"的内涵。2014年塞雷内拉·约维诺(Serenella Iovino)的论文《彼岸世界的故事:卡尔维诺与后人类主义》从哲学层面和精神分析的角度,探索了《我们的祖先》《帕洛马尔》等作品中的人类存在"界限"的问题。综上所述,主题意蕴方面的研究为深入了解卡尔维诺的创作动机、创作与外环境的关系以及他的创作发展之路奠定了基础。

从20世纪80年代中期起,尤其是进入新千年以来,对卡尔维诺中后期文本的探索成为学界研究的热点。研究呈现一种开放性的多元局面,归纳起来,大致可划分为以下几个方面:

第一,以形式批评的方法对卡尔维诺小说文本的结构、模式、组合艺术(Arte Combinatoria)的研究。众多的评论家被卡尔维诺中后期文本精彩的形式实验所吸引,他们从叙事学、数学、逻辑学等多角度探讨了卡尔维诺文本的迷宫般的形式,这方面具有代表性的著作有:1997年安娜·博塔(Anna Botta)的论文《卡尔维诺与乌力波:一个在组合机器中的意大利灵魂》探讨了潜在文学工场乌力波关于结构主义的创作理念,并以卡尔维诺后期创作的几部小说为代表,论述了小说结构中的组合技巧和科学文学观。2005年塞吉奥·布拉齐纳(Sergio Blazina)的论文《伊塔洛·卡尔维诺:一种介于科学与神话之间的语言》从结构主义与后结构主义的视角出发,探讨卡尔维诺作品的迷宫特色和科学构建。2009年保罗·奇鲁姆博洛(Paolo Chirumbolo)汇编的论文集《意识与自我意识之间:60年代意大利叙事文学评论》将卡尔维诺60年代的小说置于战后经济复苏的大背景下进行探讨,深入剖析了《宇宙奇趣全集》《命运交叉的城堡》《时间零》等文本叙事的组合艺术以及与思维深层"无意识"的关联。2014年玛丽亚·格洛里亚·韦扎尼(Maria Gloria Vezzani)的专著《卡尔维诺的组合天分:困难的爱》指出,卡尔维诺是话语的建筑师,他的作品总是结构完美的、井然有序的、精心计算的。她以《困难的爱》中的六个小短篇为研究范本,从语言、结构、内容等层面分析其中组合的艺术。次年(2015年),她又发表了论文《在卡尔维诺和艾柯叙述的迷宫中:百科全书、"完整的小说"及文学的宇宙观》,以卡尔维诺和艾柯的理论和小说为依据,阐明了现代文学创作的宇宙观和百科全书模式。此外,针对卡尔维诺70年代左右创作的《命运交叉的城堡》《看不见的城市》《寒冬夜行人》这三部小说，进行形式分析的研究更是不胜枚举。具有代表性的有皮耶尔乔治·奥迪弗雷迪（Piergiorgio Odifreddi）1999年发表的论文《如果一个冬夜，一个计算者》、劳拉·基耶萨（Laura Chiesa）2006年发表的文章《伊塔洛·卡尔维诺与乔治·佩雷克：多样性、城市情感的对照性与拼图游戏》、马里奥·巴伦吉（Mario Barenghi）2007年发表的文章《〈看不见的城市〉索引，卡尔维诺档案的四页》等。

第二，卡尔维诺创作与民间文学、童话的渊源。这是评论者们乐于研究的一大热点领域，出版了众多的专著与论文，并且，在关于卡尔维诺的综合性学术专著或传记作品中，几乎都会有章节论及民间文学、童话对卡尔维诺的影响力。童话模式是卡尔维诺创作的根源，它使得卡尔维诺的小说视觉形象鲜明、结构形式新颖。因此，与之相关的对卡尔维诺小说的形象、视觉艺术的研究也较常见。1998年西蒙内塔·切萨·赖特（Simonetta Chessa Wright）的专著《卡尔维诺创作中的新巴洛克诗学》从一个非常独特的视角出发，探究了卡尔维诺作品中的巴洛克美学艺术。她定义"巴洛克风格"为"一串聚集的循环性美学系统和模式"[①]，其最主要特征是处于秩序与混乱之中的艺术冲突，是在混乱中重建秩序的尝试，这与卡尔维诺的文本结构十分相似。因此，她比较了卡尔维诺的文本与新巴洛克艺术的内在联系。2001年弗朗哥·里奇（Franco Ricci）的专著《用词语绘画，用图像写作：伊塔洛·卡尔维诺作品中的字词和形象》，从"从文字到形象""从形象到文字""从字词秩序到视觉混乱"等维度，论述了卡尔维诺创作中文字与形象密不可分的关系。吉娜·M. 米耶莱（Gina M. Miele）2011年在 *Italica* 上发表的论文《卡尔维诺的蛛网：在民间传说与文学之间》，论述了卡尔维诺作为一个寓言家，创作《意大利童话》时所遵循的准则以及童话元素与《美国讲稿》中美学元素的关联。2017年，她又发表论文《转型与突变：卡尔维诺变形的诞生》，以《意大利童话》为基础，探寻卡尔维诺在童话创作中既保留原作又重建原作的平衡点。

第三，从叙事学视角出发，研究卡尔维诺创作中的作者、文本、读者三者间的关系，这也常成为研究的热点。"作者"真的如同罗兰·巴尔特所说，已经死去了，还是像皮兰德娄笔下的帕斯卡尔，表面已故，却换了另一种身份，以另一种方式生活？这往往是评论者探讨的焦点。实际上，卡尔维诺从他职业生涯的开

---

① Franco Ricci, "Reviews". *Italica* 76-3 (1999): 429.

端，就一直拥有关于"作者"问题的自觉意识，而且，作为编辑，在写过很多前言、散文、评论之后，卡尔维诺有能力成为一个理想的读者，这也促成了在创作他的后现代作品时，他一边写作一边把自己想象成模范读者并与之对话。因此可以说，卡尔维诺本人对作者是否在场的问题也是相当关注的，他似乎一直在和读者、评论者们玩着"寻找作者"的游戏。有关这一点，多米尼克·斯卡尔帕（Domenico Scarpa）于1999年在他的专著《伊塔洛·卡尔维诺》中认为："卡尔维诺的态度十分奇怪：他一方面隐藏自己，另一方面又突然大叫道：'我躲好了！'这就像小孩子们在玩捉迷藏，他们不清楚自己是一下午躲在隐蔽处，不被人发现更快乐，还是想让自己立刻被发现更快乐。卡尔维诺也始终处于这样的矛盾心理中。"[①] 或许是想把作者与读者的问题付诸实践，卡尔维诺创作了《寒冬夜行人》，很多研究也是围绕该小说进行作者与读者关系的探讨的。马里奥利纳·萨尔瓦托里（Mariolina Salvatori）1986年发表的《伊塔洛·卡尔维诺的〈寒冬夜行人〉：作者的权威，读者的自治》、路易吉·斯科拉诺（Luigi Scorrano）2017年发表的《卡尔维诺：既是作者又是读者》等，都是这方面比较重要的论文。值得一提的是，艾柯在他1994年发行的著作《悠游小说林》中，也对这本小说倍加推崇。他认为，该小说充分探讨了读者角色的问题，和他的诠释学理论不谋而合。

第四，还有一部分研究关注卡尔维诺创作与其他作家的相似性以及卡尔维诺对经典作品的借鉴与重写。2007年恩里卡·玛丽亚·费拉拉（Enrica Maria Ferrara）在论文《在卢卡奇与布莱希特之间的卡尔维诺：布莱希特式解读卡尔维诺的〈长椅〉》中，阐释了匈牙利哲学家和马克思主义评论家卢卡奇的著作《马克思主义与文学评论》对卡尔维诺早期创作的影响，并指出，卡尔维诺在创作中对喜剧的偏爱是受到布莱希特的启发，进而用布莱希特的理念来分析卡尔维诺剧作《长椅》。安娜·马里奥（Anna Mario）在2015年出版的专著《伊塔洛·卡尔维诺，下方的哪位作者在等待结尾？》中比较了卡尔维诺创作在主题和结构方面与俄国作家果戈理、意大利文学家皮兰德娄、蒙塔莱之间的联系。2017年劳拉·特林（Laura Terrin）在她的硕士论文《当经典碰上现代：重写的实践，伊利亚特、疯狂的罗兰、约婚夫妇——巴里科、卡尔维诺、艾柯》的第三章中，探讨了卡尔维

---

① Elio Baldi："Italo Calvino, l'occhio che scrive. La dinamica dell'immagine autoriale di Calvino nelle critica italiana". *Incontri* 1 (2015): 28.

诺对意大利文学经典《疯狂的罗兰》的重新演绎。总之，从历时和共时的角度研究卡尔维诺与其他作家、作品的互动，有助于更深入地理解卡尔维诺的创作与外部环境的关系，进而理解他的创作动机和作品的发展轨迹。

第五，有相当多的专著、论文集以卡尔维诺的美学著作和小说文本为基础，既重视他的作家身份，又关注他的评论家身份，综合性地分析了其美学思想和哲学、科学思考。这方面代表性的著作有：克劳迪奥·米拉尼尼（Claudio Milanini）1990年出版的随笔集《不再继续的乌托邦》阐明了卡尔维诺试图重建秩序、重建美好，即重建乌托邦的尝试。法比奥·彼耶朗杰利（Fabio Pierangeli）1997年出版的专著《伊塔洛·卡尔维诺，变形和虚无的理念》系统性地分析了卡尔维诺从《我们的祖先》到《看不见的城市》的创作路径，创作的变形与碎片化，以及与蒙塔莱相似的关于"虚无"和"奇迹"的创作思想。马里奥·拉瓦杰托（Mario Lavagetto）2001年出版的专著《卡尔维诺的贡献》从《看不见的城市》的文本分析、作家身份、童话元素及《美国讲稿》解析等维度，综合性地阐述了卡尔维诺作为传统主义者与创新者双重身份的文学成就。马里奥·巴伦吉（Mario Barenghi）2007年出版的专著《伊塔洛·卡尔维诺：路径与边际》也是一本综合阐述卡尔维诺作为作家与评论家的文学理念的散文集。拉斐尔·阿拉戈纳（Raffaele Aragona）2008年汇编的论文集《伊塔洛·卡尔维诺：潜在的进程》汇集了一些评论者从文本结构、文字游戏、变形、自传式书写、轻盈等各角度，对卡尔维诺后现代文本解读的论文。达尼·卡瓦拉罗（Dani Cavallaro）2010年出版的专著《卡尔维诺的思维世界，关于他的思想和创作的批判性挖掘》则以卡尔维诺的中后期小说为基础，重点挖掘每部小说背后卡尔维诺关于历史、宇宙模式、百科全书等的思考。此外，还有专门探讨卡尔维诺的《美国讲稿》中的美学思想的专著，例如2011年莱蒂齐娅·摩德纳（Letizia Modena）的《卡尔维诺的轻质建筑》、阿德里亚诺·皮亚琴蒂尼（Adriano Piacentini）2016年发表的《在晶体与火焰之间：伊塔洛·卡尔维诺的〈美国讲稿〉》和2016年发表的《连贯性：未经发掘的卡尔维诺的第六节课》等。

传记方面，在意大利，早期较权威的对卡尔维诺作品进行综合性导读的传记，是1972年朱塞佩·博努拉（Giuseppe Bonura）的《卡尔维诺导论》。该书从卡尔维诺的生平、作品介绍、主题和创作动机、作品评论等几个方面，对卡尔维诺的作品进行了全面的导读性质的介绍。值得一提的是，在该传记的前言，博努拉依照时间顺序，以表格的形式，清晰地梳理出卡尔维诺从出生（1923年）

到创作中后期（1973年）间，每个时间节点的重要个人事件，并从外环境的角度，整理出每个时间节点的重大文化事件和历史事件。这为考证卡尔维诺的生平、创作路径、创作外部环境对创作的影响，提供了重要的历史依据。遗憾的是，因为该传记出版时间较早，收录的作品只截至《看不见的城市》这部小说，此后的一系列后现代著作都没有涉及。在卡尔维诺去世后不久，1988年，乔治·巴罗尼（Giorgio Baroni）的《伊塔洛·卡尔维诺——卡尔维诺作品导读，评论史及评论作品选读》出版。这也是一部较早的全面综合介绍卡尔维诺作品及其思想的权威传记，它同样分为作家生平、作品介绍、评论史及评论选读几个部分。与博努拉的传记不同的是，它囊括了卡尔维诺的全部著作，而且归纳出各大名家对卡尔维诺作品的评论史，并精心挑选了一些评论作品选读。此外，在卡尔维诺去世后不久，1986年，在他的家乡，意大利小城圣雷莫举办了第一届全国卡尔维诺学术研讨会，组织者乔治·贝尔托内（Giorgio Bertone）也是一位著名的卡尔维诺研究专家，他将研讨会的论文汇编成册，定名为《伊塔洛·卡尔维诺：文学、科学、城市》，这是意大利国内第一部较早的研究卡尔维诺的论文集。此后，他撰写的传记《伊塔洛·卡尔维诺：写作的城堡》和汇编的论文集《伊塔洛·卡尔维诺：为新千年而生的作家》相继出版。90年代，在意大利比较有影响力的卡尔维诺传记还有G.邦萨韦尔（G. Bonsaver）的《写作的世界：卡尔维诺叙事的形式与思想》等。

2000年后，意大利对卡尔维诺的研究延续了此前的发展势头，众多传记纷纷出现，比较有代表性的是弗朗切斯卡·塞拉（Francesca Serra）的《卡尔维诺》和西尔维奥·佩雷拉（Silvio Perrella）的《卡尔维诺》。这两本传记的结构布局迥然不同：塞拉按照卡尔维诺创作的一些关键点将全书划分为"艰难的开端""意大利式格林童话""50年代轶事""书与思想""在幽默与科学之间""有秩序的牌局"等板块，全面深入地总结卡尔维诺不同阶段的著作与思想。佩雷拉则是按照时间顺序分布章节，从"四十年代"一直撰写到"八十年代"，清晰地展示了每个"十年"期间外部环境的特色以及卡尔维诺的创作思路、创作的发展轨迹。这两部传记可谓是综合研究卡尔维诺的上乘之作。

虽然意大利对于卡尔维诺的研究正在多元化蓬勃发展，但在符号学方面，结合符号学理论，系统完整地诠释卡尔维诺著作的研究，仍然较为薄弱，研究格局多呈碎片状，只有少部分文献在论及文本后现代叙事策略时会涉及符号学的一些内容。鉴于艾柯是意大利的符号学大师，这些零散的研究大多集中于探讨卡尔维诺作品与艾柯符号学的联系。马泰奥·布雷拉（Matteo Brera）2011年发表的论文《在忽必烈的宫廷中：〈看不见的城市〉叙事的符号艺术》将焦点集中于马可·波罗与忽必烈的对话，用艾柯文本诠释学理论，探讨对话中各层次的"作者""读者"身份以及开放的文本观，却没有将对话中的这些身份纳入动态的意义生成过程中来分析。2012年4月，在加拿大多伦多大学召开了名为"艾柯与卡尔维诺：密切交织的关系"的国际学术研讨会。次年，在意大利出版了同名的会议论文集《在艾柯与卡尔维诺之间：密切交织的关系》。论文集由罗科·卡波齐（Rocco Capozzi）汇编，集结了包括艾柯、马丁·麦克拉林（Martin McLaughlin）等意大利和国际众多知名学者的论文。该书的目的在于，通过比较艾柯和卡尔维诺这两位近年在国际享有盛誉的意大利作家和评论家，分析他们"在阅读和写作实践中展现出的超凡的智性创造力"[1]。但该书主要站在文学批评的角度来谈论二者的创作，并没有深入地涉及艾柯的符号学内容。

综上所述，意大利视域下的卡尔维诺研究历经几十年的发展，呈现出如今百花齐放的态势。首先，研究的一些热点词汇是"迷宫""几何""理性""秩序""城市""童话""轻盈""百科全书"等。帕韦塞形象地称卡尔维诺为"用笔写作的松鼠"（Scoiattolo Della Penna）[2]，可见卡尔维诺文笔的敏捷、灵活、轻盈。众多研究也正是围绕这一创作特征展开，探讨卡尔维诺作品中的"晶体"特色。无论是主题研究还是形式研究，无论是研究其与童话、民间文学、经典历史文本的渊源，还是探讨小说模式、作者与读者的关系，都离不开"晶体小说"这一概念。其次，评论普遍认为，卡尔维诺是一个介于"出世"与"入世"之间的作者。从他的天性来看，他是疏离中心的，他的众多作品也都呈现出一种时间与空间的疏离感，而从事实结果来看，他又恰恰处于意大利文化活动的中心。或许，他的创作、处事态度正如小说《树上的男爵》中的主人公柯希莫，永远在树上远距离观察世界，却不曾离开这个世界，而是遥远地参与世界。最后，卡尔维诺也被认为是一个"自我审视的法官"。在评论界，用"卡尔维诺来评价卡尔维诺"这一现象非常普遍，我们经常能看到诸如此类的评论话语："如果要讨论这部作品，首先要从作者自身的论述谈起。"卡尔维诺不仅教我们如何阅读他的作品，还教我们如何阅读他人的作品，这主要源于他的编辑、文评家身份以及多年来在

---

[1] Rocco Capozzi. *Tra Eco e Calvino: Relazioni rizomatiche*. Milano: EM Publishers, 2013: 13.
[2] Elio Baldi: "Italo Calvino, l'occhio che scrive. La dinamica dell'immagine autoriale di Calvino nelle critica italiana". *Incontri* 1 (2015): 23.

社会公知圈内名声的积累。他通过《帕洛马尔》这部自我指涉式的小说，以及《美国讲稿》这部有关美学思想的经典著作，影响了一代又一代的读者。"卡尔维诺诗学"也在一定程度上代表着意大利最重要的文学出版社埃伊纳乌迪的文学理念，指引着作家们进行文学创作。

第二节　英美视域下的卡尔维诺研究

　　卡尔维诺是当代世界最具影响力的作家之一，也是在英美[①]被翻译作品最多、最受读者推崇的当代意大利作家之一。20世纪60年代，随着他的《意大利童话》《宇宙奇趣全集》等作品被翻译到英语世界，他受到了来自约翰·巴思、戈尔·维达尔、约翰·厄普代克等众多美国知名作家的褒扬，称他为"我们这个时代最具创造力、挑战性及娱乐性的作家之一"[②]。维达尔甚至认为："卡尔维诺已经远远超过了同时代的英美作家。"[③]

　　紧接着，卡尔维诺引起了英美评论界的广泛关注，大量的研究他后现代小说如《宇宙奇趣全集》《看不见的城市》《命运交叉的城堡》《寒冬夜行人》等的学术论文纷纷涌现。批评家们热衷于把他与纳博科夫、博尔赫斯相提并论。英国作家迈克尔·伍德（Michael Wood）把他的文学空间定位在"波赫士之东和纳博柯夫之西的地方"[④]。卡尔维诺研究经过几十年的发展，已经在英美学术界形成了一定的规模，不仅思路开阔、视野多元，而且挖掘较深。在英美的各种重要学术杂志上，如美国意大利语教师联合会出版的有关意大利文学、语言学、文化、电影的综合性研究期刊 *Italica*、美国约翰斯·霍普金斯大学出版的有关科学与艺术的杂志 *Configurations* 以及有关现代语言和比较文学的学刊 *MLN*、《小说研究》

---

① 针对卡尔维诺的研究在英国、美国、加拿大都比较盛行。因此，本书中的"英"主要指英国，而"美"则是指美洲，不是仅指美国，也包括加拿大等。
② Rocco Capozzi: "Italo Calvino and the compass of literature (review)". *University of Toronto Quarterly* 74-1 (2004): 581.
③ 转引自伊塔洛·卡尔维诺：《意大利童话（上）》，文铮等译，南京：译林出版社，2012年，"前言"第35页。
④ 根据译文，这里的"波赫士"是"博尔赫斯"的另一种译法，"纳博柯夫"等同于"纳博科夫"，译文出自吴潜诚：《在波赫士之东、纳博柯夫之西——介绍卡尔维诺的生平和作品》。

（*Romance Studies*）、《现代小说研究》（*Modern Fiction Studies*）、《多伦多大学季刊》（*University of Toronto Quarterly*）等，都数次刊登过有关卡尔维诺的研究论文。

译介方面，60年代起，卡尔维诺的一些作品如《通向蜘蛛巢的小径》《意大利童话》《宇宙奇趣全集》《时间零》就相继被翻译成英语，在美国和英国出版。20世纪70年代至90年代期间，卡尔维诺大量的超现实主义和后现代作品被推介到英美，这其中包括《看不见的城市》《命运交叉的城堡》《寒冬夜行人》《我们的祖先》《帕洛马尔》等经典小说。它们成为书店中炙手可热的畅销书，无论是普通读者还是学术界，都被他那奇趣的幻想世界和变幻莫测的叙事形式所吸引。卡尔维诺作品的主要译者是美国巴德学院的文学教授威廉·韦弗（William Weaver），他一生翻译了卡尔维诺十余部小说及美学专著《文学机器》。该专著的另一重要译者是英国学者帕特里克·克雷格（Patrick Creagh）。除了翻译《文学机器》，1993年，他还将《美国讲稿》（即《新千年文学备忘录》）翻译成英文，促使了卡尔维诺前卫的文学理念在欧美的广泛传播。此外，牛津大学的意大利学教授马丁·麦克拉林也是国际著名的卡尔维诺研究专家，他不仅翻译了《通向蜘蛛巢的小径》《为什么读经典》《巴黎隐士》《卡尔维诺书信集1941—1985》等经典著作，还撰写了很多学术专著和论文，例如传记《伊塔洛·卡尔维诺》、论文《卡尔维诺、艾柯以及世界文学的准则》，并与格兰德特维格（Birgitte Grundtvig）和彼得森（Lene Waage Petersen）一起编辑了论文集《卡尔维诺作品中的形象、视觉和艺术：作品的可视性》。

70年代起，卡尔维诺在美国声名鹊起，他不但成为美国科学院（the American Academy）的荣誉成员，在北美的不同城市发表演说，1985年，他还接受了哈佛大学诺顿讲座的演讲邀请，成为意大利第一位受到诺顿讲座邀请的作家，此后，艾柯也受到了该讲坛的邀请。只可惜在辛苦准备演讲稿的时候，卡尔维诺不幸与世长辞，也与当年的诺贝尔文学奖失之交臂。不过，值得庆幸的是，卡尔维诺基本完成了演讲稿的撰写。在他逝世不久后，他的妻子将讲稿整理汇编成册，这便是《美国讲稿》。该书的出版，为新时代的作家、批评家们留下了无限宝贵的文学财富。在欧美，有相当多的专著、论文，根据卡尔维诺的这本美学著作，认为他是叙述童话的天才、纯文学的信仰者①;《美国讲稿》阐明了其美学思想、科学文学观,并上升到哲学高度进行思考和论证,由此拓展到探索世界文学的价值。这类的代表性文献有:1992年凯瑟琳·休姆(Kathryn Hume)的《卡尔维诺的小说世界:沉思与宇宙》、2000年安吉拉·M. 让内(Angela M. Jeannet)的《在骄阳和新月之下:伊塔洛·卡尔维诺讲故事》、2013年扬·柯蒂斯(Jan Curtis)的《卡尔维诺与世界文学的价值》等。

  批评家们普遍认为,卡尔维诺具有思辨性的宇宙观深深影响着他的创作:宇宙和现实都是微小的颗粒结构,处于不稳定状态,小说中的各种意象都可以被吞没、变形。自我命运同样也是不确定的,人类需要在宇宙图景下审视自我、探寻自我、思考存在。在卡尔维诺的世界里,事物之间没有绝对区分的界限,界限两边的事物可以互相渗透、互相转化,例如美好与丑陋这两个空间互为隐藏、互相转换。他在《美国讲稿》中提到的各文学要素实则都可以互相转换,例如轻逸与厚重、简洁与繁复、精确与朦胧等等。他始终以一种平等的、开放的、对话的眼光看待世界万物。此外,他还相信秩序,认为宇宙在裂变的过程中,始终存在着一些有序的区域,文学创作即是这些区域之一。他在纷繁复杂的世界寻找秩序,希望文学能达到一种有序的理想境地,在有限的世界里展现无限的意义。因此,有序的、透明的、对称的、无限增殖的晶体世界,成为卡尔维诺一直追寻的纯粹世界。休姆指出,正是因为卡尔维诺作品中的科学理性意识,他从自我内心的微观宇宙窥探外部的大系统、大宇宙的哲学家思维,才使他成为一位与众不同的世界级作家②。让内主要侧重从卡尔维诺创作的外环境,如后工业化时代、消费主义、后现代背景等特定的语境因素,来探讨卡尔维诺的美学观念和文学叙事,并注重其与意大利文学传统的紧密联系。她还探索了卡尔维诺小说世界中的女性形象的隐喻作用。在探讨世界文学的价值方面,很多学者都以《美国讲稿》为范本,或从其中的某一点进行深入分析,或综合性地概述卡尔维诺认为的新千年文学应该具有的价值与特性。例如柯蒂斯,他重点解读了"轻质文学"的内涵,认为"轻盈"恰恰是对生活之重的完美回应,文学创作应当以形式之轻凸显意义

---

① Rocco Capozzi: "Italo Calvino and the compass of literature (review)". *University of Toronto Quarterly* 74-1 (2004): 581.
② See Kathryn Hume. *Calvino's fictions: Cogito and cosmos*. Oxford: Oxford University Press, 1992: 159-161.

之重①。

除了《美国讲稿》中的美学观,卡尔维诺与一些后现代作家的比较,也是英美研究普遍关注的一个方向。在北美,召开了三次比较重要的与卡尔维诺相关的文学研讨会,比较他与博尔赫斯、艾柯创作间的关联。它们分别是:1997年4月于加州大学戴维斯分校举办的伊塔洛·卡尔维诺研讨会,代表性的文献为美国作家约翰·巴思的发言稿《"平行性!":卡尔维诺与博尔赫斯》。该稿精练地对比分析了博尔赫斯与卡尔维诺在成就上的"平行性"(即相似性)与"反平行性"(即差异性)。巴思认为:他们的写作处处体现出智性之光,在写作风格上清楚直接,擅长运用短篇和组合艺术,小说可视性强,且在小说中精妙地结合了两种文学价值——"代数学"和"火"。所不同的是,博尔赫斯的叙事主题多跟文学史、哲学史有关,而卡尔维诺更多偏重于神话、寓言和自然科学,可以说,卡尔维诺的叙事更加轻松、轻盈。此外,博尔赫斯的叙事几何学是"欧几里得式"的,而卡尔维诺在组合艺术中加入了某种诙谐幽默的非欧几何成分,例如在叙事进程之中,加入了一种活泼的(但又适可而止的)不确定因素,凸显了叙事的趣味性和灵活性。第二次研讨会是1999年10月在纽约州立大学水牛城分校举办的,会议论文集《文学哲学家:博尔赫斯、卡尔维诺、艾柯》于2002年出版。该书汇集了乔治·J. E. 格拉西亚(Jorge J. E. Gracia)、卡罗琳·科尔斯迈尔(Carolyn Korsmeyer)、罗科·卡波齐(Rocco Capozzi)等众多知名学者的论文。他们着眼于探讨这三位小说家的文学创作中所体现出的哲学观,如迷宫叙事中的哲学思辨,卡尔维诺与反讽,写作的系统论,艾柯迷宫中的认知实践、元小说的哲学观等。

加拿大多伦多大学一直是意大利文化研究的重要阵地,《多伦多大学季刊》上多次刊登有关卡尔维诺研究的成果。2012年4月,在此召开了名为"艾柯与卡尔维诺:密切交织的关系"的国际学术研讨会,这是一次有关意大利当代文学的重大会议。次年,在意大利出版了同名的会议论文集《在艾柯与卡尔维诺之间:密切交织的关系》。论文集由多伦多大学教授罗科·卡波齐汇编并作序,汇集了包括艾柯、马丁·麦克拉林、欧亨尼奥·博隆加罗等十几位国际著名学者的论文。该论文集主要从文学的视域,以艾柯和卡尔维诺的一些代表小说和美学著

---

① See Jan Curtis: "Italo Calvino and values of world literature". *The Global Studies Journal* 5 (2013): 79.

作为基础，探讨了他们的智性写作，并比较了他们的诗学理念。细分的研究主题极其新颖，具有丰富的内涵。开篇和结尾是艾柯的两篇文章，他表达了对卡尔维诺小说《树上的男爵》的喜爱。艾柯认为：他们都无意于对作者自身的心理分析，一个作者只有创作出的作品才有价值。不同的是，卡尔维诺是一个幻想小说家，而艾柯是一个历史小说家，艾柯更加关注的是文学中叙述的现实与历史的真实之间的关联性。麦克拉林的论文《卡尔维诺、艾柯以及世界文学的准则》也是其中一篇比较重要的论文。他强调艾柯和卡尔维诺的众多评论性文章的重要性，认为这些文章是他们的创造性文学实验工坊的理论基础。但是，麦克拉林并没有直接评析他们的美学著作，而是通过分析历史上他们最喜欢的作家和创作理念，来解读他们的美学思想的灵感源泉，分析他们观念的异同，从而进一步阐释世界文学的准则。

"后现代性"也是欧美研究的一个热门词汇。事实上，卡尔维诺的后现代小说刚被翻译到英语世界时，学界就对它们产生了浓厚的兴趣，尤其是《看不见的城市》《寒冬夜行人》《帕洛马尔》等小说，在学界反响十分强烈。在"后现代性"问题的研究上，欧美学界十分注重将形式批评与意义阐释相结合，这也正契合了卡尔维诺的创作理念——他始终把小说的形式与内容融为一体，避免小说陷入虚无的境地。巴思总结道："卡尔维诺与OULIPO小组其他的巫术师之间的决定性差异，就在于他知道什么时候应该停止形式上的雕琢，开始放声歌唱——或者不如说，他知道如何让严苛的形式本身引吭高歌。"① "晶体小说"正是将小说的形式与内容浓缩成有序的模式的典范。有关"后现代与卡尔维诺"的代表性文献有：约翰·巴思1984年发表的论文《丰满的文学：后现代主义小说》，该论文是意大利学者西尔维奥·佩雷拉在传记《卡尔维诺》中特别提到的。他说："关于后现代的卡尔维诺，有必要参考巴思的这篇论文。"② 巴思以卡尔维诺等作家举例，总结了后现代文学的特征，认为它汲取了现代主义文学的养分，但又没有套上现代主义的枷锁。康斯坦斯·D. 马基（Constance D. Markey）和S. E. 贡塔尔斯基（S. E. Gontarski）1999年出版的专著《伊塔洛·卡尔维诺：走向后现代主义的旅程》，主要从创作主题方面，追溯了卡尔维诺从新现实主义走向后现代主义的创作历程，并从比较文学的角度，重点强调了卡尔维诺创作的国际

---

① 约翰·巴思：《"平行性！"：卡尔维诺与博尔赫斯》，Alphaomega 译。
② Silvio Perrella. *Calvino*. Roma：Laterza, 2010：220.

背景。劳伦斯·雷尼（Lawrence Rainey）2013年出版的著作《伊塔洛·卡尔维诺：最后的现代主义者》，主要以麦克拉林最新翻译的《卡尔维诺书信集：1941—1985》为基础，总结卡尔维诺的生平事件、与其他知名作家的对话以及他的现代主义者特征。

如果对"后现代性"这一主题加以具体划分，卡尔维诺后现代文本精巧的结构、时空观、叙事学是近些年研究的热点。代表性的文献有：阿尔伯特·斯布拉吉亚（Albert Sbragia）1993年发表的《伊塔洛·卡尔维诺之混乱的秩序》、克尔斯汀·皮尔茨（Kerstin Pilz）2003年发表的《反思与空间：卡尔维诺小说中的迷宫和城市》、约翰·多米尼（John Domini）2014年发表的《棋盘与丰饶角：〈看不见的城市〉的四十年》、桑比特·帕尼格拉希（Sambit Panigrahi）2017年发表的《后现代"时间性"在〈看不见的城市〉中的体现》等论文。这些研究普遍认为：卡尔维诺所追寻的理想世界的模型正如"晶体模式"，它介于有序与无序之间，表面纵横交错的线条构成了井然有序的结构，而深隐其中的是重复与增殖，是一种无序状态。他的《看不见的城市》《命运交叉的城堡》等小说都是基于上述理念进行创作的。与形式批评相关的还有对他的小说视觉艺术的研究，代表性的作品是麦克拉林和另两位学者一起编辑的论文集《卡尔维诺作品中的形象、视觉和艺术：作品的可视性》。该论文集研究视角新颖，将重心转换到评论者极少关注的形象和视觉艺术中来，指出视觉艺术在卡尔维诺创作中的重要性。此外，从叙事学的视角出发，例如研究文本中的叙事语言、作者、读者角色问题，也常成为近些年研究的热点，代表性的文献有：乔纳森·乌瑟（Jonathan Usher）1995年发表的论文《卡尔维诺和作为作者/读者的机器》、安德烈·布林克（André Brink）2010年出版的专著《小说的语言和叙事：从塞万提斯到卡尔维诺》、苏珊·布里齐亚雷利（Susan Briziarelli）2010年发表的论文《隐藏在名字中的是什么？一本十七世纪的书、侦探小说与卡尔维诺的〈寒冬夜行人〉》等。除了从形式方面诠释"后现代性"，也有很多文献从主题和意义方面进行解读，阐释了现代危机、理性危机、主体在空间中的焦虑感等。卡尔维诺的小说经常被认为是对现代危机意识的文学诠释，他通过创造多种空间来传达主体的焦虑，营造一种光鲜外表下的情感消逝。他对社会空间中的人类自由，始终持有一种悲观的态度。

此外，也有关注卡尔维诺作为欧洲公共知识分子的社会职责，研究他的早期文学创作与社会、政治、文学伦理、新现实主义之间的关系的。加州大学洛杉矶分校意大利文学方向的学者露西娅·雷（Lucia Re）就是这方面的代表，她1990年出版的专著《卡尔维诺与新现实主义：疏离的寓言》论述了在新现实主义背景之下卡尔维诺创作的疏离感，也因此获得了1992年由现代语言学会颁发的马拉洛（Marraro）奖。她又于2014年发表了论文《帕索里尼与卡尔维诺：关于知识分子角色和意大利当今后现代主义的再次辩论》，阐明了在后现代语境下，公共知识分子的社会职责，并以卡尔维诺和帕索里尼两个理念不同的作家进行比较论证。

英美关于卡尔维诺的传记性作品和导读性专著也较多，具有代表性的是国际著名卡尔维诺研究专家马丁·麦克拉林1998年出版的专著《伊塔洛·卡尔维诺》。这是欧美第一部较为完整全面地介绍卡尔维诺作品的英文传记，麦克拉林梳理了卡尔维诺的创作历程，在掌握了大量尚未出版的一手资料的基础上，对作者的重要小说、评论性文章进行了富有创见的阐释，并分析了他与世界其他重要作家的关联。后现代元素也是该传记重点解读的内容之一。值得一提的是，麦克拉林于2013年将卡尔维诺写于1941—1985年的书信集翻译成英语，并推广到英语世界。该书信集收集了650余封信，包含了卡尔维诺写给意大利众多知名作家的关于文学思潮，美国、法国、意大利的文学与社会的探讨，这为欧美学界研究卡尔维诺提供了重要的实证依据。贝诺·韦斯（Beno Weiss）1993年出版的导读性专著《理解伊塔洛·卡尔维诺》按照时间线索，从卡尔维诺的新现实主义作品《通向蜘蛛巢的小径》开始，至自我指涉式小说《帕洛马尔》结束，分十一章介绍了其不同时期不同风格的代表小说的特征。当代美国著名文学理论家哈罗德·布鲁姆（Harold Bloom）2002年出版的《伊塔洛·卡尔维诺》是一本汇总了卡尔维诺小说评论的集子，作者收集了卡尔维诺代表性短篇小说的评论精华，并附上各小说的概述、主题和模式以及主人公的性格特征，便于读者迅速锁定感兴趣的作品，为他们进一步深入挖掘作品打下了基础。

总而言之，英美视域下的卡尔维诺研究是多元发散、百花齐放、百家争鸣的。研究者们聚焦"后现代"这一主题，始终把形式批评与意义阐释相结合，探索了卡尔维诺创作的宇宙图景和哲学思考，简与繁、幻想与现实并存的小说空间，以及现代人在空间中难以寻觅自我的悲观主义色彩。学者们的各种有价值的学术研究，丰富了世界卡尔维诺研究成果宝库，对我国的卡尔维诺研究具有一定的启示作用。

第三节　中国视域下的卡尔维诺研究

由于受到时代格局的影响，与国际学界相比，我国对卡尔维诺作品的引进较晚，严格意义上讲，始于20世纪80至90年代。以吕同六、萧天佑、张世华、张密、吴正仪、文铮、魏怡为代表的一批学者，对卡尔维诺的大量著作进行了译介。对于卡尔维诺的研究则始于20世纪80年代，90年代末至21世纪初发展较为迅速，涌现出一些高质量的论文和专著。经过30多年的努力，如今，我国卡尔维诺研究的队伍不断壮大，研究的作品数量增多，视野开阔，方法多元，兼具理论的深度。

译介方面，早在1956年，上海新文艺出版社就出版了严大椿译的意大利短篇小说集《把大炮带回家去的兵士》（*Storia del soldato the porta il cannone a casa*），其中包括卡尔维诺的两个短篇。该短篇小说集由于讲述的故事都与二战期间意大利人民坚强抵御法西斯有关，具有浓郁的意识形态色彩，契合了当时的"无产阶级"文学潮流，才得以翻译成中文，而卡尔维诺的创作在中国并没有得到真正的重视。

80年代，随着中国的国门再次向世界敞开，西方文学作品和思潮像泉涌般涌进国内，卡尔维诺的一些代表性著作才被陆续翻译成中文，如1981年由上海译文出版社出版的《一个被分成两半的子爵》、1985年由上海文艺出版社出版的《意大利童话》以及1989年由中国工人出版社出版的《我们的祖先》三部曲等。1980—1981年，《读书》杂志分两期刊登了董鼎山的《所谓"后现代派"小说》以及《卡尔维诺的"幻想"小说》，介绍了卡尔维诺的《宇宙连环画》、《阿根廷蚂蚁》、《我们的祖先》三部曲等幻想小说。《世界文学》杂志也陆续登载了卡尔维诺及其作品的一些介绍性文章，如风华的《意大利作家卡尔维诺的〈在一块石头上〉》、吴正仪的《意大洛·卡尔维诺》《寓言中的哲理，幻想里的现实——评卡尔维诺的〈我们的祖先〉三部曲》等。总体来说，卡尔维诺充满童话和幻想色彩的超现实主义小说的引进，无疑为此前现实主义"一统天下"的文学研究注入了一股新风，也为后期学者发掘卡尔维诺作品的艺术之美打开了一扇窗。然而，受到客观条件的影响，这一时期的译介大多只是简单介绍卡尔维诺的作品，并没有对他的作品主题和艺术构造进行深入的探索和挖掘，也很少提到卡尔维诺60年代转型之后的后现代主义作品。不过，值得一提的是，1982年，吕同六先生对卡尔维诺的访谈录《向"迷宫"挑战的作家》的发表，以及1987年《外国文学动态》中收入的江孟浓译的《意大利作家卡尔维诺论创作》一文，为中国学界研究卡尔维诺的创作思想提供了宝贵的第一手资料。

90年代，后现代主义思潮风靡中国，且随着全球化进程的加速，整个文化语境日趋多元化，卡尔维诺作为先锋派艺术的代表作家，其中后期的作品纷纷被译成中文出版，在中国的热度骤然升高。1991年，花城出版社出版了《隐形的城市》，1992年，又推出了萧天佑译的《帕洛马尔》。同年，在台湾发行了吴潜诚的译本《如果在冬夜，一个旅人》。1993年，安徽文艺出版社又推出了萧天佑的译本《寒冬夜行人》。1994年，台北时报出版公司出版了《马可瓦多》。1997年，卡尔维诺理论著作的首部中译本《未来千年文学备忘录》出版。

进入21世纪，卡尔维诺作品翻译方面的一个标志性事件是：2001年，译林出版社出版了由吕同六和张洁主编的《卡尔维诺文集》（五卷本），这是国内首次对卡尔维诺作品进行系统的梳理、翻译和出版，也是现存最权威的卡尔维诺作品中文译本集。所有译本均由国内意大利语言文学界的翻译名家根据其作品的意大利语原文译成，收录了包括《意大利童话》、《通往蜘蛛巢的小路》、《烟云·阿根廷蚂蚁》（*La nuvola di smog*）、《我们的祖先》、《看不见的城市》、《美国讲稿》等近20部卡尔维诺各个时期的代表作。吕同六先生为该文集撰写了名为《现实中的童话，童话中的现实》的序言。他畅谈了卡尔维诺兼具童话色彩与智性之光的创作理念、创作的转型，并细致分析了各时期代表作的主题思想和艺术结构，为此后学界对卡尔维诺作品的多元而深入的研究提供了纲领性的指导。自2006年始，译林出版社又陆续推出了这套译作的单行本。在十几年间，译林出版社先后增添了《为什么读经典》、《巴黎隐士》、《疯狂的奥兰多》（*Orlando furioso*）、《短篇小说集》等重要作品的中译本。值得一提的是，2018年，卡尔维诺的理论性著作和随笔集《文学机器》、《文字世界和非文字世界》（*Mondo scritto e mondo non scritto*）、《论童话》、《收藏沙子的旅人》的中译本同时出版，这无疑将会拓宽我国卡尔维诺研究的视域，为学者们深入挖掘他的文学文化理念、解读他的文学作品提供珍贵的实证材料。除此以外，近年来，卡尔维诺小说作品的中译本还在不断发行，《卡尔维诺书信集（1941—1985）》也将会在近两年出版。通过卡尔维诺作品的不断引进，可以看出中国大众对这位驰骋在经典与时髦之间的意大利作家的接受度和认可度,也更表明国内学界对他的研究热度正骤然上升。

卡尔维诺作品在中国的广泛传播,极大地提升了作家的知名度,使其成为最受中国读者欢迎的当代意大利作家之一,也激发了评论界对其作品的充分关注和研究热情。从20世纪90年代末起,《外国文学研究》《当代外国文学》《外国文学》等权威杂志就刊载了卡尔维诺作品研究的相关论文,研究发展至今,已硕果累累。据不完全统计,在中国知网上查询到的涉及"卡尔维诺"相关主题的论文有近千篇,其中权威期刊上的文章有40多篇,大多发表于2000—2010这十年之间。总体来说,这些论文的研究话题延续了国外学界所关注的焦点,在借鉴国外研究方法的基础上,进一步创新观点,拓展了卡尔维诺创作的研究空间。

研究主要分为四类:第一类,卡尔维诺艺术思想的研究。这一类研究以卡尔维诺的文艺理论专著《美国讲稿》为出发点,以各小说文本为阐释基础,解析他创作的美学思想、童话溯源、科学观、宇宙观和哲性思考,并与中国的文学理论进行对比。代表性的论文有:1999年裴亚莉的《自然科学和几何理性——卡尔维诺的科学文学观》、2002年崔莉的《刘勰的"八体"与卡尔维诺的"六项文学遗产"》、2002年仵从巨的《卡尔维诺的艺术个性及其中国含义》、2003年卜伟才的《追寻自我的旅程——〈我们的祖先〉三部曲的主题意蕴》、2007年薛忆沩的《与马可·波罗同行——读卡尔维诺〈看不见的城市〉三则》、2008年杨黎红的《论卡尔维诺小说的童话思维》、2009年雷武锋的《"轻":卡尔维诺小说美学中的诗性智慧》、2017年王杰泓的《〈我们的祖先〉:童话传统的"现象化"与伦理补位》等。

第二类,对卡尔维诺小说结构的研究。这一类研究多集中于探讨他的中后期经典文本,如《看不见的城市》《命运交叉的城堡》《寒冬夜行人》等。学者们采用文本细读的方式,对这些小说的空间结构、时空观、晶体模式进行了丝丝入扣的剖析。代表性的论文有:2003年冯季庆的《纸牌方阵与互文叙述:论卡尔维诺的〈命运交叉的城堡〉》、2003年卜伟才的《"世界的地图"与空间晶体——〈帕洛马尔〉主题和结构透视》、2005年苏宏斌的《〈看不见的城市〉与卡尔维诺的叙事艺术》、2007年杨黎红的《论卡尔维诺小说的"晶体模式"》、2011年周小莉的《卡尔维诺小说的空间实验及其空间观》、2017年王芳实的《"晶体模式":时间与空间——卡尔维诺小说创作理论及其创作实践》等。

第三类,对卡尔维诺小说叙事的研究。此类研究角度多元、层次多样,元小说、作者与读者关系、互文性、迷宫叙事、复调小说等都是研究的热门话题。代表性的论文有：1999 年艾晓明的《叙事的奇观——论卡尔维诺〈看不见的城市〉》、2004 年张公善的《后现代的复调世界——读〈寒冬夜行人〉》、2005 年残雪的《垂直的写作与阅读——关于〈寒冬夜行人〉的感想》、2005 年卜伟才的《卡尔维诺小说的"迷宫叙事"探析》、2008 年杨丽娟的《卡尔维诺作品的"元小说"特征分析》、2016 年谭梦聪的《意大利文化变迁中的现代性问题研究——从〈罗兰之歌〉到〈疯狂的奥兰多〉》等。

第四类，卡尔维诺与王小波的比较研究。卡尔维诺作品在中国的广泛传播很大一部分原因在于王小波对他的推崇。无论是富于韵律的语言，还是新颖奇特的叙事结构、诗意想象，王小波的作品的确深受卡尔维诺创作风格的影响。在评论卡尔维诺的作品时，他说："有位意大利朋友告诉我说，卡尔维诺的小说读起来极为悦耳，像一串清脆的珠子洒落于地。我既不懂法文，也不懂意大利文，但我能够听到小说的韵律。"① 王小波与卡尔维诺的小说文本具有相似的审美情趣，通过设置多层叙事空间以及"重复"的技巧，使得小说的每一节在迂回中推进，小说的整体又呈现出一种复调的韵律。国内针对两位作家的比较研究的文献较为丰富，代表性的文献有：2011 年付清泉的《不能承受的现实之重——从卡尔维诺看王小波小说创作的悖谬》、2011 年邹洪锦的《卡尔维诺与王小波小说的共同审美趣味》等。

除了以上四类研究，还有一些新颖的研究视角值得关注。有从性别建构的角度谈卡尔维诺小说中的性别书写与性别政治的，代表性的文献为：2008 年周小莉的《〈寒冬夜行人〉中的性别政治与卡尔维诺的性别立场》、2019 年李辰旭的《卡尔维诺小说中的女性书写》。有以卡尔维诺的创作转型为切入点进行研究的，如 2014 年周小莉的《卡尔维诺的政治认同与前后期创作转型》。有从生态书写的角度来探讨卡尔维诺创作中强烈的生态关怀意蕴的，如 2008 年何淑英的《后现代精神：卡尔维诺小说的生态存在意蕴》。最后，还有从视觉形式、知觉现象学与文化人类学等视域来探讨卡尔维诺创作的。

学位论文方面，尽管以卡尔维诺为关键词的硕士论文有近百篇，但博士论文数量仍然偏少，全国仅有 2 篇以卡尔维诺的创作与思想为研究专题的博士论文。一篇是 2008 年杨黎红的《论卡尔维诺小说诗学》，另一篇是 2016 年王芳实的《卡尔维诺文艺思想研究》。这两篇论文都是从整体把握卡尔维诺创作的美学思

---

① 王小波：《我的师承》，《基础教育》2007 年第 12 期。

想，对他的小说诗学、文学探索历程、文学批评观等进行了全面的梳理和论述。

专著方面，国内研究卡尔维诺的专著数量总体偏少，有代表性的有以下两部：2009年残雪的《辉煌的裂变——卡尔维诺的艺术生存》。由于残雪是中国知名作家、诺贝尔文学奖的热门人选，她的这本专著主要从作家创作的视角，用充满哲理的、唯美、诗意、感性的语言，细腻地解读了《宇宙奇趣全集》《时间零》《看不见的城市》《寒冬夜行人》等经典作品的艺术之美，与卡尔维诺展开精神对话。2018年周小莉的《卡尔维诺小说中的空间问题研究》则是从空间书写的视角，论述了贯穿于卡尔维诺小说创作历程的对空间的探索，包括起点、转折、高潮、延伸等，并强调了卡尔维诺不是空间的体验者，而是空间的塑形者。

虽然国内学界对卡尔维诺的美学思想和艺术文本展开了多元研究，成果丰厚，既有从整体把握其艺术思想和创作的研究，又有从具体作品着手，探讨其主题意蕴和叙事结构的研究，然而，研究仍存在一些问题与不足。第一，研究所依据的参考文献有所欠缺。国内大部分的研究只参考了英文和中文文献，而缺乏对意大利文资料的充分阅读和整理，这难免在解读卡尔维诺创作理念和作品时陷入阐释的误区。第二，对卡尔维诺的美学理论和文学作品仍然缺乏全面的理解和把握，研究多集中于挖掘其经典美学专著《美国讲稿》和经典小说的美学价值，广度与深度还有待进一步拓展。由于中译本的引入较晚，国内学界对于卡尔维诺后期创作的小说如《圣约翰之路》、《在你说"喂"之前》（*Prima che tu dica "pronto"*）、《美洲豹阳光下》（*Sotto il sole giaguaro*）等的研究较为匮乏，同时，对于诸如《文学机器》这一类的美学著作和随笔集给予的关注度也不够高。第三，对卡尔维诺创作与20世纪各理论流派的关系的研究较为薄弱，尤其是针对他创作与符号学理论的紧密关系的研究更是缺乏。在众多的研究文献中，只有零散的几篇在论及文本结构和叙事策略时，涉及符号学的一些内容。以符号学理论为依托，依照一定的逻辑框架，综合全面地对其系列小说进行细致分析的文献还很少见。同样，在意大利和欧美研究中，系统完整地运用符号学理论来阐释卡尔维诺小说作品的文献也为数不多，更鲜有运用洛特曼的文化符号学理论来探讨卡尔维诺文本机制与意义的文献。显然，这是中外卡尔维诺研究中薄弱的一环，而强化这一研究，不仅有利于揭示卡尔维诺美学思想与文学创作、卡尔维诺创作与艾柯符号学思想之间的关系，也更有利于深入发掘卡尔维诺创作文本的意义再生机制。

众所周知，卡尔维诺在隐居巴黎期间，生活圈和朋友圈有了极大的拓展，他完全跳脱出意大利传统的文学创作环境，进入一个更新、更大的文化语境之中。而这一时期恰恰是西方文艺理论界由结构主义转向解构主义的历史转折期。如果把"结构主义"与"解构主义"看作文化符号圈的两个子系统的话，这一时期恰恰处于这两个子系统碰撞与融合的"界限"之上，思维火花的相互碰撞造就了非凡的创新能力。于是，出现了以列维-斯特劳斯、罗兰·巴尔特等人为代表的众多的结构主义、后结构主义符号学大师。他们的理论思想带给了卡尔维诺全新的创作理念，使得他的创作朝全新的方向发展，因而产生了《命运交叉的城堡》《看不见的城市》《寒冬夜行人》这样令人耳目一新的作品，代表着他创作的符号学转型。

然而，卡尔维诺从不将自己的思想局限于某一种理论框架中，而是在吸收、借鉴新的文化思潮的同时，创立出一套适用于自身创作的美学体系。他重视系统性，强调每部作品完整的艺术构造，却不把文本系统看成是一个封闭的、带有固定意义的完整客体，而是拥有各种异质元素的复杂的层级结构，这些元素通过重组、拼贴，不断产生新的意义，如同晶体不断向外衍生。但是，他同样认为，元素不可能随心所欲地被替换，文本绝不可以被彻底解构和颠覆，最终成为泛化、消亡的碎片。

处于同一时代的洛特曼与卡尔维诺的思想深度契合。尽管两人来自不同的地域，洛特曼及其文化符号学理论更多地受到俄国形式主义和布拉格学派的影响，但他也看到了结构主义和解构主义的弊病，批判地继承了结构主义和解构主义理论的精华，从而极具独创性地构建起自己的文化符号学理论。该理论既重视整体的系统性，又注重个体的差异性和多样性。它把文本看成是一个意义的生成器，强调动态地阐释文本的意义生成机制。因此，文本的功能化和智能化是它关注的核心议题，而这也恰恰是卡尔维诺晶体小说的最明显的特色。卡尔维诺用"晶体"来隐喻文本结构，把文本视为一个不断自我生成的有生命的机体，也是为了强调文本的能动性和智能性。因此，运用洛特曼的文化符号学的方法，将卡尔维诺的系列文本置于一个统一的理论体系之中进行考察，更能发掘卡尔维诺"晶体小说"的运行机制。

第三章
洛特曼、艾柯文化符号学的理论要旨与晶体小说

以洛特曼为主要代表人物的塔尔图—莫斯科符号学派形成于20世纪60年代初,它在世界符号学版图上占有重要的一席之地。文化符号学是该学派的重点研究领域。洛特曼作为文化符号学的积极倡导者之一,"在西方的声誉,非但不亚于巴赫金、普罗普等人,甚至有人把他誉为文艺研究中的哥白尼"[①]。

洛特曼与卡尔维诺一样,是一位博学之士,他的研究领域极其广泛,从文学作品、宗教、神话到绘画、戏剧、建筑、电影、科学,他均有所建树,因此获得了文化符号学家、美学家、文化史学家等多种称号。他的思想体系博大精深,兼具人文关怀与科学精神,这与二十世纪六七十年代科学理论蓬勃发展的大环境息息相关,在那时,自然科学与人文科学彼此交织发展。洛特曼借助于自然科学的很多概念和方法,来构建自己的文化符号学理论体系,如他提出的"符号圈"这一概念就是受到"生物圈"概念的启发。卡尔维诺同样也是借助于众多的自然概念构建起他的科学文学观,可见他们的审美趣味十分相似。

洛特曼的文化符号学理论以"文本"为研究基础,经历了从文本到文化、从文化到符号圈的动态发展过程,其中的"文本"和"符号圈"理论构成了文化符号学理论的核心。"文本"和"符号圈"的运行机制与晶体小说的结构和内容有着众多相似之处。

洛特曼视"文本"为"完整意义和完整功能的携带者,从这个意义上讲,文

---

① 胡经之主编:《西方文艺理论名著教程(下卷)》,北京:北京大学出版社,2003年,第265页。

本可以看作是文化的第一要素（或曰基础单位）"①。因此，文本是文化的载体，是文化的浓缩形式，与文化具有相似的结构。在文化符号学的研究中，洛特曼始终把艺术文本作为出发点和研究基础，来探究其中所包含的文化现象。艺术文本不仅是一个语言符号系统，更是一个复杂有序的、多元互动的文化符号系统。"文本具有三个功能：信息传递功能、信息生成功能和信息记忆功能。"② 这实际上反映出文本的编码者与解码者之间双向互动的过程。编码者将编好的文本信息传递给接受者，这便是信息传递功能。然而，文本的接受者不可能接受与原始符码完全一致的信息，在信息传递的过程中，由于文化语境的差异，接受者的解码过程也不尽相同。接受者多次、反复解码，使得文本源源不断地产生新的意义。文本内在的多等级结构间的相互对话也促使了意义的不断生成，这便是文本的信息生成功能。文本的第三种功能是信息记忆功能，它承载着历史积淀的集体文化记忆，在新的文化语境中，这种记忆赋予了文本新的意义。

"符号圈"是人类文化生存与发展的空间，与"生物圈"一样，它是一个完整的、复杂的组织结构。作为文化的载体，每一个文学文本都可以看成是一个文本符号圈或符号系统。康澄认为：

> 符号圈中的每一个符号系统都是独立的，但同时它们都处于整体化了的符号圈里。这些符号系统不仅在共时截面上与其他符号系统相互关联、相互作用，而且在纵向上与处于各种历史纵深的符号系统发生着联系。不仅如此，这些符号系统自身还带有属于它自己的所有记忆。整个符号圈以这样的方式实现着信息的传递、保存、加工和创新。③

由此可见，符号圈的运行机制与文本的三个功能类似，各异质符号系统间的"对话"是符号圈内意义生成的关键因素。

第一节　多元共生：符号圈的对话机制

长期以来，西方文学研究和批评的思维惯性便是二元对立模式，突出"一分为二、强调一点"。现代语言学之父索绪尔明确指出符号的能指与所指之间的二

---

① 转引自康澄：《文化及其生存与发展的空间：洛特曼文化符号学理论研究》，南京：河海大学出版社，2006年，第19页。
② 同上书，第25页。
③ 同上书，第38页。

元对立关系。20世纪的形式主义与结构主义的文学批评也沿用了索绪尔二元对立的研究方法,把文学研究分为内部研究和外部研究,强调对文本内在系统的结构研究,而相对轻视文本所处的外部环境及其与外文本的互动关系。纵观各种理论流派,我们经常可以看到"主体与客体""语言与言语""作者与读者""个性与共性""形式与内容""中心与边缘"等两极对立的名词,这在一定程度上使我们潜意识地把任何事物都划分为不同的两面——尽管有的事物并不具备十分鲜明的正反特征。显然,早期结构主义二元对立的思想遭到了后期解构主义的批判。德里达认为:"传统哲学的一个二元对立中,我们所见到的唯有一种鲜明的等级关系,绝无两个对立项的和平共处,其中一项在逻辑、价值等方面统治着另一项,高居发号施令的地位。"① 解构主义宣告了中心的消解,认为任何结构内部都不存在一个真正的中心,所有的元素都处于无穷的可被置换中,意义必将向外扩散。

洛特曼继承了传统哲学的思维范式与解构主义的精髓,无论是早期的结构主义语言学范畴下对艺术文本的研究,还是后期走向后结构主义的文化符号学研究,他都将同一实体一分为二,探讨两者的联系和区别。然而,他并没有停留在传统的"两分法"的固有思维之中,而是继续向前迈进,创造性地改善了"二元对立"的思想,使"二元对立"走向"多元共生"。

在洛特曼看来,任何事物都不可能处于中心地位,而是平等的、相互对话的。康澄认为:"洛特曼的二元范畴不存在此优彼劣,不是非此即彼,也不是一方统治另一方……二元互动、二元互补、二元对立、二元融合是产生意义的基本机制。"②例如,他强调:"作品的思想性与艺术性是融为一体的,二者共存于同一结构之中。"③ 也就是说,作品的内容与形式相互依存,不可分割。作品的主题与思想性通过作品结构来体现,结构的变动会产生不同的思想,精妙的作品结构还能够创造出丰富的内容。因此,结构中的所有的因素都充满了意义。

"多元共生"的思维范式实际上还体现出一种"差异美学"。所谓的"差异"指的是元素的差异、个体的差异。无论是文学文本,还是文化世界,都充斥着大大小小的各具特色的元素,这些元素或具体或抽象,既对立又统一,从而呈现出

---

① 转引自朱立元:《当代西方文艺理论》,上海:华东师范大学出版社,1997年,第303页。
② 康澄:《文化及其生存与发展的空间:洛特曼文化符号学理论研究》,南京:河海大学出版社,2006年,第161页。
③ 转引自张杰、康澄:《结构文艺符号学》,北京:外语教学与研究出版社,2004年,第32页。

多元融合、多元发展的局面。"差异美学为原则的文本是建构在各种层次的总体有序化与局部有序化的结合之上的复杂等级系统。"①人类文化生存与发展的符号圈作为一个动态平衡的系统，按一定的秩序运行，但在它的内部，充满着各种异质语言。这些异质语言是一个个子系统，它们对话、碰撞、穿越界限、融合，展现出无尽的活力和生命力。康澄认为："多语性是文化生存的必要条件、文化交流的首要前提、文化创新的根本源泉。"② 中国知名作家残雪也持相同观点："这个世界是仿自然的，永远不可能达到彻底完美，而只能是对于完美的渴望。正是差异、瑕疵和不规则延续了人在创造中的渴望。生命只能以这种方式发挥。"③纵观中国的历史发展，从先秦时期的诸子百家——各种学术派别百花齐放，到盛唐时期的开元盛世——西域和中原的民族共生存、各种宗教齐发展，都是各种异质文化完美融合的典范，创造了五千年灿烂的文化艺术。再看丝绸之路的终点——意大利。有人说，意大利是黑色的，因为，一方面，黑色是最具有视觉冲击力的颜色，代表着矛盾与激烈的碰撞；另一方面，黑色又是最具包容性的颜色，它可以和任何颜色搭配、调和，不具有违和感，正如意大利，各个时代、各种地域的文明在这里碰撞，相互缠绕、交织，百花齐放，兼容并蓄。西方美学史的发展亦如此，如果没有时代界限上活跃的思想之争、相互颠覆，就不可能有螺旋式上升的发展轨迹，整个文化世界将是静止和封闭的。因此，在兼容中锐化差异、求同存异、和而不同，是开放的、对话的、多元的文化世界建构的原则，更是一种文化精神。

"对话"是"多元共生"的符号圈模式存在的前提条件，一切元素和意义都在对话中生成、变化。洛特曼指出："对话是符号圈的本体属性。各个层次的符号圈，从人类个体到单个文本，再到全球范围的符号整体，它们都是相互关联的，既是对话的参与者（作为符号圈的一分子），同时又是对话发生的场所（被视为一个整体的符号圈）。"④受巴赫金对话学说的影响，洛特曼提出了"多语性"的概念，指出了文本创造性功能的原理和机制。康澄总结道："作为意义生成器的文本，在结构上是不均匀的和异质的。文本不是由一种语言，而是由多种语言

---

① 李薇：《洛特曼美学思想研究》，北京：人民出版社，2017年，第119页。
② 康澄：《文化及其生存与发展的空间：洛特曼文化符号学理论研究》，南京：河海大学出版社，2006年，第168页。
③ 残雪：《辉煌的裂变——卡尔维诺的艺术生存》，上海：上海文艺出版社，2009年，第62页。
④ Oliver Laas: "Dialogue in Peirce, Lotman, and Bakhtin: A comparative study". *Sign Systems Studies* 44-4 (2016): 480.

同时在表述。在文本中各种不同的子结构之间有对话和游戏的性质，它们之间的复杂关系形成了内在的多语性，进而构成了意义的生成机制。"[1]文本是对话发生的场所，同时，文本作为一个子系统，又成为对话的参与者，它与整个文化符号圈内的共时和历时的多种文本、文化语境相互对话，完成了信息的传递、生成和记忆功能。

从另一个角度来看，文本具有类似于人脑的思维能力，"文本作为意义的发生器是一种思维机制。要使这个机制发生作用，需要一个谈话者。在这里深刻地反映出意识的对话性质。要使机制积极运行，意识需要意识，文本需要文本，文化需要文化"[2]。洛特曼在这点上继承并发扬了巴赫金寻求"他者"的差异性思维范式，推崇"自我"与"他者"的平等性对话，这也是"主体间性"的一种表现。文本作为一个智能系统，需要在某些意识即某些谈话者的触发下，才能激活它的自主进化机能，源源不断地产生新的意义。谈话者既可以是文本内的一些异质语言，比如作者、读者与主人公、各文化空间或文化元素，也可以是符号圈内的其他文本。此外，文化作为特殊的集体书写文本，也具有智能机制和交际功能。这些符号圈内的异质元素间的交流与互动，正如同两个鲜活的主体间的对话，推动着文本、文化不断更新发展、向前迈进。

作者、文本、读者三者之间彼此依存，并融合成有机的整体，是文本符号圈中多元共生的对话机制最重要的表现之一。在叙事学领域，作者和读者的关系一直是学界关注的焦点，争论始终在作者权威和读者权威两极间摇摆。传统的小说叙事机制认为作者享有绝对权威，福柯把这一机制比作圆形监狱，认为作者站在圆形监狱的中央，全视角俯视并控制着读者的一言一行，这种视角也被称为"上帝视角"[3]。而在整个20世纪后半叶的文学批评的语境中，作者的一维始终是受到压制的——无论是强调读者对文本的"超视建构"的读者反应批评理论，还是宣告"作者之死"的后结构主义批评理论。事实上，从洛特曼的文化符号学的视角出发，作者与读者是文本符号圈中既对立又统一的两个子结构，他们是平等的。为了实现文本意图，他们之间的关系就像一场以文本为介质的博弈关系，彼

---

[1] 康澄：《文化及其生存与发展的空间：洛特曼文化符号学理论研究》，南京：河海大学出版社，2006年，第27页。
[2] 同上书，第114页。
[3] See Madeleine Sorapure: "Being in the midst: Italo Calvino's 'If on a winter's night a traveler'". *Modern Fiction Studies* 31-4 (1985): 703-704.

此制衡、彼此塑造，共同推动意义的无限增殖。博弈的结果是双赢的局面：读者通过博弈渐渐领悟文本意图，对文本意义积极构建；作者通过博弈实现了意义的增殖和文本的恒久可读性。

洛特曼将作者与读者以及他们与自身的对话视为"我—他"对话、"我—我"对话。一切文学文本都是"我—他"和"我—我"两种交际模式共同作用的结果。这样的对话是多层次、多角度、复杂的。在"我—他"模式下，"我"是信息的发出者，"他"是信息的接受者。发送者根据头脑中的文本意图进行编码，形成复杂多义的文本，并传递给接受者。接受者按照自己所理解的方式对文本进行解码，在解码过程中，一次次地与发送者的语言做斗争，并引入自己的阐释代码。接受者所处的时代和文化语境的不同，也直接影响了其对文本的解读。因此，在解码过程中，作者所发出的信息经常被编入新的代码，与读者意识中的文本意图混杂在一起。文学文本的解码过程就是在作者和读者之间进行的一场不分胜负的博弈，而这恰恰是经典文本保持无限的可阐释空间的原因所在，文本的价值也在读者的积极建构中不断升华。此外，"我"作为符号圈的中心，"他"处于符号圈的边缘，"中心"与"边缘"还能相互转换，也就是对话的发出者和接受者能够相互转换。"当接受者所接受的信息饱和到某种程度时，它的内在结构就会发生变化，就会从消极状态转入积极状态，它本身将开始产生大量的新文本。"[1] 读者通过对文本的不断阐释，转化成文本的编码者，赋予了文本无限的生命力。

"我—我"对话指的是信息的发出者与接受者都是作者或读者本人。在将代码一遍遍传递给自身的过程中，"我"不断地产生巨大的思想流，重塑自我个性，文本因为与"我"丰富的对话而不断地产生新的意义。作者在创作过程中，始终进行着"我—我"对话，使得文本从创作之初到创作完成实现了质的飞跃；读者在解读文本的过程中，不断地将原有的传达与自我意识重新组合，每阅读一遍都会得到新的信息，都是一种新的体验。文本的信息生成功能在"我—我"对话模式中尤为凸显。

其实，洛特曼的文化符号学思想与卡尔维诺的创作思想有着异曲同工之处。

卡尔维诺认为，小说的每一个词、每一个元素的意义都是通过与小说中其他

---

[1] 康澄：《文化及其生存与发展的空间：洛特曼文化符号学理论研究》，南京：河海大学出版社，2006年，第141-142页。

要素的相互关系和作用而产生的。晶体小说的元素间通过相互对话，连接成密切交织的网络，呈现出百科全书般的复杂多义性。文学文本越精密、越复杂，传递的信息就越多，可被阐释的空间就越大。对于作家来说，"增加选择的可能性是建构艺术文本的法则"①。卡尔维诺无限赞美加达，着迷于他的哲学阐述，恰恰是因为他的写作对象是事物之间关系的体系，"这个体系通过组合式的起源，创建了一个关于可能性的地图；通过追述一个由原因和并存原因构成的谱系，将所有故事合并为一个"②。加达通过错综复杂的认识论，创建了一个密集的文本迷宫，在这个迷宫里，各种变化过程如漩涡般复杂。比如，他描写如何制作"米兰焖饭"的那篇。不仅说明焖饭的各个步骤，还细致地描写了大米米粒和稻粒、米粒的来源、种植过程，说明应该选什么锅、放多少藏红花。总之，通过做饭这个步骤，他将每个事物无限扩展，形成一个由中心向四周发散的复杂的关系网络，结果小说的细节与离题发挥多得数不胜数。

尽管加达的文学观念有些走向极端，但文学的"多样性"正是卡尔维诺所推崇的美学准则。在古代的作品中，他十分喜爱但丁的《神曲》，认为《神曲》是百科全书式作品的典范，其中包含了大量的怪物形象，其原型和寓意可追溯到古希腊、古罗马时期，还有各种景物的描写，涉及中世纪、幻游文学、教会文学等各种主题，哲理名言更是层出不穷，是一个庞大复杂的文本系统。但丁通过《神曲》，打开了读者认知世界、认知宗教的大门。古代的美学传统延续至今，卡尔维诺认为，现代小说也应该是认知的工具，应该成为多种主体、多种声音、多种事件交织的关系网。"受我们欢迎的现代书籍，是由各式各样的相反相成的理解、思维与表述通过相互撞击与融合而产生的。"③ 他对博尔赫斯、福楼拜、加达等作家的百科全书式的小说尤为认可，受他们的启发，完成了以《寒冬夜行人》《看不见的城市》《命运交叉的城堡》为代表的多部小说，对小说呈现的多样性进行了充分的实验。在这些小说中，卡尔维诺不仅一如既往地追求小说的审美性，使读者在阅读过程中充分实现了愉悦的内心体验，他还更加强调小说的认知作用，试图在文本中创建一本百科全书。此时阅读不再是简单的阅读，而是一种认知过程，其中伴随着情感的注入，这无疑增强了小说的审美性。比如，在上述文本中，不同的城市、小说类型、塔罗牌元素是一个个异质的子系统，构成了文本

---

① 张海燕：《文化符号诗学引论——洛特曼文艺理论研究》，北京：人民出版社，2014年，第134页。
② 伊塔洛·卡尔维诺：《文学机器》，魏怡译，南京：译林出版社，2018年，第317页。
③ 伊塔洛·卡尔维诺：《美国讲稿》，萧天佑译，南京：译林出版社，2012年，第111页。

的"多语性"。它们通过对话、相互作用,以一定的方式组合在一起,将一切知识包容在内。在《看不见的城市》中,历史与当代之城、美好与丑陋之城、现实与虚幻之城等各种异质的城市空间,彼此撞击、对话、交融,在文本内部形成了一种动态的平衡,不断触碰着读者的想象极限。在《寒冬夜行人》中,各种类型的小说开头拼凑在一起,有侦探小说、现实主义小说、心理分析小说、魔幻现实主义小说、大地原始小说、启示录小说等,读者不断在这些小说中游走、切换认知世界。在《帕洛马尔》这部心灵独白式的小说里,神奇的自然万物被融入其中。帕洛马尔先生对自然万物的观察达到了一种执着痴迷的程度,例如动物园里的一头长颈鹿、打在海岸上的一个浪、一家商店的橱窗、乌鸫的啭鸣、草坪上的草、十一月里迁徙到罗马的鸟群、宇宙中的行星等等,他都会用细致完整的文字记录下来。他通过文字和宇宙万物对话,在一个充满着破碎和刺耳噪声的世界中寻求和谐。在阅读过程中,我们读者一直跟着他的脚步认知世界,同时也进入帕洛马尔的思索中,最终和世界、和帕洛马尔融为一体。

卡尔维诺的文本是多种元素交织、对话的综合体,他的文本符号圈中,融合了科学的精确性与文学的诗意想象、现实与幻想、传统与现代、偶然与必然、此岸世界与彼岸世界、有序与无序等众多看似悖论又和谐统一的元素。"它们彼此相融、连接、混合,从而在彼此的矛盾当中找到和谐,或者合成爆炸性的混合物。"① 这样的混合物使得他的一切文本拥有了无穷的张力和阐释空间。文本通过"排列得密密麻麻、整整齐齐的符号构成的书页,代表了外部世界五光十色的景象"②。卡尔维诺所创造的人物形象也并非是"非黑即白"的,或者具有某种单一的性格特征,而是善恶并兼、充满张力。

关于作者与读者之间的关系,卡尔维诺也有自己独到的见解,与洛特曼的观点十分契合。一方面,他坚持作者隐身的观念,认为"对于一个作家而言,理想境界应该是接近无名。这个作家不露面、不现身,但他呈现的那个世界占满整个画面"③。也就是作家在产出文本以后,便不能完全控制文本的意义,读者应当将关注的焦点汇聚在文本之上,应当通过阐释与再阐释,使文本不断产生新的意义。另一方面,他又对罗兰·巴尔特的"作者之死"表示质疑,认为作家应当活在他的文本空间之中,作家发挥个人主义的目的就是实现文本的"狂欢化",将

---

① 伊塔洛·卡尔维诺:《文学机器》,魏怡译,南京:译林出版社,2018年,第480页。
② 伊塔洛·卡尔维诺:《美国讲稿》,萧天佑译,南京:译林出版社,2012年,第97页。
③ 伊塔洛·卡尔维诺:《巴黎隐士》,倪安宇译,南京:译林出版社,2012年,第158页。

各种声音抛给读者自行判断，逐步引导读者成为阐释的主体。卡尔维诺经常通过元小说的方式，将叙事策略通过主人公之口展现，使读者与之对话。因此，"死掉的是那种作为全知全能、支配一切的上帝形象的作者，但是一种作为新的'造物者'形象的作者仍然在世，他更类似于古希腊神话中的普罗米修斯，创造了人，并赋予其智慧和话语权，与之进行平等对话。这样一个新型作者赋予其所创造世界的是自由而非权威"[1]。纳博科夫在《文学讲稿》中论及福楼拜对理想小说家的看法时，也曾表示："即使是理想作品，作家虽说不怎么抛头露面，其实仍扩散在全书中，所以他的不出场反倒成了耀眼的抛头露面了。这就像法国人说的，il brille par son absence——'他因不在场而放射光芒'。"[2]

在《文学机器》中的《文学中现实的层次》一文中，卡尔维诺在阐释真实与虚构互融的问题时，也论及了作者与读者的关系。框架故事与内嵌故事结合这一元小说的形式与戏剧中的"戏中戏"结构类似。近年来，元戏剧、元绘画、元小说都显示出重要性，因为"它们以道德和认识论为基础，反对艺术的虚幻性，反对自然主义的奢望，想要使读者或者观众忘记摆在他们面前的是一种借助语言手段进行的活动，是借助一种制造效果的方法创造出来的虚构故事"[3]。也就是说，读者应当清醒地意识到：呈现在眼前的艺术作品既是真实的，又加入了艺术的虚构技巧，他们的思维应当始终随着作者的节奏，在"入戏"与"出戏"之间徘徊。卡尔维诺借助史诗剧和异化理论强调："观众不应该消极地从情感方面沉浸在舞台幻景当中，而应该在作者的鼓励下思考并参与其中。"[4] 戏剧作品如此，小说亦如此。因此，作者、文本、读者"三位一体"，彼此依存、彼此塑造。

关于潜意识创作，卡尔维诺在《命运交叉的城堡》中的短篇《我也试讲我自己的故事》中有所论及。他认为，所有的文学作品"像言语自身所含的一场梦，只是通过写作者才能得到解放，同时也解放了写作者。在写作时，所有语言都是被压抑的"[5]。作者在写作时，头脑中的潜意识话语变成了文本上的文字，这些语言是压抑的、克制的，像是作者与自我精神较量后的产物。写作是一种磨炼，仿佛"与某种说不清的东西斗争，说不清是一团乱麻还是一条不知去向的道路。

---

[1] 杨黎红：《论卡尔维诺小说诗学》，山东师范大学博士学位论文，2008年，第163页。
[2] 弗拉基米尔·纳博科夫：《文学讲稿》，申慧辉等译，北京：生活·读书·新知三联书店，1991年，第86页。
[3] 伊塔洛·卡尔维诺：《文学机器》，魏怡译，南京：译林出版社，2018年，第488页。
[4] 同上书，第488页。
[5] 伊塔洛·卡尔维诺：《命运交叉的城堡》，张密译，南京：译林出版社，2012年，第134页。

就仿佛在万丈深渊上走钢丝"①。在一次访谈中,卡尔维诺也承认:"我确实有点谵妄,我写作的时候总是仿佛自己处在一种恍恍惚惚的状态,我不知道怎么写出这样疯狂的东西……我控制不了我的神经质。"② 被卡尔维诺称作"谵妄"的状态或许就是潜意识创作。在创作过程中,作者通过"我—我"对话,不断自我认同、否定、升华,在文本的主旋律中留下一些自相矛盾的"和声",激发读者自我思考、自我判断。与此同时,他在与自我的丰富对话中,产生了巨大的思想流。《命运交叉的城堡》中那些丧失了语言功能,只能通过塔罗牌的排列组合来叙述故事的城堡里的客人,或许就是作者潜意识创作的形象写照,而那些故事就像梦一样虚无缥缈。

卡尔维诺对弗洛伊德和荣格的作品都很感兴趣。有一天早晨,他醒来后,能够清楚记起自己的梦,因此,他用弗洛伊德的方法研究梦,并对梦境做出详细的解释。在那时,他感觉自己仿佛进入了一个新的世纪,弗洛伊德照亮了他的潜意识中的黑暗。然而,从此之后,他并不太记得自己的梦,也不想过多地研究那些梦境,可能卡尔维诺认为无须花费精力去解析那些说不清道不明的东西吧。创作中无法控制的潜意识,那些不知所云的"和声"恰恰是一个有生命力的文本的活力之源。

第二节 结构与解构之间:艺术文本符号圈建构模式

对话构成了多元共生的文化符号圈存在的前提条件,是促成人类文化作为一个有机的、动态的系统存在的关键。艺术文本作为人类文化的载体之一,"和文化具有同构关系"③,因此也可以被视为一个缩小的符号圈,具备系统性和整体性。20世纪60至70年代正是西方文艺理论界由结构主义转向解构主义的历史转

---

① 伊塔洛·卡尔维诺:《如果在冬夜,一个旅人》,萧天佑译,南京:译林出版社,2012年,第200页。
② 译文出自秦传安:《伊塔洛·卡尔维诺访谈录》,http://www.360doc.com/content/19/0614/14/53322749_842411686.shtml,访问日期:2021年7月27日。
③ 康澄:《文化及其生存与发展的空间:洛特曼文化符号学理论研究》,南京:河海大学出版社,2006年,第182页。

折期，无论是洛特曼早期的结构文艺符号学，还是后期的文化符号学，都汲取了结构主义与解构主义的精华，成为一套独具特色的理论体系。他认为："艺术文本不仅是结构规范的实现，而且还是对结构规范的违背。艺术文本在实现规范和破坏规范所形成的双重结构范围内发挥功能。"① 可以说，艺术文本和人类文化都始终遵循在解构中建构、在建构中解构的动态的运行模式。

艺术文本作为建立在自然语言基础上的第二模拟系统，是具有一定规范和结构原则的符号系统。康澄认为，

> 它是一个分层次的复合系统，由从低级到高级的各个层次所组成。每一个层次都可以有意义，每个层次上所有的要素都含有变量，这些变量都可以包含意义，不可能用单一的代码进行解读。可以说，在艺术文本的大系统中存在着无数的子系统，它们都对作品的意义发生作用，一系统可能存在于另一个或几个系统中，或相互关联，或互相排斥，对立统一于整个艺术文本中。②

一方面，个体存在于系统之中，失去了系统，个体就无存在的意义。这与解构主义对系统的彻底颠覆和解构有着本质的区别。另一方面，文本系统并不意味着它具有封闭的、僵死的、带着确定意义的完整结构，而是开放的、动态的。文本作为意义的发生器，如同人类的大脑，是一个拥有复杂运行机制的有生命力的主体。不仅内在结构能够产生意义，而且能够通过与创作者、接受者、语境、外文本的互动产生意义，这与结构主义追求的系统自足论大相径庭。因此，洛特曼的理论体系"既具有结构主义的体系建构特征，又不乏解构主义的多元解读倾向"③。符号圈的不匀质性、不对称性、界限性是艺术文本意义不断向外衍生的关键。

在艺术文本的结构分析基础上，洛特曼进一步提出，符号圈在其内在组织上也是不匀质的。符号圈内充斥着各种异质的语言，如诗歌语言、绘画语言、电影语言、宗教语言、世俗语言、浪漫主义、现实主义等。如果从历时角度来看，还有各个时期的文本并存于其中。如果从单个文本的视角来看，在这个特殊的符号圈中，各种语言同时在进行编码，每个概念和标准都有多重性，例如同一个事物

---

① 张海燕：《文化符号诗学引论：洛特曼文艺理论研究》，北京：人民出版社，2014年，第122页。
② 张杰、康澄：《结构文艺符号学》，北京：外语教学与研究出版社，2004年，第72页。
③ 同上书，第56页。

的不同特征、同一个主人公的两面性格等，它们互相交织、互相冲撞、互相衬托。正是符号圈结构上的不匀质性，使得它内部的子系统永远处于动态的联系之中，它是产生新信息的机制之一。

符号圈的不匀质性，使得整个符号圈的结构呈现出一种不对称性，最强势的语言、建立了一定规则的语言成为"中心"，而相对弱势的语言成为"边缘"，"中心"和"边缘"永远处于相互联系、转换之中。处在边缘的符号活动始终与中心的规则碰撞、冲突，因此，边缘地带是符号圈内最活跃的区域。当边缘逐渐强大并拥有了自己的组织规则之后，便逐渐替代中心的位置，最终导致中心的毁灭，正所谓"星星之火，可以燎原"。正因为中心与边缘之间的张力，符号圈一直处于动态的、多元的发展过程之中。文本与读者的对话过程也可被视为中心与边缘的互相转化。康澄认为："文本的发生器通常处于符号圈的'中心'，而接受者则处于'边缘'。当接受者所接受的信息饱和到某种程度时，它的内在结构就会发生变化，就会从消极状态转入积极状态，它本身将开始产生大量的新文本，这便是'中心'和'边缘'相互转换的过程。"① 因此，读者在解读文本的过程中，也逐渐成为建构文本的主体。不同的读者解码的方式不一，使得文本如同万花筒般，变幻出无穷的意义。

符号圈的界限性也是符号圈最基本的特征之一。界限将两个异质的子系统划分开来，同时又将它们连接在一起，因此，界限具有双重意义，它同时属于两个相邻的子系统。在符号圈内，存在着一个复杂的界限网，各种界限内外的符号空间处于连续不断的对话中。界限是各种思想、文化汇集、碰撞得最活跃的地带。"穿越界限"则是符号圈中最重要的运动形式之一。康澄认为，

> 一种文化要和另一种文化进行交流，这种文化就必须穿过文化空间的界限，进入另一个符号圈中，就必须通过界限将自己的文化文本翻译成"他人的"语言……在两种异质文化融合的过程中，会产生非凡的创新能力，会不可避免地导致两种文化的均衡和创建出某种更高层次的新的符号圈。②

正是界限两边的空间多次碰撞、交汇、融合，又与读者脑中的固有界限不断

---

① 康澄：《文化及其生存与发展的空间：洛特曼文化符号学理论研究》，南京：河海大学出版社，2006年，第141-142页。
② 同上书，第54-55页。

撞击、融合，形成了新的文本解读，催生出符号圈内源源不断的文化创新意义。

符号圈的不匀质性、不对称性和界限性，透彻地阐释了艺术文本介于结构和解构之间，及其内在各子系统的运行机制。符号圈本身就是一个极富空间色彩的词汇，符号圈理论在一定程度上就是一种空间理论。洛特曼进一步提出："艺术文本具有空间模拟机制……艺术文本严整的结构性使得它对现实生活的模拟不仅具有空间的性质，而且它所模拟的空间是'世界图景'，其有限的空间具有无限的延展性。"① 艺术文本或因其整体构造具有某种空间结构的特质，或因其所描述的意象是特定的具有象征意义的空间事物，从而在其有限的空间内折射出多元的、无限的意义。因此，艺术文本以其整个结构成为意义的携带者。为了说明这一点，洛特曼以中世纪的文学作品来举例，例如在但丁的《神曲》中，贯穿文本的一个核心意象是垂直的"上—下"轴线，从地狱到炼狱再到天堂，意味着灵魂的提升，反之则意味着灵魂的堕落，罪人在轴线的具体位置也传达出罪孽的深浅。可以看出，"上—下"这一空间位置象征着宗教伦理及道德意义，艺术文本以其特殊的空间性，传达出社会的、宗教的、政治的等多元意义。卡尔维诺的文本中，也常常出现各种空间意象，如城市空间、塔罗牌空间、各种子故事的虚拟空间、宇宙空间等，他成为众多空间的塑形者，通过诸多的空间书写，向人们传递出关于人生、存在、秩序、后工业文明等的众多"世界图景"。

卡尔维诺不仅善于书写空间意象，他的所有后现代文本构造——"晶体模式"本身就是一种符号圈模式和空间机制。晶体是一个复杂的系统，拥有着稳定有序的结构，但不断自我复制的过程又具有开放性、未完成性和不确定性，它是一个无限生长的生命体，这也正是卡尔维诺将结构主义和解构主义相结合的文学产物：在稳定有序中倡导差异，在反对秩序中建立秩序。

宇宙在裂变的过程中，始终存在着一些有序的区域，文学创作即是这些区域之一。他在繁杂的世界探寻真相，希望文学能达到一种有序的理想境地，在有限的世界里寻求无限的意义。因此，有序的、透明的、对称的、无限增殖的晶体世界成为卡尔维诺一直追寻的纯粹世界。在作品《时间零》的其中一个短篇《晶体》中，卡尔维诺通过男主人公 Qfwfq 之口，表达了他的这种精神诉求。他说："我如此坚定地相信应该出现的那个晶体世界，所以我至今仍不能随波逐流地在

---

① 康澄：《文化及其生存与发展的空间：洛特曼文化符号学理论研究》，南京：河海大学出版社，2006年，第63页。

这个世界里生活——这样一个乱糟糟的、粘连的、正在崩溃的世界。"① Qfwfq 在短篇的最后,认为他的家乡纽约是理想的"晶体式都市",它拥有着透明的玻璃外壳,外表是纵横交错的井然有序的道路,却隐藏着本质的无序性,因为现实秩序本身就是碎片化的、多彩多样的。在一次访谈中,卡尔维诺也承认纽约是他心中的理想城市,一座几何式的、晶体般的城市,"它没有秘密,没有畏惧感,我完全可以用思维掌控它,在同一时刻看到它的全部"②。晶体世界如此耀眼夺目,它对称、拥有着完美的比例,而且光可以穿透它,折射出五彩的光芒,生发出无限的意义。晶体结构代表着"火"与"代数学"的交融,是感性与理性完美结合的典范:一方面,晶体具有精确的晶面,表面结构稳定而规则,给人带来一种宁静感和秩序感;另一方面,晶体通过晶核不断向外生长,具有"自我编制系统",如同火焰一般,虽然外部形式不变,内部却在不停地激荡,呈现出一种开放性和多元性。晶体的这种特质正如《晶体》中女主人公 Vug 所言,真正的秩序内部呈现出的是不规则和瑕疵,是有质感的差异,是毁坏,"正是差异、瑕疵和不规则延续了人在创造中的渴望。生命只能以这种方式发挥"③。

1981 年 5 月 27 日,58 岁的卡尔维诺参加了意大利国家电视台的一档节目《20 年后是新千年》。主持人问作家:"进入 2000 年,如果要选三件护身符的话,你会怎么选?"卡尔维诺给出了非常耐人寻味的回答,他显然经过了一番认真的思考:第一件护身符是诗歌,卡尔维诺提醒我们在进入新千年时,不要忘了读诗。对孩子、青年和老人来说,诗歌都是最好的陪伴,而且诵读对发展记忆非常重要。第二件护身符是记得用手做算术,做除法、开平方根,哪怕更复杂的运算,都可以用手比画着来。第三件护身符是要以明确清晰的事物,对抗强加给我们的语言的抽象性。总而言之,我们拥有的一切,随时可能消失在烟云中。不过,还是要享受这一切。新千年的三件护身符代表着卡尔维诺文学观的三种重要内涵:广义来看,诗歌即是文学的一种形式,不要忘了读诗表达出作者对文学的重要性的肯定,在新千年即将到来之际,文学依然是人们内心深层交流的必要手段,有些东西是唯独文学才能提供给我们的。"诗是思的表达方式,是思的源头,

---

① 残雪:《辉煌的裂变:卡尔维诺的艺术生存》,上海:上海文艺出版社,2009 年,第 60 页。
② See Kerstin Pilz: "Reconceptualising thought and space: Labyrinths and cities in Calvino's fictions". *Italica* 80-2 (2003): 231.
③ 残雪:《辉煌的裂变:卡尔维诺的艺术生存》,上海:上海文艺出版社,2009 年,第 62 页。

或者诗与思是一体的。"① 读诗即是让我们更好地思考。用手做各种运算表达出作者对各种排列组合、几何式文学的喜爱。而明确清晰的事物意味着文学形象的鲜明性，就像很多小说以一个形象为中心，再发展形象周围的故事。这三件护身符都可以纳入"晶体小说"这面旗帜下。通过前文的论述，我们可以看出，晶体小说既有诗意的想象空间，又有几何般的结构，而晶体本身也是一个非常明确清晰的存在物。因此，晶体小说代表着新千年中作者认同的某些文学价值、特性，是帮助人们认知世界的有效工具。

晶体模式作为一种特殊的艺术文本符号圈的呈现形式，体现出的是一种组合的艺术。在晶体小说里，多元的异质符号、纷繁的现实被卡尔维诺以"组合式"的表达方法展现出来。一部文学作品就像一台精妙的文学机器，串联起诸多层次的现实，构成一个令人眼花缭乱的"迷宫"。在《文学中现实的层次》一文中，卡尔维诺阐释了诸多层次的现实：多层次的作者、叙事者、读者，文化符号圈中处于历史各阶段的史料、神话和不同地域的当代作品间的对话，读者解读的诸多现实层次，极其复杂的思想现实的层次等。比如，堂吉诃德这个人物，他串联起了奇妙的骑士世界与流浪汉的喜剧世界，即两个彼此独立的文学世界。正如同《看不见的城市》中，马可·波罗与忽必烈的对话，串联起了他们赖以生存的此岸世界与他们和众多读者脑海中的那个彼岸世界：城市的荒漠，却也是精神的家园。总之，卡尔维诺的文本正是洛特曼所描述的具有精密复杂的层级结构的艺术文本的典范，这些层次彼此穿越界限、碰撞、交融，将小说的意义推向了无限。

组合的艺术对于卡尔维诺来说是文学存在的实质，文本如同晶体一样，被解构成若干个晶面，并依照一定的规律在读者头脑中重新组合，折射出多元的意义。卡尔维诺对于组合的偏爱，来源于他小时候对连环画的喜爱。他热衷于以自己的方式来解释那一幅幅画面，然后把零星的情节糅合在一起，编出一个个新的长故事。这为他后期娴熟地运用组合的艺术进行创作奠定了深厚的基础。关于文学的组合，纳博科夫十分形象地说道："文学应该给拿来掰碎成一小块一小块——然后你才会在手掌中间闻到它那可爱的味道，把它放在嘴里津津有味地细细咀嚼；——于是，也只有在这时，它那稀有的香味才会让你真正有价值地品尝到，它那碎片也就会在你的头脑中重新组合起来，显露出一个统一体。"② 艺术

---

① 陈曲：《为了另一种小说》，西安：太白文艺出版社，2020年，第253页。
② 弗拉基米尔·纳博科夫：《微暗的火》，梅绍武译，上海：上海译文出版社，2013年，第365页。

文本需要被解构成碎片，才能细细品味其中的细微差别，然后这些碎片又拼接在一起，建构起完整的系统。

"文学的确是一种按照自身材料所包含的可能性进行的组合游戏；但是到了某个时刻，这个游戏却被赋予了一种意想不到的意义。"① 文学的组合游戏就如同玩文字游戏，"在某个时刻，在发音类似的词语的众多可能组合当中，有一个组合获得了特殊的价值，于是使人发笑"②。举个通俗的例子，"中国大马哈鱼之乡"这几个字如果变换组合的顺序，就变成了"中国马大哈鱼之乡"，这立刻会引起人们的捧腹大笑。诗歌的创作过程亦如此，诗人有时尝试把意义相差很远的词语放在一起，这些词语通过自主机制，产生意想不到的意义，给读者带来无限的乐趣。例如意大利的隐逸派诗歌，把各种不相关的色彩和感知词汇进行组合，如将"绿色"与"安静"这两个属于不同的认知范畴的词汇进行组合，从而产生出新的联想意义，给读者带来一种新颖独特的美学享受。卡尔维诺的众多小说都充分试验了组合的艺术，呈现出一种无限的、循环的、永恒的宇宙模式。例如，在《看不见的城市》中，马可·波罗有着一双善于发现差异的眼睛，每座城市在他的观察下都成为一个瞬息万变的场所，或是双面的，或是多面的，或是存在互相折射的多重空间，或是一个空间孕育着另外一个空间，各种空间循环出现。城市形象的不固定和其中蕴含的源源不断的分化组合、界限穿越，带来了一重又一重意想不到的意义。不同的城市空间是符号圈中不同性质的语言，恰如康澄所总结的观点："文本的意义产生于不同性质语言之间不断的、多次的对话过程中。"③

卡尔维诺的文本符号圈里，存在着复杂的界限网，各种异质的符号空间被界限区分开来，使读者能捕捉到各种二元对立的矛盾元素，例如现实与虚构的空间、传统与先锋主义的空间、科学与艺术的空间等等。然而，"穿越界限"的活动一直在进行着，界限就像一块过滤的膜片，使得内外的符号空间处于连续不断的对话中，它们可以互相渗透、互相转化，并融合在一起，创建出更高层次的新的文化空间，产生非凡的创新能力。因此，在卡尔维诺的符号圈里，不存在绝对的中心，中心和边缘都可以跨越界限，相互转化，使得整个符号圈处于一个动态

---

① 伊塔洛·卡尔维诺：《文学机器》，魏怡译，南京：译林出版社，2018年，第275页。
② 同上书，第274页。
③ 康澄：《文化及其生存与发展的空间：洛特曼文化符号学理论研究》，南京：河海大学出版社，2006年，第111页。

平衡的状态。在《看不见的城市》里，每个城市都是快乐与不快乐、光明与阴暗、未来与此刻、正义中生长着不正义的重合体，环环相扣，没有止境。在《分成两半的子爵》里，虽然表面看来，整部小说都是围绕子爵的善与恶的对立展开的，但卡尔维诺的目的似乎并不是沿着这一古老的文学母题的道路继续走下去，相反，他认为，善与恶之间没有绝对的界限，它们始终并存于现代人身上，交织缠绕在一起。对于恶的行为，不能予以绝对谴责，而对于善的表现，也不能予以绝对讴歌，善与恶只不过是人类自我分裂、异化的一种客观结果。卡尔维诺通过描写子爵善与恶的对立、冲突，最后合二为一，恰恰想表明现代人面对人性破碎的痛苦挣扎以及对完整自我的渴望。

卡尔维诺的文本世界里，交织着现实与虚构的空间，这两个子系统互相跨越界限，进入对方的符号圈里，并与读者头脑中原有的虚实界限碰撞，创造了多次翻译和变形的情景，形成了更高层次的符号空间。卡尔维诺在《文学机器》中谈到文学翻译这一话题时，认为意大利语的灵活性在翻译中不是一种帮助，而成为一种障碍。比如 Storia 一词，要让一个英语国家的人理解它想说明什么，是一件无比艰辛的事情，因为它有故事、历史等多种含义，人们分不清"故事"和"历史"的界限在哪里。他用这个词来暗指在文学创作中，大写的历史（Storia）和小写的故事（storia）通常结合在一起，也就是文学创作始终在现实和虚构空间中找寻平衡点，让梦想照进现实，或是让现实照进梦想。梦想与现实多重交织的空间便是被界限多次穿越的符号空间，一个更高层次的符号空间。

除了现实与虚构的交织，还有科学性与艺术性的交织。卡尔维诺认为，意大利最伟大的作家之一是伽利略，因为他用精确、诗意的语言来描述客观事物，并融合了科学家和诗人的想象力。意大利文学所具有的深远志向就在于"文学创作处于认识论的推动之下。这种认识论时而来自宗教，时而来自思辨、巫术、百科全书、自然哲学，或者是进行观察和改变，并加入幻想"[①]。受到但丁、伽利略等诗人的启发，卡尔维诺用几何理性、宇宙观进行创作，并在其中加入诗意的、感性的幻想，他的文本是科学的艺术、艺术的科学。例如，在他创作的第一篇宇宙奇趣文章《月亮的距离》里，"万有引力这一物理学法则让位于梦呓般的幻想……它的出发点是科学的，但表面上却笼罩着一层幻想与感觉，即人物的独白

---

① 伊塔洛·卡尔维诺：《文学机器》，魏怡译，南京：译林出版社，2018年，第291页。

或对话"①。这时，小说具有了超现实主义的创新意义。卡尔维诺的晶体小说是各种异质空间相互渗透、交融的符号圈，各个层次上错综复杂的界限网构成了小说百科全书般的多样性。"穿越界限"意味着打破秩序，它使晶体无限向外衍生，新的意义无限生成。

第三节 符号圈中的时间维度：文化记忆机制

尽管洛特曼的符号圈理论，包括符号圈的不匀质性、不对称性、界限性都建立在空间理论的基础上，艺术文本复杂的层级结构也体现出强烈的空间色彩，但他对文化符号圈的研究始终没有离开时间的维度，"时—空"在符号圈理论里是无法割裂的。"洛特曼的符号圈理论就是以空间为首要因素来把握时间的。"②

洛特曼认为，文化是集体记忆，"文化符号方面的发展，确切地说是按照记忆的规律来进行的，过去的没有消亡，没有变为不存在。过去经过选择和复杂的编码后，被保存了起来，在特定的条件下将重新展现自己"③。这段话指出了文化记忆机制包含三方面的功能：信息的保存、创造和遗忘功能。首先，文化符号保存着过去语境的信息，处于历史不同发展阶段的各种符号和文本都填满了文化各系统的各存储单元，这是信息的保存功能；其次，当文化符号进入某种现代语境之后，将对原有结构中的信息重新认定和评估，并进行重新编码，一些信息与现代语境中的新的元素融合，生成新的意义，这是信息的创造功能；最后，文化在进入现代语境后，会选择遗忘某些信息，遗忘信息和创建新信息是同时并存的，没有遗忘也就没有记忆。值得一提的是，"文化作为一种集体记忆机制，其信息的保存、创造和遗忘功能并非单独存在、相互隔绝，而是一个互相渗透、相互交织的有机整体"④。例如，文艺复兴运动弘扬了古希腊、古罗马灿烂的文化记忆，然而，复兴不是简单的复古，而是在原有记忆的基础上进行筛选、创造和

---

① 伊塔洛·卡尔维诺：《美国讲稿》，萧天佑译，南京：译林出版社，2012年，第88页。
② 康澄：《文化及其生存与发展的空间：洛特曼文化符号学理论研究》，南京：河海大学出版社，2006年，第88页。
③ 同上书，第84页。
④ 康澄：《文化记忆的符号学阐释》，《国外文学》2018年第4期。

改革，它是一场更广泛的反对教会、促使理性思想和人文主义传播的文化运动，因而使西方社会上升到了一个更高的发展阶段。

文学文本作为一种文化符号，也拥有着文化记忆机制。比如，《命运交叉的城堡》《看不见的城市》《寒冬夜行人》等小说中，容纳了众多的原型意象、象征符号、文学经典、神话故事、童话、民间传说。这些古老的记忆填满了文本的各个层级。同时，文本也包含了各种现代的话语和创作手法，古老的记忆经过重新编码，与现代元素紧密地结合在一起，拼凑成一幅多元融合的画作，使文本更具张力。创作文本时所处的文化语境和作者的个人经历也作为一种文化记忆，保留在了文本之中。除此以外，文本还容纳了各种时空下读者对它的阐释的所有记忆，这些记忆赋予了文本新的意义。因此，文化记忆机制也是一种意义再生机制。康澄认为："一种文化的记忆机制越是强大，就越适于传达和产生综合的信息，就越有生命力。"[①]

在文化符号圈里，各种文化时间都凝聚其中，处处都有时间的烙印。符号圈的不匀质性与时间因素息息相关。不同发展阶段的文化符号与文本并存于符号圈中，它们是异质的符号系统，携带着鲜活的文化记忆，并且永远处于动态的联系中。它们经过碰撞、穿越界限、融合，所保存的文化记忆被重新编码，不断产生新的意义。传统文本在与现代文明的碰撞中获得了新生，延续了生命，变成最具现实性的文本，它还可以启示未来，而现代文本由于根植于传统中，也具有了古典的厚实力量。总而言之，在文化符号圈中，符号系统不仅在共时截面上与其他符号系统相互作用，而且在纵向上还与处于各种历史纵深的符号系统发生着联系，过去、现在、未来处于不断的对话与碰撞之中。基于此，洛特曼把文化符号圈比作一个博物馆的大厅。在大厅里陈列着各个时代的、各种各样的展品，虽然同处一个空间，我们却能清晰地感知时间的印记。符号圈也是如此，各个时代的文学文本、舞蹈、电影等文化符号共处于一个时空中，它们携带着过去的记忆，且能在新的语境中不断产生新的意义。

卡尔维诺曾说："真正的小说生存在历史层面上，而并非地理层面——是人类在时间中的历险，而地点之所以必要，是因为它们是作为反映时间的具体影像；但是，如果把它们作为小说的主要内容，这些地方、当地的习俗，以及这个

[①] 康澄：《文化及其生存与发展的空间：洛特曼文化符号学理论研究》，南京：河海大学出版社，2006年，第87页。

或那个城市……那则是一种谬论了。"①由此可见，小说与历史之间的联系，所体现的历史演变和人类文化记忆远比它所展现的地方主义重要许多。当今意大利文学作品的现实主义回归使地方主义色彩更加浓郁，但这样的地方主义和一百年前的地方主义截然不同，它在时代发展的大环境下，兼具现代性和国际化特色，体现了历史发展轨迹中全球化的影响力。比如，意大利当代作家马格里斯（Magris），他来自东北边境城市里雅斯特，作品中展现出浓郁的里雅斯特风情：大海、高山、积雪、森林、环礁湖。他将景物描写与家庭故事、人物心理、神话结合在一起，其中穿插了很多的东欧元素，如南斯拉夫时期的历史。然而，作家创作的目的绝不仅是揭示地方的标志性元素，而是想通过里雅斯特这座城市，挖掘全球化时代下生活在边境线上的人的普遍困境：他们注定经历更多历史伤痛和身份困扰，他们时常会反思世界、人的存在本质。因此，小说跨越了民族的界限，具有了一种普遍意义，带着特定群像的集体文化记忆，与读者产生共鸣，这比纯粹展示地方风情要深刻很多。尽管作家要从他最热爱、了解的城镇实际出发，但他的目的应该是"创造历史"②。

小说离不开时间这个重要的维度，各个历史时期各种重要的文学流派都与时代和集体的文化记忆紧密相关。例如，启蒙运动时期对资产阶级价值的关注、对理性之光的弘扬使得资产阶级文学诞生，出现了如哥尔多尼等一大批杰出的资产阶级作家。20世纪初，当人们发现用科学和理性已经无法阐释许多事物后，弗洛伊德提出了以"无意识"为基本概念的精神分析学说。此后，意大利的文学更多地关注人的精神世界和主观意识，提出世界和认知的相对性。这一时期，涌现出各种文学流派，如"颓废派""黄昏派"，宣扬人的悲观心理、个人中心主义和非理性主义。可以说，作家是文化的口译者，他们将自己对文化的了解与读者进行交流，读者通过文学流派的演进能够看到思想的变革、历史的变迁。

洛特曼把空间作为第一要素来考量时间，巧合的是，卡尔维诺也提出时间的空间化这一概念。他不再把叙事时间看作线性发展的方式，而把时间揉碎在并置的叙事空间里，表现出一种空间的形式，它们时而平行、时而分岔、时而相交，包含着各种可能性。卡尔维诺在《巴黎隐士》中说："无论国际旅行或城市间往来都不再是走过各式场所的一次探险，纯然只是从一点移动到另一点，之间的距

---

① 伊塔洛·卡尔维诺：《文字世界和非文字世界》，王建全译，南京：译林出版社，2018年，第10－11页。
② 参见陈英：《意大利当代文学地图：北方的故事》，三联中读APP，访问日期：2020年6月25日。

离是一片空茫，不连续性。"①在他看来，空间到空间的转换并没有伴随着时间的发展，旅行时间不再是线性的，而是被压缩的、不连续的、碎片式的，他把这一生活感悟融入小说创作中。

在时间的空间化的基础上，卡尔维诺极具创造力地提出了"时间零"的概念。在《宇宙奇趣全集》第三部分第一篇《零时间》中，他通过一个形象的例子，详细阐释了该理念。一位猎人在丛林中狩猎时遇到一头雄狮，狮子向他扑过来，他向狮子射出一箭，"刚刚放出的箭的弓在我向前伸的左手中，我的右手向后收着，箭悬在空中，在它自身轨迹的三分之一处，那边一点，狮子也悬在空中，也在它轨迹的三分之一处，张着血盆大口伸出利爪作势向我扑跃而来"②。卡尔维诺将这一定格的最具戏剧张力的瞬间称为"时间零"（T_0），而 T_1、T_2、T_3……直到时间 N 都是之后的一些时间的定格，比如射中狮子、人丧狮口或者其他各种可能性。T_{-1}、T_{-2}、T_{-3}……则是在"时间零"之前的时间。在传统的叙事文学中，时间是线性的，故事总是按照开端、发展、高潮、结局这一特定的模式发展，比如从 T_{-4} 发展到 T_4，形成一条完整的时间脉络。而卡尔维诺注重的是"时间零"，因为它包含了 T_{-1}、T_{-2}、T_1、T_2 等无数可能性，它可能由无数个"过去"的事件所导致，也可能从它身上分叉出无数个通向未来的时间，因此，在"时间零"这个叙事点上，读者可以尽情释放想象力，想象该节点过去或未来一切可能的事件。杨黎红认为："'时间零'的实质在于把小说的来龙去脉简约为一个具有丰富诗性内涵的叙事点，从而使小说同时保留全部的可能，呈现出多维的开放结构。"③

卡尔维诺小说的晶体模式虽然是一种空间构造，却完美地体现了"时间零"以及时间的网状结构。在晶体小说里，时间不再是历时性的，而是碎片状的、非连续性的，种种时间的分叉交织在一起，形成共时并置的"时间晶体"。在小说里，每一个短篇是一个晶面，也有可能成为一个"时间零"，一个将前因后果无限浓缩的故事截面。例如，在《看不见的城市》里，55 座城市的短篇就是一个个时间零，是一幅幅现时的、动态的城市风情画，没有情节、没有人物，却能从中发散出无数情节、无数人物。城市是一个寓意深远的叙事点，凝结了幻想与现实，历史、现代与未来，所有可能性的时空。在《命运交叉的城堡》里，每一张

---

① 伊塔洛·卡尔维诺：《巴黎隐士》，倪安宇译，南京：译林出版社，2012 年，第 293 页。
② 伊塔洛·卡尔维诺：《宇宙奇趣全集》，张密等译，南京：译林出版社，2012 年，第 199 页。
③ 杨黎红：《论卡尔维诺小说诗学》，山东师范大学博士学位论文，2008 年。

塔罗牌意象就是一个 T_0，一个故事的来龙去脉都凝结在一个静止的纸牌意象里。例如"高塔"这张纸牌，象征着情节的关键性转折，它汇聚了过去各种可能性的事件，又在它这儿急转突变，分叉成各种悲剧性的结果。因此，每张纸牌周围都能分叉出多种时间，各种纸牌的交错排列形成了一个无限发散、延伸的时间网。各种纸牌序列形成了不同的故事，构成若干个晶面。在《寒冬夜行人》中，每一个内嵌故事都是一部小说的开头，卡尔维诺用精准的笔触将这些开头的每一处细节都描述得细腻逼真，并设置了多重悬念，激发读者对后续故事的无限幻想。然而，在最精彩、最紧张的时刻戛然而止，如同那头扑向猎人的狮子，在最高处瞬间停住，悬在空中。因此，这些故事开头是一个个时间零，也构成了一个个晶面，它指向了无数个可能的结果，而读者的想象和阐释是这无数结果的驱动力。

第四节　晶体小说的构造及与立体派绘画的联系

通过以上三节的论述，我们可以看出，对话构成了多元共生的文化符号圈存在的前提条件，结构与解构是符号圈的建构模式，从时间因素来考虑，符号圈里又存在着复杂的文化记忆机制。因此，从整体来看，洛特曼的文化符号学理论所倡导的是系统的完整性、对话性、动态发展性，符号的多义性、互文性等理念。晶体小说的主要特征是"结构完整、自我生成、意义多元、绚丽折射"。所以，洛特曼的文化符号学理论与晶体小说契合度十分高。

首先，晶体小说具有精致的文本结构。它打破了传统的线性叙述的模式，由一个个片段化的小短篇构成，这些小短篇是无限的时间与空间的凝结体，相互独立、彼此平等，通过一定的组合规则集结在一起，形成浑然有序的整体。它们就像晶体的每一个晶面，彼此独立，却又牢固地联系在一起。举例来看，在卡尔维诺的后现代小说中，这些平等的晶面构成了一个个内嵌故事：在《看不见的城市》中，这些晶面是 55 座幻想的城市，它们被分为 11 个主题，按照一定的几何模式构建在一起；在《命运交叉的城堡》中，每一张塔罗牌意象都是一个隐喻或象征，它们按不同的顺序排列成不同的故事，构成若干个晶面；在《寒冬夜行人》中，每一个子故事是一个晶面，它们叠套在一起，形成了"多层嵌套"模式。

其次，晶体小说可以通过自身元素的抽取、替换、再结合，不断地向外延拓，生成新的意义。正如卡尔维诺所说："它又像一张网，在网上你可以规划许多路线，得出许多结果完全不同的答案。"① 这也是受到童话的启发，"童话的主题一旦确立，就会存在一定数量的套路，这些套路的内容可以彼此相互替换……讲故事的人要做的只是组织好这些素材，就像用砖头砌墙一样，把它们一个个地码放好"②。在《看不见的城市》中，忽必烈从一座样板城市出发，通过不断增加例外元素，计算出各种组合形式来；马可·波罗则恰恰相反，他从一座容纳了所有特殊元素的城市模型出发，通过剔除例外元素，简化模型，获得一座座真实的城市。不仅如此，不同时代的读者还可以随意抽取 55 座城市中的同质元素，如水、女人，组合成新的主题、新的城市。11 个主题代表着 11 个中心，中心还可以通过产生新的主题不断向外扩展。此外，每个主题不仅可以产生 5 座城市，还可以无尽向外延伸，产生更多的城市。《命运交叉的城堡》则是以塔罗牌中可做解释的各种图像为出发点，通过塔罗牌顺序的改变和各种拼贴组合，创造一部对塔罗牌意义进行大量翻版的文学机器。因为"文学只不过是一组数量有限的成分和功能的反复转换变化而已"③。文本的自我生成系统恰恰反映出它的开放性和解构性。

最后，晶体小说具有绚丽的多重折射，以有限的形式折射出无限的百科全书式的内容。折射的表现之一是互文性。卡尔维诺后现代小说的形式和内容都与历史上的一些经典文本形成了互文，并加以继承和发展，产生了新的意义空间。折射的表现之二在于无论是文本的内容还是表现形式，都与它们所处的时代语境和卡尔维诺的个人经历息息相关，它们身上留下的是历史的烙印，折射出的是文化记忆。当然，晶体小说的绚丽折射还离不开不同文化背景、不同时代读者的解读，在不同的光合作用下，就会产生不同的意义。

晶体小说也是卡尔维诺将文学与绘画艺术结合的智性产物，体现了他的艺术敏锐度和独特的艺术审美情趣。他认为"本世纪（指 20 世纪——笔者注）最初几十年在绘画艺术中产生的各种逻辑、几何图形与形而上学的创作方法蔓延到了文学领域"④。很显然，晶体结构受到了 20 世纪初立体派（Cubismo）绘画的启

---

① 伊塔洛·卡尔维诺：《美国讲稿》，萧天佑译，南京：译林出版社，2012 年，第 70 页。
② 伊塔洛·卡尔维诺：《意大利童话（上）》，文铮等译，南京：译林出版社，2012 年，第 41 页。
③ Italo Calvino. *The uses of literature*. Trans. Patrick Creagh. New York: Harcourt Brace Jovanovich, 1986：22.
④ 伊塔洛·卡尔维诺：《美国讲稿》，萧天佑译，南京：译林出版社，2012 年，第 69 页。

发。卡尔维诺也在多篇随笔中提到了立体派的代表人物毕加索,赞赏他是"永葆青春的画家,他时刻能在世界的诸多形式和艺术语言的诸多形式间找到关联"①。1953年,当毕加索的个人画展在罗马展出时,卡尔维诺在《共和国报》他个人的专栏上,将毕加索与卓别林进行比较,称他们为"我们这个世纪最富有想象力的生活的热爱者"②。

立体派绘画(如图3-1所示)的精髓就在于用简化了的几何图形来表现纷繁复杂的自然万物,将景观、物品、人物安插在圆形、方形、三角形、椭圆形等图形中,赋予观者思考和揣测。画作中的每个几何图形都是独立、破碎的,但所有的碎片连接在一起,亦可拼凑出一幅完整的、具有象征意义的人物或事物。有意思的是,在这些画作中,同一物体在不同角度观察是不一样的,"艺术家可以通过同时展现多个视角来压缩时间和空间"③,也就是将物体多个角度的不同视

图3-1 毕加索《瓶子、玻璃杯和小提琴》(1912年)

---

① Mario Barenghi. *Italo Calvino, le linee e i margini*. Bologna: Il Mulino, 2007: 204.
② 同上书,第204页。
③ 杰里米·沃利斯等:《立体派艺术家与超现实主义艺术家》,王骥译,天津:天津教育出版社,2008年,第12页。

像，结合在画中同一形象之上。如果在欣赏中切换视角或改变元素的组合规律，画作的意义又将发生改变。这也是艺术家们竭力追求的艺术理念。因此，立体派绘画也同样具备结构与解构的特征。如果用"晶体小说"来类比的话，画作中的几何碎片就类似于由每一个小短文形成的晶面，它们是一个个空间和时间浓缩后的"时间零"，它们结构在一起，就形成了一部完整的小说或绘画，经过不同的观者或读者多角度的欣赏和元素重组，它们又会源源不断地生成新的意义。为了表达对几何艺术的喜爱，卡尔维诺特意嘱托埃伊纳乌迪出版社，将他所有著作的封面画都绘成福斯托·梅洛蒂（Fausto Melotti）雕塑的造型，试图用轻盈的线条、几何图形诠释一切（如图3-2所示）。

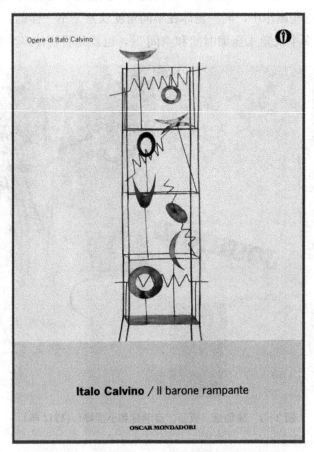

图3-2 卡尔维诺《树上的男爵》小说封面①

---

① 卡尔维诺的作品最初是由意大利Einaudi出版社出版，此后，意大利Mondadori等出版社进行了多次再版，封面沿袭了最初的几何图案。

第五节　晶体小说的美学元素及元素转换

在晶体小说里，"轻逸与厚重""简洁与繁复""精确与朦胧"这些元素并存于文本中，形成动态的平衡。根据《美国讲稿》中卡尔维诺提出的现代小说创作的美学理念来看，艺术文本的魅力正是通过这些既相互对立又相互融合的美学元素展现出来的，文本的意义也是通过这些异质元素的相互映射而形成。

首先，轻逸与厚重可以相互转化，以小说轻逸的视角、语言、主题、形象赋予现实以厚度和重量。"轻逸"是卡尔维诺美学思想中最重要的一方面。他从希腊神话中汲取灵感来举例，以凸显轻逸的重要性：柏尔修斯为了割下美杜莎的头颅，同时避免自己直视她的双眼而被石化，便依靠了世界上最轻的物质——风和云，他通过镜面反射来看她，间接地杀死了美杜莎。柏尔修斯的力量在于换一种角度和方式来和妖魔相处，面对这个凶残的世界。那么，作家面对生活之重时，也可以选择以一种轻盈的方式，从现实生活中抽离出来，远距离地观察这个世界，这或许比直面惨淡的现实更有力量和温度。关于作家与现实的关系，卡尔维诺认为："在所有的隐形城市中，有一座建于高脚桩上的城市，城市的居民从高处看着自己的本质和存在。为了辨清'我'是谁，或许既要从'我'存在的视角，也要从排除'我'的视角进行观察。"① 这是作家面对现实世界既出世又入世的创作态度，正如同《树上的男爵》中的柯希莫，在树上度过一生，他选择与世界保持一定的距离，却不曾离开这个世界，而是遥远地参与世界。"那树上的世界，是现实社会里的童话；而树下的世界，则是童话里的现实社会。童话与现实在这里水乳交融，浑然一体。小说超脱了现实，超脱了时代，但它在更高的层次上把握了现实，把握了时代。"②

为了进一步阐释文本中"轻"的形象，卡尔维诺用薄伽丘故事中卡瓦尔坎蒂那纵身一跃的画面来举例说明。卡瓦尔坎蒂是中世纪晚期著名的诗人，在薄伽丘笔下他还是一位严肃的哲学家。那时，佛罗伦萨的一些豪门子弟成群结队地骑着

---

① Italo Calvino. *Eremita a Parigi*. Milano：Oscar Mondadori, 2011：213-214.
② 伊塔洛·卡尔维诺：《意大利童话（上）》，文铮等译，南京：译林出版社，2012年，"前言"第17页。

马在市内参加各种活动,寻求相互交往的机会。而卡瓦尔坎蒂虽出身豪门,却十分清高,从不愿与他们一起寻欢作乐。有一天,他在一所教堂前的墓地里一边散步一边思考,恰巧碰到了几位骑着马的贵公子,被他们挖苦了一番,嘲笑他不肯加入他们的社团,并包围了他。卡瓦尔坎蒂很是气愤,他一手按在坟墓上,一下跳了出去,摆脱了他们的包围。于是,那个体重很轻、纵身跳出包围圈的形象深深定格在了读者脑海里。卡尔维诺说:"如果我要为自己走向新的千年选择一个吉祥物的话,我便选择卡瓦尔坎蒂从沉重的大地上轻巧而突然跃起这个形象。这表明诗人的庄重蕴含着轻巧。"① 现代社会的人们受到外界强力的重压,思维被禁锢在一种维度中,人不再是自由的个体,不再有选择的权利,生活的苦闷使得人的心灵异常沉重。于是,卡瓦尔坎蒂纵身一跃的形象无疑给了我们很大的鼓舞。卡尔维诺想告诉我们的是:如果想要拯救这个石化的、僵死的外部世界,拯救同样沉重的精神世界,我们需要鼓足勇气,跳出束缚,让自己的内心更加轻盈、透明。文学作品所追求的,也是"轻"的核心精神。

卡尔维诺一直致力于减轻写作的分量,对于他来说,"轻逸"既是一种叙事技巧,又是一种语言风格,还是一种轻盈的形象与主题:叙述节奏分明、果断,如音乐般有韵律;文本构架精巧,由若干个浓缩的短篇组成,明朗轻快;语言像细微的尘埃,精确、灵动、轻松幽默,透露出细腻的心理过程;形象和主题处处充满着轻盈的童话色彩,却承载着厚重的人文关怀。

卡尔维诺选择用卡瓦尔坎蒂作为新千年的吉祥物,不仅是因为他形象轻盈,还因为他善于把诗歌中的主题分解为一些触摸不到的微小单位。卡瓦尔坎蒂是"温柔的新体诗派"的代表人物,该抒情诗派笔触细腻,歌颂爱情,把爱情写成一种植根于高贵心灵的、能使人道德高尚的感情。"他诗歌中的人物,与其说是人,不如说是叹息、光线或映象,是他称为'心灵'的非物质的脉冲与信息。"②

在文本中,卡瓦尔坎蒂把对恋人及万事万物微妙的感觉化为"原子"式的描写方式,其特点是轻微、不停地运动,携带着一定信息。古罗马哲学家卢克莱修的《物性论》认为,认识世界就是把世界这个整体分解为无数个细小的、运动着的、轻微的世界并感知它们的存在。卡瓦尔坎蒂的作品沿袭了这一理念,在他的作品里,"灵魂"这个词被数次提及,因为他认为爱情和宗教信仰有着密不可分

---

① 伊塔洛·卡尔维诺:《美国讲稿》,萧天佑译,南京:译林出版社,2012年,第12页。
② 同上书,第12页。

的关系，美丽高贵的女性如同天使，从天堂降临到人间来拯救人类。他把爱情描绘成一种精神恋爱，这种神魂超拔的感觉恰似一种非物质的脉冲。此外，他把身躯被爱情的痛苦肢解却继续行走的状态形容为"活像一个用金属、石头或木头做成的机器人"。在他的诗歌里，物质的重量不见了，而被分解为各种材料、非物质的脉冲，他的诗文本身就是信息的传递者，通过微小的颗粒把各种现实同一起来。《物性论》和卡瓦尔坎蒂给卡尔维诺带来了诸多灵感，减轻写作的分量意味着把内容和语言碎化成尘埃般的颗粒，它像云彩一样漂浮在厚重的意义之上。在"轻盈"的文学里，沉重的世界隐退了，它如原子一样流动、变换，具有万千可能性。

其次，简洁与繁复的二元融合，以小说简洁有序的时空模式彰显其内容的丰富、复杂、多义。卡尔维诺十分重视艺术作品的阅读速度，认为文笔敏捷和简练能够得到读者的喜爱，因为这种文笔能产生无尽的思想，能让读者在众多的思想、感觉、形象之中沉浮，激起他们阅读的兴趣。他说："如果在我前进的道路上有许多障碍，那么我将用许多直线线段设计我的行迹，依靠这些短小的线段在尽可能短的时间内绕过各种障碍。"[①] 这些短小的线段指的就是各种短篇，卡尔维诺表达了对短篇小说的偏爱，他用了"忙而不乱"这个词来描绘由短篇构成的文本给人带来的视觉形象：各种意义的时间与空间高度浓缩为一个个短篇，它们以简洁有序的模式凝结在一起，展现出丰富的内涵。而解读这样的文本，需要读者紧张的持之以恒的脑力劳动。卡尔维诺的大部分小说是由短篇小说构成，体现出"晶体小说"的特色，他始终坚信，"用讲故事的形式谈论抽象的时间与空间的概念，这种试验只能在短篇小说的范围内进行"[②]。《宇宙奇趣全集》《看不见的城市》《寒冬夜行人》等小说都是他试验的结果。在这些小说中，历史、当代、未来，多元的空间形象、人物形象交织在一起，凝结在精悍的篇幅中。

罗马神话中的墨丘利神（Mercurio），即希腊神话中的赫尔墨斯神（Hermes），是卡尔维诺非常崇敬的神话意象。他是信使、交流之神，长有翅膀，飞行轻盈、敏捷，对人和善、坦诚，他是众神的使者，起着联系众神、联系神与人的作用。"他传递信息，在普遍规律与个别情况之间，在自然力量与文化形式之间，在非生物与生物之间建立起联系。"[③] 卡尔维诺认为他是文学的庇护神，因为文学作

---

① 伊塔洛·卡尔维诺：《美国讲稿》，萧天佑译，南京：译林出版社，2012年，第48页。
② 同上书，第49页。
③ 同上书，第52页。

品就是一个传递信息,在宇宙万物之间建立起联系的百科全书。墨丘利的敏捷灵活也代表着文学的轻盈和流动之美。而与墨丘利截然相反的武尔坎神(Vulcano),即希腊神话中的赫菲斯托斯(Hephaistos),是火神和冶锻之神。他不仅不能飞,走起路来还一瘸一拐的。他给人印象最深的是他那有节奏的打铁声,代表着聚焦和意志力,即把我们的注意力集中到有用的东西上。这两个神的形象给予卡尔维诺深刻的启发:"墨丘利和武尔坎相互对立又相互补充,武尔坎的集中与技艺是描写墨丘利的冒险与象征的必要条件;而墨丘利的多变与敏捷,则是武尔坎无休止的劳作变成有意义的物品的必要条件。"① 由此,卡尔维诺联想到了作家应该如何写作。虽然晶体小说中的每一篇篇幅短小,却是高能量高密度的结晶物,是作家"锻造"的结果,写作前一定经过了缜密的计算、构思,写作后也要对作品精雕细琢进行修改。写作是一个深思熟虑的过程,即便是文本中那些模糊不清的"和声",也是作家刻意留下的,是一种文本技巧。在这点上,卡尔维诺深受爱伦·坡、博尔赫斯等作家的影响,坚持对文本的智性把控。而写作同样需要墨丘利式的敏捷和轻盈,写作需要瞬得到的灵感、一气呵成的速度、某种冒险精神,新颖独特的文本形式和内容始终是吸引读者的第一要素。总之,作家应该是墨丘利和武尔坎的结合体,智慧、勤劳、专注,在简洁的文本空间里传递出繁复的思考过程,展现出纷繁的宇宙万物。

卡尔维诺曾多次在访谈中,甚至在自己的小说里,提到作家创作作品时反复思考、修正的过程。他说,

> 我用手写,做很多修改。我会说,我画掉的比我写下的更多。当我说话时,我不得不字斟句酌,写作时我有同样的困难。有些时候,我自己都认不出我的笔迹,因此我使用一个放大镜,以便弄明白我写的是什么……我的稿纸上总是布满了删除线和修订。有一段时期,我制造了大量的手写稿。现在,在完成第一稿(手写,涂得乱七八糟)之后,我开始一边破译,一边用打字机把它打出来。当我最后重读手稿的时候,我发现了一个完全不同的文本,我经常要做进一步的修订。然后,我做了更多的修改。经常,稿纸变得无法辨认,我不得不把它再打一遍。我很羡慕那些不用修改、一气呵成的作家。②

---

① 伊塔洛·卡尔维诺:《美国讲稿》,萧天佑译,南京:译林出版社,2012年,第54页。
② 译文出自秦传安:《伊塔洛·卡尔维诺访谈录》。

作家往往在完成作品后成为自己文本的读者，从外视角看待自己的作品，与之展开对话，仿佛他要写的小说已由一个虚拟的作者写好了。在审视作品的时候，要经过揣摩、认同、否定等循环往复的心理过程，因此，文本产生的过程是艰辛的。也正因为如此，才赋予我们读者如此多的期待。

　　最后，我们来看精确与朦胧的二元融合，以小说精准的作品构造、精确的语言来凸显朦胧的"陌生化效应"以及不固定、不明确的意义。卡尔维诺追求精确有两种努力方式："一方面是把偶然的事件变成抽象的图案并借以进行运算、证明定理；另一方面是努力选择词汇，尽可能准确地表达事物中可感知的那一部分。"①他乐于将文本构造用几何方式表达出来，例如"晶体模式"便是他各小说的基本模式：每个短篇都是一个精确的晶面，相互连接，依照一定的方式组合在一起，但同时，这些短篇又可以重新规划路径，变换组合方式，从而折射出不同的意义。因此，晶体小说表现出的特征便是几何图形的精确性与意义的不固定、不明确性。此外，卡尔维诺追求用多样、精确的语言来描述客观事实，试图借助词语的语义潜力、感情色彩、动词的各种时态与句法功能来精准表达事物和感受。然而，越是追求精确性的诗人，越是试图通过视觉、嗅觉、听觉捕捉细腻感觉的诗人，传达出的恰恰是一种朦胧的意境、一种陌生化效应。"文字中总有一些基本东西未被表示出来，甚至可以说，小说中未言明的东西比言明的东西更加丰富，只有让言明的东西发生折射才能想象出那些未言明的东西。"②读者只有透过文字，不断地通过想象去理解文字之外的隐藏的意思，才能使意象发生折射，解读出新的意义，从而从阐释的边缘走向中心，脱离陌生化带来的疏离感。意大利诗人莱奥帕尔迪认为："语言越含糊、越不清楚，便越有诗意。"③事实上，在意大利语中，"含糊、朦胧"也意味着优美、愉快。因此，作品的朦胧之意通过精确的语言表达出来，给读者传递出一种没有界限的、不确定的诗意之美，一种不真实却令人愉悦的幻觉。莱奥帕尔迪认为，诗人应该善于用他的眼睛、耳朵和手，即视觉、听觉、触觉，敏捷而准确地捕捉自己最细腻的感觉，并高度精确与细心地去刻画每一个形象，捕捉每一个光影、气氛，以达到预期的美感。他会反复斟酌词句，比如，想表达模糊不清的意象，他会选择用"夜晚""黑暗""深远"这些词汇。想表达不确切的想法，他会用"久远""古老"这些

---

① 伊塔洛·卡尔维诺：《美国讲稿》，萧天佑译，南京：译林出版社，2012年，第72页。
② 伊塔洛·卡尔维诺：《如果在冬夜，一个旅人》，萧天佑译，南京：译林出版社，2012年，第234页。
③ 伊塔洛·卡尔维诺：《美国讲稿》，萧天佑译，南京：译林出版社，2012年，第58页。

富有诗意的词。他有一首诗,诗名叫《无限》(L'Infinito),作者安坐在山岗,从篱笆上眺望无限的天空,坠落于超脱尘世的寂静中,通过细腻的视觉、听觉,精确的音与韵,传递出一种虚无、旷远、充满禅意的幻境之美。这首诗激发了读者无限的想象,有一种界限消失的感觉,仿佛在"无限"这片海洋中浮游。该诗通过精确的语言,达到了朦胧的极致美。事实上,不仅是文学作品,很多画作也是通过精细的细节处理,渲染朦胧的美感。比如达·芬奇,他开创了"晕涂法"的先河。他在画作中一层又一层地混合了不同色彩,使观众在不同角度看到的画面也略有区别,物体的轮廓更加柔和,仿佛物与物的界限消失了,这样的画法给人一种朦胧之美。比如"蒙娜丽莎",她的面部至少画了30层,每一层都薄得令人难以置信,因此,她的微笑令观众产生错觉,始终保持着神秘的美感。莫兰迪也是追求极致之美的画家,他对静物画十分执着和喜爱,经过无数次调色和细腻的勾画,呈现给观众平和雅致、安静舒缓的静物画。灰调的颜色仿佛给画作蒙上了一层薄雾,凝视着那些瓶瓶罐罐,观众有一种陷入时空的错觉,在那一刻,界限也消失了。

我们再来看意大利文人们对"月亮"的描写,那高度的精确性是一脉相承的。伽利略虽然是科学家,但他拥有超高的文学造诣,他的语言融入了文学意识、想象和抒情性,带着科学式的精确。卡尔维诺认为,意大利最伟大的作家是伽利略。在阅读伽利略作品的时候,他最喜欢寻找他描述月亮的段落。"伽利略通过细腻的手法,将它描绘为一个触手可及的东西。尽管如此,月亮刚一出现,我们就能从伽利略的语言中感到一种稀薄与轻盈:月亮如同中了魔法一般悬浮在天空。"① 即使是科学家,伽利略观察月亮的方式还是受到了文学的熏陶,带有一丝俏皮和灵动。一百多年后,莱奥帕尔迪也开始描写月亮,很明显,他的语言受到了伽利略的影响。在《致月亮》(Alla luna)这首诗中,他写道:

> 啊,亲爱的月亮
> 你那静谧的光线
> 照着林中的野兔
> 纵情地跳跃
> ……
> 夜色昏而复明

---

① 伊塔洛·卡尔维诺:《文学机器》,魏怡译,南京:译林出版社,2018年,第290页。

>　　天空暗而复蓝
>　　你那皎皎的光线
>　　使山影、屋影重现
>　　……
>　　弯月，你为什么沉默
>　　告诉我，你在想什么
>　　你夜晚出来遨游
>　　观察空旷的人间
>　　然后又悄然隐去①

莱奥帕尔迪通过描写月光的皎洁、月色的美丽，展现出一种轻盈、静谧而诱人的感觉。尤其最后一段，他采用拟人的手法，月亮仿佛变成了一个调皮的少女，和人们玩着捉迷藏的游戏。莱奥帕尔迪的笔触相当细腻，他的语言画面感十足，如月光般澄净明亮，通过视听使读者精确感受到月亮的质感。这就是晶体小说的语言的典范。

一百多年后，卡尔维诺继承了伽利略和莱奥帕尔迪的风格，他的语言更具想象力和诗意。卡尔维诺在多篇小说、随笔集中谈到月亮，他不断地与语言进行斗争，寻求丰富的、准确的表达方式，并加入了大量的比喻、拟人等修辞手法，月亮在他的笔下有了生命力，变得分外有魅力。在《帕洛马尔》里，主人公喜爱观察黄昏的月亮：

>　　黄昏时它只不过是明亮而蔚蓝的天空中一块略呈白色的斑点……它像一块透明的圣餐面饼，又似一片尚未完全溶化的药片，差别在于它这块白色圆形体并不渐渐消亡，它上面的白色会不断吞噬蓝灰色的暗影，变得越来越浓（搞不清的是，这蓝灰色的暗影是月球的一种外貌呢，还是月球像一块海绵，吸附了天空分泌的蓝色物质）。②

卡尔维诺发扬了百科全书式的写作方式，用充满想象力的比喻和拟人手法赋予了黄昏的月亮流动的美感，同时也给读者带来不确定的思考空间。

最令人叹为观止的还属他在《宇宙奇趣全集》中对月亮的描写。几千年来，

---

① 伊塔洛·卡尔维诺：《美国讲稿》，萧天佑译，南京：译林出版社，2012年，第27-28页。
② 伊塔洛·卡尔维诺：《帕洛马尔》，萧天佑译，南京：译林出版社，2012年，第39-40页。

月亮与人类的关系一直是科学家们探索的主题，也是文人们津津乐道的话题。卡尔维诺在该书里围绕这一主题，将科学性和诗意的想象融为一体，为人类探索月球编造了很多新颖独特、趣味十足的故事。然而，该书里的月亮不再是浪漫又美好的存在物，而是拥有了一些魔性，仿佛出现在科幻小说里。在《软月亮》一文中，卡尔维诺描述了月亮越来越飞近地球的画面：

> 高速公路的转弯让我们再度面对月亮，那个蜡泪似的肿瘤还在朝着地球加长，尖上起了卷，就像胡须一样，而与月球表面连接的部分又在变细，好像是个悬挂物，使它呈现出一只蘑菇的模样……现在月亮的蜡泪正越变越多，正朝着地球伸过来，就像无数黏性的触手，而每只触手上都好像要滴落一种明胶、毛发、苔藓和黏液混成的物质。①

在《月亮的距离》一文中，卡尔维诺更是别出心裁地描写了人类划着小船，去月亮上取月乳的故事：

> 我们去月亮上取奶，用的是一把大勺和一个大木桶。月乳是很浓的，像是一种凝乳。这种月乳是当月球掠过地球上的草原、森林和沼泽地时，受月球吸引而飞到月亮上的那些东西在鳞片之间发酵而成的，其主要成分有植物汁、蝌蚪、沥青、兵豆、蜂蜜、淀粉晶体、鲟鱼子、苔藓、花粉……②

卡尔维诺十分注重描述细节、细节的细节，他的语言就像微小的尘埃，环绕在读者四周。读者在他的感召下，先是陷入无限广阔的想象中，又被无限小所包围，这样的无限小是触手可及的视觉、听觉、嗅觉体验，并化作我们内心情感的脉冲，与作者产生共鸣。精确的语言把一切可见的痕迹与不可见的事物联系起来，因此，正确使用语言能使我们接近事物的本质。

综上所述，晶体是一个复杂的有机统一的物质结构，而卡尔维诺独创的"晶体小说"也是一个有机统一的文本系统，它拥有细腻精确的语言、轻盈的主题与形象、简洁精致的文本结构，并不断向外衍生，折射出繁复的百科全书式的内容，承载着厚重的人文关怀。它有着极高的艺术审美价值，通过各种组合形式，赋予了读者多层次、多角度的意义阐释空间，带给了读者深远绵长的美学幸福。

---

① 伊塔洛·卡尔维诺：《宇宙奇趣全集》，张密等译，南京：译林出版社，2012年，第129-130页。
② 同上书，第5-6页。

第六节　艾柯的诠释学理论与卡尔维诺创作

洛特曼的文化符号学是从结构主义诗学理论出发，从分析艺术文本的结构拓展到更加广阔的文化符号学，对各种文化现象（包括文学、神话、电影等）的结构、意义、功能进行全面的考察，具有鲜明的方法论特征。艾柯依托其文化符号学框架建构了他的文本诠释理论。在该理论中，他充分肯定了读者的能动作用，提出了"开放的文本"观，倡导对文本适度阐释。他将作者与读者细分为"经验作者""经验读者""模范作者""模范读者"等身份，探讨了作者、文本、读者之间相互塑造的动态平衡的关系。可以说，洛特曼与艾柯的文化符号学分别从不同的视角对文本的结构和对话属性进行研究，它们既有相互融合的一面，又互为补充。因此，以洛特曼的文化符号学为主要研究方法，并辅以艾柯的文本诠释理论，更能发掘卡尔维诺创作的独特性，也能更好地阐释经典文本经久不衰的魅力所在。

作为意大利当代最重要的两位文学家，卡尔维诺和艾柯的文学风格有着很多相通的地方：他们都注重文本的多元化，因此他们的小说都是百科全书式的、复杂多义的；他们都关注读者，充分激发读者对文本的建构作用；他们也十分注重文本的互文性，创作都根植于西方传统的土壤中，融入了大量的历史背景、古典文本、象征和隐喻。

早在1962年，艾柯的《开放的作品》一书就已问世，对结构主义所提倡的系统的封闭性和自足性加以批判，并提出了"开放的文本"观，充分肯定了读者对意义建构的关键作用。他指出，

> 艺术作品就是一种产品，作者以切实的交流效果组织安排起来，使任何欣赏它的人都可以来理解艺术作品，来理解作者原来设想的形式……从本质上说，一种形式可以按照很多不同的方式来看待和理解时，它在美学上才是有价值的，它表现出各种各样的面貌，引起各种各样的共鸣，而不能囿于自身停滞不前。[①]

---

① 安伯托·艾柯：《开放的作品》，刘儒庭译，北京：中信出版社，2015年，第3页。

艾柯提倡文本的多样性阐释，认为作者虽然已经完成文本，但文本的意义是开放和不确定的，文本中符号的能指和所指的关系扑朔迷离，使得解读成为必要。在此，艾柯的"开放的文本"观已经展现出后结构主义的特色，"对追求意义构成的后结构主义来说，符号的构成本身就是多元的，不可能固定的……后结构主义强调意义的自由活动"[1]。卡尔维诺也倡导读者对文本的自由解读，他曾把书页上稠密的文字符号比作一粒粒沙子，这些沙子虽然表面相同，但时刻可以汇聚成沙丘，它们随风塑形，瞬息万变。文字符号也一样，它可以被不同的人以不同的方式进行解读（因人塑形），因此代表着不同的视角和灵魂。单调的字符下隐藏的是缤纷的大千世界。

然而，文本的开放性并不意味着读者可以断章取义地对文本进行阐释，文本也并非可以无限衍义，而是要在自由阐释和文本所想表达的意图之间找到一个平衡点，也就是要为阐释设限。例如，如果对古典文本进行过分后现代的阐释，这就背离了文本的初衷。艾柯于90年代初期撰写了《阐释的界限》《诠释与过度诠释》等著作，充分探讨了作品的阐释原则。艾柯认为，对文本的诠释必须处理好作者、文本、读者三者之间的复杂关系。"作者意图"即作者通过文本想传达的思想。"读者意图"是读者在阐释过程中确立的文本的意义。以德里达为代表的解构主义理论把作者的地位置于边缘，认为读者具有解读文本的无限权利，过于凸显了读者的主体意识，从而使文本的意义无限扩散，解读走向神秘主义和虚无主义。艾柯十分反对这样的"读者中心论"，认为这是对文本的误读和"过度阐释"。在文本的诠释过程中，我们不能忽视"作者意图"。在理解作品的创作过程中，作者的在场起着至关重要的作用。"理解作品的创作的过程也就是理解作品是如何由一些偶然的选择所构成、是如何由某些无意义的动机所产生的。理解'文本策略'与这种'文本策略'的生成过程之间的区别是很重要的。"[2] 也就是说，文本有可能脱离作者意图而独自存在，理解作者的创作过程和文本在读者面前所展示的文本策略之间的差异是很重要的，这是解读文本的关键，也是读者难以把握的一方面。在此，艾柯充分肯定了"作者意图"对文本解读的积极作用。然而，"作者意图"并不能完全控制文本意义的走向，文本一旦产生，就脱离了作者，成为一个活的生命体。

---

[1] 赵毅衡：《符号学文学论文集》，天津：百花文艺出版社，2004年，第66页。
[2] 安贝托·艾柯等：《诠释与过度诠释》，王宇根译，北京：生活·读书·新知三联书店，1997年，第91页。

在"作者意图"和"诠释者意图"之间还存在着第三种可能性:"文本意图"。阐释活动必须基于"文本意图"。然而,很难对文本意图进行简单的抽象界定。"'文本意图'并不能从文本的表面直接看出来……文本的意图只是读者站在自己的位置上推测出来的。读者的积极作用主要就在于对文本的意图进行推测。"① 因此,"作者意图"并不完全代表"文本意图",作者本人对文本做出的诠释"并不能用来为文本诠释的有效性提供依据,而只能用来表明作者意图与文本意图之间的差异"②。在"文本意图"概念的基础上,艾柯把细分的"作者"和"读者"的概念融入其中。

艾柯文本诠释理论的两组主要的概念是:"经验作者—经验读者"(Empirical Writer - Reader)、"模范作者—模范读者"(Model Writer - Reader)(又译为"标准作者—标准读者")。"经验作者"是文本的生产者,即作者本人。"经验读者"是文本外的读者,就是你、我,或者任何在读着小说的人,他"可以从任何角度去阅读,通常都拿文本作容器来贮藏自己来自文本以外的情感,而阅读中又经常会因势利导地产生脱离文本的内容"③,因此,文本才能产生多元的意义。虽然经验读者可以在叙事的丛林中自由穿行,他的第一要务仍是在文本阐释的界限内,推测模范作者的意图。"模范作者"既可以是文本叙述中的"弦外之音",又可以是一种文本技巧、一种风格、一系列模糊的痕迹,它与文本意图相吻合,是模范读者脑海中积极勾勒出来的。"模范读者"是一种理想状态的读者,"他既是文本希望得到的合作方,又是文本在试图创造的读者"④。因此,他与模范作者相互塑造,他能够积极地根据模范作者的指令,按照文本的意图去阐释文本,产生无限的猜测。

总而言之,艾柯理想中的对文本阐释的方式是模范作者和模范读者之间的完美配合:一方面,模范作者通过对文本的编排和宏观把控,通过一系列的信号和模糊的痕迹,一步步引导模范读者按照预设的方式去阐释文本;另一方面,模范读者能够正确领悟这些信号,积极地揣摩文本意图,并一步步成为建构文本的主体。在此过程中,"文本意图"始终是作者和读者对话的基础和核心。

---

① 安贝托·艾柯等:《诠释与过度诠释》,王宇根译,北京:生活·读书·新知三联书店,1997年,第68页。
② 同上书,第77页。
③ 安贝托·艾柯:《悠游小说林》,俞冰夏译,北京:生活·读书·新知三联书店,2005年,第10页。
④ 同上书,第11页。

那么，经验读者如何推测"文本意图"呢？艾柯认为，"唯一的方法是将其验之于文本的连贯性整体，对一个文本某一部分的诠释如果为同一文本的其他部分所证实的话，它就是可以接受的，如不能，则应舍弃"①。除此之外，作者创作文本时的语言背景、文化成规等历史环境因素也是和文本意图相关联的重要因素。艾柯以华兹华斯的诗句翻译"A poet could not but be gay"来举例，"gay"在那个年代的原义是"快乐"，而没有"同性恋"的意思，因此该诗句只能被译为"诗人是一个快乐的精灵"。一个敏锐而有责任心的读者需要从作品与其社会文化语境相互作用的角度对作品进行阐释。

　　综上所述，文本诠释的标准不是"作者意图""读者意图"，"而是相互作用的许多标准的复杂综合体"②。文本阐释应该在作者、文本、读者、历史文化环境之间的互动中进行。"一部作品的完整意义的产生，取决于原作品、作者和读者三方面的共同建构，任何强调其中的某一方面而忽视另一方或另两方的尝试都有可能导致'误读'和意义的混乱。"③ 从这点来看，艾柯受到了巴赫金关于作者、读者、文本的对话性和主体间性的启发。

　　论及卡尔维诺，他对文本的精心设计和艾柯的文本诠释理论在很多方面不谋而合。他的《寒冬夜行人》与艾柯的《读者的作用》同一年出版，甚至有学者认为《寒冬夜行人》是对艾柯的文本诠释理论的一种元小说式的回应。在该小说中，男读者"你"身上融合了多重身份，既是经验读者，又是文本内的读者，还是文本的主人公，与此同时，文中框架故事的隐形叙述者和内嵌故事的叙述者"我"身上也叠合了作为经验作者的卡尔维诺、小说人物双重身份。整部小说就是围绕读者"你"与作者的博弈展开的，他们彼此塑造，共同推动意义的无限增殖。在博弈的过程中，读者一方面在作者的指引下破解文本迷局，另一方面又积极地参与意义的建构，实现了与作者、文本的有机融合——这也是文本意图的体现。在《看不见的城市》里，至少存在着五种"声音"的对话，它们分别是卡尔维诺、读者、马可·波罗、忽必烈以及许多城市里出现的旅行者"你"。这些对话在不同层面互相交织，体现出经验作者、经验读者、模范作者、模范读者之间的多种对话模式。卡尔维诺用创作实践证实了文本是一个动态场，作者与读者、

---

① 安贝托·艾柯等：《诠释与过度诠释》，王宇根译，北京：生活·读书·新知三联书店，1997年，第69页。

② 同上书，第71页。

③ 王宁：《艾科的写作与批评的阐释》，《南方文坛》2007年第6期。

文本与文本在这里都可以相互对话，艺术地再现了艾柯的文本诠释理论。

阐释需要考虑文本的语文学背景与历史背景。"忠实的阐释需要考虑到文本的互文性。对我们来说，文本不是平面的，而是立体的并且有深度的。"① 因此，卡尔维诺认为，正确的阐释既要与历史文本相结合，又要同时具有创造性。他的《美国讲稿》就是传统与现代结合的典范，使得每一个现代性的阐释都有据可依：他一方面追根溯源，在古典文本中寻求他的美学观点的源头，另一方面又创造性地将这些新颖的美学观点应用于现代文本的分析中。例如，他从古罗马诗人奥维德的作品《变形记》中柏尔修斯和美杜莎的故事里找到了"轻盈性"的根源，即换一种角度看待世界。同时，他从古罗马诗人卢克莱修的《物性论》中获得启发，认为世界由无数个细小的、轻微的粒子构成，认识世界就是分解世界，文学创作也是将主题分解为无限小的粒子，从中观察事物的本质。奥维德和卢克莱修的哲学观和科学观深深影响了卡尔维诺的文学创作。此外，他从但丁的《神曲·炼狱篇》中证明想象的重要性，并以此推断出"形象鲜明"对文本创作的意义。他从莱奥帕尔迪的文本里看到了精确轻盈的语言，认为该诗人在描写那些能够引起快感的不确切的感觉时，表现出高度的精确性。总之，虽然卡尔维诺是个极富想象力的作家，但他提出的"轻逸""速度""精确""形象鲜明""内容多样"等美学元素，每一点都不是在他脑海里随意生成的，而是植根于意大利及世界博大精深的古典文化，是他多年阅读、积累、思考的智性产物。有了古典文本的支撑和大量的例证，卡尔维诺的《美国讲稿》极具可读性，读者在解读这些美学元素时，也以古典文本为立足点，获得更加真实、具体的感悟，从而不会让阐释不着边际。

综上所述，无论是理论著作，还是小说文本，卡尔维诺都提倡多元、创造性的阐释，但阐释要以文本为立足点，是基于文本意图的合理阐释。同时，阐释不能脱离文本所处的历史文化语境。作者、文本、读者彼此依存、彼此塑造，形成符号圈中动态平衡的三个子结构。

---

① 张江等：《文本的角色：关于强制阐释的对话》，《文艺研究》2017 年第 6 期。

第四章

《寒冬夜行人》：
元小说文本阐释的博弈策略[①]

通过对洛特曼的文化符号学的理论要旨的梳理，可以看出洛特曼的"符号圈"理论主要以多元对话机制、结构与解构之间的符号圈模式、文化记忆机制三方面为侧重点，探讨了符号圈的意义再生机制。洛特曼将作者与读者以及他们与自身的对话视为"我—他"对话、"我—我"对话。一切文学文本都是"我—他"和"我—我"两种交际模式共同作用的结果。本章试图以文本符号圈的"我—他"[②]和"我—我"对话机制为视角，结合艾柯的文本诠释理论，探索《寒冬夜行人》中各层次的对话博弈以及作者、文本、读者三位一体的互动关系，从而揭示该文本独特的意义再生机制。

任何文学理论问题的研究都是通过科学归纳、演绎，得出相对确定的阐释。然而，文学创作的艺术性又往往体现在文本呈现的复杂性和矛盾性之中。如何处理好理论阐释的科学性与文学创作的艺术性之间的关系，是学界亟待探讨的重要问题之一。兼具文学理论家与作家双重身份的卡尔维诺就此进行过极具价值的探索，他的小说《寒冬夜行人》就是通过作者、文本、读者三者间的互动关系来推动创作过程的，因而被冠名以元小说。无论是意大利还是其他国家的文学批评界，均指出了《寒冬夜行人》的这一特征。

然而，卡尔维诺的艺术探索并非局限于此。他在小说中不仅遵循元小说的写作原则，从作家创作的视角叙述了创作过程，而且创造性地从读者阐释的视角，

[①] 本章阶段性研究成果已发表。详见潘书文：《〈寒冬夜行人〉：元小说文本阐释的博弈策略》，《当代外国文学》2020年第1期。
[②] 由于《寒冬夜行人》文本外和文本内的读者均是"你"，"我—他"对话实质上就是"我—你"对话。

艺术地叙述了元小说的阐释原则。在卡尔维诺看来，小说的创作规则和阐释原则之间的对话，共同构建了元小说。卡尔维诺把阅读者作为主人公写入了文本，并且让文本中的读者兼具阅读与被阅读、自我阅读的多重身份，表现了作者、读者与主人公之间以及他们内在自我心灵的对话博弈，充分揭示了小说创作的复杂性和矛盾性，增强了文本诠释的审美性，探索出了创作理念阐释与艺术审美相融合的一条新路径。

艾柯曾在哈佛诺顿讲座的开篇表达了对卡尔维诺的致敬："我要唤起他的名字，因为他是那部《寒冬夜行人》的作者，因为他在这部小说中对读者的强调，更因为我的讲座在很大程度上正是围绕这一点展开的。"① 其实，艾柯本人的《读者的角色》一书是与《寒冬夜行人》同一年完成的。他俩虽不曾一起商讨过，但是在文本诠释理论上的观点则是不谋而合。艾柯把作者和读者都视为文本策略，探讨了在阐释的迷宫中，经验读者、经验作者、模范读者、模范作者之间为了实现文本意图的对话模式。他对艺术作品是这样界定的："一件艺术作品，其形式是完成了的，在它的完整的、经过周密考虑的组织形式上是封闭的，尽管这样，它同时又是开放的，是可能以千百种不同的方式来看待和解释的。"② 艾柯既强调作者对文本的编排和宏观把控，又十分注重读者对文本的建构作用。

作为一部元小说，卡尔维诺将叙事者的叙述过程与文本内读者的阅读过程融为同一时间轴，编织进故事的整体框架中。作者在反观自身叙述行为的同时，也成为读者反观自身阅读行为的一面镜子，他们彼此塑造、共同依存，"阅读创造了叙事，而阅读也同样被叙事所创造"③。如果从小说发展的脉络精确来看，文本是以一种博弈的形式被建构的，读者渐渐参与作者有意设置的博弈游戏，与作者形成了一种强弱交替的博弈共生关系，而此关系恰恰是一种文本策略，它构成了该小说独特的意义再生机制，给读者带来了审美的狂喜。

第一节 《寒冬夜行人》概述

《寒冬夜行人》于1979年出版，是一部构思缜密、幻想离奇的嵌套式小说，

---

① 安贝托·艾柯：《悠游小说林》，俞冰夏译，北京：生活·读书·新知三联书店，2005年，第1页。
② 安伯托·艾柯：《开放的作品》，刘儒庭译，北京：中信出版社，2015年，第3页。
③ 马克·柯里：《后现代叙事理论》，宁一中译，北京：北京大学出版社，2003年，第148页。

由框架故事和十个内嵌故事组成,叙事空间层层推进,读者却离小说的"结尾"越行越远。故事的主人公之一是男读者"你",一个热爱文学的文艺男青年,也是卡尔维诺的忠实粉丝。"你"即将开始阅读卡尔维诺的新小说《寒冬夜行人》。"你"为阅读做好了充分的准备,开始聚精会神地读起来:故事发生在一个冬雨淅沥的夜晚,某火车站,一位神秘的旅客推着一个神秘的行李箱出现了,他的任务是把箱子秘密地交接给另一个神秘的人物,然后各自推着箱子向不同的方向离开。然而,事与愿违,接头的那个人迟迟没有出现,一个貌似警察局局长的人让他赶快带着箱子离开,于是,他坐上了十一点的特快列车,离开了……故事到这儿戛然而止。这应该是一部悬疑小说,只是作者并没有交代清楚事情的来龙去脉、推理细节,读者通过第二人称"你"的叙事,稀里糊涂地被带入了小说中。实际上,这是作者刻意制造的一种氛围:"书中的文字描述的是一种没有明确概念的时空,讲述的是既无具体人物又无特色的事件。当心啊!这是吸引你的办法,一步步引你上钩你还不知道呢,这就是圈套。"(11)① 卡尔维诺的这段文字提醒我们,这种没有具体时空背景和鲜明人物的小说恰恰是作者的一种叙事策略,"小说的开头愈是没有特色,愈是时间、地点不清,你和作者他就愈会冒更大的风险来把你们的一部分与我这个人物等同起来"(14),因为你们尚不知道故事主人公的身份以及即将经历怎样的冒险,探索心会愈发强烈。在此,卡尔维诺特别提出:"我"就是故事里的叙述者兼主人公,同时也是文本外的作者卡尔维诺本人。作者在写下这个"我"字时,就不知不觉地把他的一部分与这个"我"联系起来了。在后面的故事里,"我"还是叙述者、主人公、作者,只是扮演的角色在不停地更换。与此同时,文本外的读者"你"在阅读过程中,也和男读者"你"重合了。

现在,"你"已经读了三十来页。"你"突然发现,小说的页码错乱了,之前读过的三十来页又重复出现,于是,"你"跑去书店换书。书店老板深表歉意地解释说,小说装订时出了差错,把卡尔维诺的《寒冬夜行人》和波兰作家巴扎克巴尔的小说《在马尔堡市郊外》装订混了。这时,"你"才意识到,之前十分认真阅读的小说可能并非是卡尔维诺的小说,既然已经在读了,那就换成波兰作家的这本小说,继续读下去吧。与此同时,"你"还邂逅了一位年轻貌美的女读者

---

① 伊塔洛·卡尔维诺:《如果在冬夜,一个旅人》,萧天佑译,南京:译林出版社,2012年,第11页。本章中出自该书的引文直接在其后小括号内标注页码,不再添加脚注。

柳德米拉——文本的第二主人公，她也是因为同样的原因来书店换书的。"你"和女读者约定一起读波兰小说，并交流心得。从那一刻起，书对于"你"来说，成了"一种工具，一种交际的渠道，一种聚会的场所"（35），充满了魔力。"你"和柳德米拉的爱情故事，也成为文本的第二条主线。

通过和女读者的交流，"你"发现换回去的根本不是波兰小说，因为书上的地名和人名都与波兰这个国家毫不相干。"你"读的是一个少数民族作家的小说《从陡壁悬崖上探出身躯》。后来，两位读者又阴差阳错地读了七部小说的开头。每一次，当他们饶有兴致地重新投入阅读中去的时候，小说都会由于各种原因中断。读小说的过程，就是多次的闪退与闪进、解构与重构的过程，也是一步步陷入作者的叙事陷阱的过程。卡尔维诺在文本中一共放置了十种不同类型的小说开头，在不断寻找小说的"下文"的过程中，男读者和女读者成为知己和灵魂伴侣。

故事的发展进程中，还出现了形形色色的作家和读者的角色，诸如伪书制造专家马拉纳、作家弗兰奈里、"女读者"的姐姐罗塔里娅、图书馆中的七位读者等。所有的角色都通过文本和读者对话，表达他们对阅读、写作的看法，这些超脱于故事情节的话语成为文本的"弦外之音"。需要指出的是马拉纳这个角色，他曾是女读者柳德米拉的恋人，由于柳德米拉酷爱读小说，马拉纳就觉得小说作者是他无形的情敌，而且，他认为，文学作品就是虚假、伪造、模仿和拼凑的。于是，他成为一名专门篡改他人小说的翻译家，以此来动摇柳德米拉对阅读、对文学、对作者的信赖，那十种篡改的小说就是他的"杰作"。他还将自己隐藏起来，玩起了"作者消失"的游戏。为了将柳德米拉从这个阴谋中拯救出来，男读者千方百计地打听到，马拉纳可能隐藏于南美洲，于是他毅然决定去那里寻找他。

小说的最后，男读者自然没有找到马拉纳，他走遍世界，又回到了原点。在这里，他发现了一个图书馆，里面有七位读者，对阅读各有想法。更神奇的是，他还发现了那十位作家的小说，然而，每一本书都无法正常借阅。十个小说的标题连在一起，成为另一个故事的有趣的开头。故事的尾声，男读者和女读者喜结良缘，并和小说的开头完美呼应。当柳德米拉关上灯，准备睡觉的时候，"你"说："再等一会。我这就读完伊塔洛·卡尔维诺的小说《寒冬夜行人》了。"（300）然而，这是一部永远也不会完结的《寒冬夜行人》。

小说的内嵌故事是那十部小说的开头，在精彩处戛然而止，令读者浮想联翩。"这些书的下文都在彼岸……用另一种语言写成的，一种无声的语言。"（80）

它们荒诞离奇，都是卡尔维诺幻想出来的作品，彼此之间没有任何的逻辑关系。它们代表了十种小说类型，具有超现实主义或后现代主义的风格。多元混杂的文本使小说的主题向四面八方延展出去。卡尔维诺集中将20世纪的小说艺术展现出来，具有极强的实验主义的精神，他尽可能地把想象、思考、阐释的空间留给读者。比如，第九个故事《在空墓穴的周围》讲述的是一个年轻人去印第安人村庄寻根的故事，具有浓郁的拉美魔幻现实主义色彩；第四个故事《不怕寒风，不怕眩晕》描写了革命时期主人公身陷怀疑、背叛、阴谋之中无法摆脱的故事，是一部阴暗的存在主义政治小说。其余的一些故事分别是对心理小说、逻辑几何小说、大地原始小说、启示录小说、日本新感觉派小说、侦探小说等的模仿。除此以外，整部《寒冬夜行人》仿拟了《一千零一夜》的嵌套式结构，使得"你"进入一个扑朔迷离的玄幻世界的同时，也把现实中的读者引入一个不断寻觅、探测和追问的历程中。

笔者认为，《寒冬夜行人》最精彩的部分仍然在于它的叙事结构和叙事策略，就像柳德米拉在书中说的那样："我现在最想看的小说，是那种只管叙事的小说，一个故事接一个故事地讲，并不想强加给你某种世界观，仅仅让你看到故事展开的曲折过程，就像看到一棵树的成长，看到它的枝叶纵横交错。"（104）

第二节 "我—你"博弈：作者与读者的交锋

在《寒冬夜行人》中，男读者"你"身上融合了多重身份：既是经验读者，又是文本内的读者，还是文本的主人公。正如作者在前言中所说："这本'传奇'小说的自然的收件人和享受者是'一般读者'，由于这个原因我希望他也是'旅人'的主人公。"（6）以第二人称"你"来叙事，极大地拉近了经验读者与文本的距离，使经验读者可以很快进入角色，坠入卡尔维诺的叙事圈套之中。与此同时，书中框架故事的隐形叙述者和内嵌故事的叙述者"我"身上也叠合了作为经验作者的卡尔维诺、小说人物双重身份。因此，内外两层叙述的声音时而叙述小说，时而变身为模范作者，畅谈叙事技巧，时而又成为主人公，与故事融为一体。不仅如此，小说中的众多故事角色也时时跳出文本，作为模范作者的声音与经验读者对话。

卡尔维诺始终重视读者的能动作用，整部小说的情节设置就是围绕男读者"你"为了寻找《寒冬夜行人》的下文，与"作者"马拉纳的博弈展开的，这构成了博弈的第一层次。女读者柳德米拉的阅读行为则是引发博弈的前提条件：正是因为她对叙事声音的信任，引发了男友马拉纳的嫉妒，他想击败作者的这种作用力，让柳德米拉对阅读产生不信任感，于是就利用虚假、伪造、模仿等各种手段把十部毫不相干的小说拼凑到一起，"这样，柳德米拉埋头读书时，他便不会感到被她遗忘了，因为在书与他之间虚假的阴影始终存在，而他通过把自己与虚假等同起来，从而确立了自己的存在"(183)。事实上，马拉纳并不是个真实存在的人物，他的形象是通过作家弗兰奈里以及女读者之口构建的，是个虚幻的形象，却拥有着魔幻般的力量，他通过设置一层层的叙事陷阱，打乱了时空顺序，将建立在现实世界上的一重又一重的可能世界展现在"你"的眼前。然而，这些可能世界只有一个开头，留下大量空白等待"你"去填补，因为"文本是一台要求读者参与作品生产的慵懒的机器"①。当"你"沉浸在阅读的无限遐想中时，他又一次次地将"你"抽离故事，使"你"往返于此岸世界与彼岸世界。文本外的经验读者"你"也跟随着叙事的步伐不停地探索、停留、回溯，阅读小说不再是轻松畅快的情节浏览，而更像是一次与"作者"的智力角逐，每一次的博弈过程都是一次回归自我的阅读体验。

从某种意义上说，男读者"你"与隐形人物马拉纳的博弈正如同侦探小说中侦探与犯罪嫌疑人的博弈②，博弈的目的明朗而纯粹：寻找完整的小说下文。文本中的"你"便是艾柯所定义的第一层次的模范读者，"第一个层次语义读者只关注故事的结局"③。而经验读者的任务除了追寻小说以外，还需要将符号游戏所设置的迷宫碎片拼凑起来，解读文本的意图，规划路径，走出迷宫，他们的目的是成为艾柯定义的第二层次的模范读者，"第二个层次符号或者审美读者，会追问故事要求他成为何种类型的读者，追问文本背后的模范作者下一步要做什么"④。同时，作者也在不断地揣摩着读者的阐释心理。因此，经验读者与作者之间的博弈构成了博弈的第二层次，他们一起参与文本的符号游戏，如同棋局中

---

① 安贝托·艾柯：《悠游小说林》，俞冰夏译，北京：生活·读书·新知三联书店，2005 年，第 52 页。
② 卡尔维诺的确从侦探小说中汲取了创作的灵感，完成了《寒冬夜行人》的前言和框架故事的叙述。他用事实证明了侦探小说的学术研究价值。详见 Susan Briziarelli: "What's in a name? A seventeenth-century books, detective fiction, and Calvino's 'Se una notte d'inverno un viaggiatore'". *Romance Quarterly* 57 (2010): 79 - 80.
③ 朱桃香：《翁伯托·艾柯读者理论的符号学解读》，《湘潭大学学报（哲学社会科学版）》2016 年第 3 期。
④ 同上。

的做局者与破局者。意大利符号学家沃利（Volli）对此进行了精妙的阐释："棋牌游戏的参赛选手彼此都要根据对方的战术，想象对方下一步该走哪步棋，就像读者与作者一样，彼此想象对方下一步该怎样描写（阐释）文本。"① 因此，文本的创作和解读的过程实际上是作者与读者互相博弈、互相塑造的过程。在小说的第八章，卡尔维诺设置了这样的情节：作家弗兰奈里遥望着远方的读者而写作，读者遥望着远方的作家而阅读。这便是对作者与读者之间关系最好的诠释。

有别于日常交际对话，在叙事交流中，作者和读者之间的博弈是一种特殊的双向性对话，"叙事交流是从作者到文本再到读者的单向传播，读者的阅读理解基本不能反馈给作者，这是叙事交流的方向特征"②。因此，看似双向性的"博弈"实则发生于作者与读者的想象之中，他们共同作用于文本，使得文本意义不断生成，成为一个活的生命体。

首先是作者通过文本对读者的把控。卡尔维诺的创作不同于罗兰·巴尔特的"零度写作"，而是在文本中设置了大量的作者的主观意识：一方面，在文本的整体构架上，作者采用拼贴的手法，打破了线性叙事，制造了多重信息壁垒，对读者进行"捉弄、迷惑、欺骗"。他先将读者引入内嵌文本，又将其抽出，进入预设的框架文本中，如此反复，使得整个叙事机制在闪回和闪进之间变换，也使得读者在寻找《寒冬夜行人》的过程中无限后退，离目标越来越远。另一方面，在框架故事中，为了不使阐释的列车过于偏离轨道，作者通过叙述者的声音和小说人物的声音对读者多次"说话"，并且动态地调控语境，使之适合文本意图。正如柳德米拉所认为的，"作者从来不是有血有肉的人，不管是活着的作者还是已故的作者，都仅仅存在于书页之中，在书页中与她进行交际"（182）。这些交际的"声音"代表着模范作者的声音，也恰恰体现了经验作者在创作文本的过程中，始终在与心中的模范读者博弈，迫使其沿着自己的思维轨迹行驶。例如，在第二章，叙事的声音说："读者啊，要问你是谁，多大年纪，问你的婚姻状况，未免太不礼貌。这些事你自己去考虑，重要的是你现在的心情，现在你在自己家中，你应该努力恢复内心的平静，投身到这本书中去。"（34）在第三章，叙事的声音又说："你正在阅读的这本小说希望向你介绍一种密集、细致又有形体的文字世界。"（45）这无疑是在引导经验读者解读的方向，避免其"误入歧途"。

---

① Ugo Volli. *Manuale di Semiotica*. Roma：Laterza，2003：154.
② 申洁玲：《低语境交流：文学叙事交流新论》，《外国文学研究》2018 年第 1 期。

不仅如此,《寒冬夜行人》中插入的十个小说的主题和叙事风格总会在框架故事中,通过女读者之口指明,为读者预设内嵌故事的基调。这一点,卡尔维诺在前言里面就已经指出:"每本'小说'都将从标题与女读者的期待的巧合中产生,这个期待在前面的那一章中已经被她表述出来了。"(9)例如:在第九章,姐姐罗塔里娅说道:"我妹妹经常说,她喜欢小说有一种原始的、本来的、由大地中喷射出来的力量。"(249)这正预设了下一个内嵌故事《在空墓穴的周围》的主题意蕴。在第二章,柳德米拉说:"我喜欢这样的小说,它能使我立即进入一种明确、具体而清晰的境界。"(32)于是,内嵌故事《在马尔堡市郊外》一开头就用十分精确细腻的语言描述某个厨房里的景象,就像电影的长镜头,一下就把读者拉入故事中。如果说叙事的声音代表着那个显山露水的模范作者,女读者则代表着锋芒毕露的模范读者,她智慧、果敢,对阅读有着自己独特的见解,总能与书中的作者达成心灵的契合,正如小说中作家弗兰奈里所言:"我真想说,这个柳德米拉可能是我最理想的读者。"(214)卡尔维诺通过女读者这个形象,将元小说的阐释原则融入文本之中。同时,在对文本的隐形把控之下,作者的内心是担心、焦虑、矛盾的统一体,他担心读者不能明白他的写作意图,他也永远进不去读者的想象世界,由此产生了各种写作危机。比如,弗兰奈里在写作时,就经常处于焦灼、自我否定的状态,他对自己说:"有时我异想天开,希望我正在写的话恰好是她正在念的话;有时我觉得我的写作与她的阅读之间有一条不可逾越的鸿沟,不论我写什么都是舞文弄墨,与她阅读的东西毫不相干。"(195)

转换视角来看,读者通过文本与作者的博弈更是一个复杂、矛盾交织的过程,卡尔维诺将这一切都写入了小说之中。博弈的主要任务是:寻找模范作者在文本中留下的蛛丝马迹,以求充分理解文本的意图,成为最完美的模范读者。然而,"现代诗的艺术结构反映了我们的文化的一种总趋向:确立的不是多种事件的单一的必然的脉络,而是各种概率构成的场,一种含糊的局面,这样每一次都可以使人做出不同的选择或者不同的演绎"①。在《寒冬夜行人》这样一个小径分岔的叙事丛林里,读者在每一个时刻都必须做出决定,预测作者的选择:从小说发展的大的格局来看,他们既要解读碎片般的十部小说的开头和《寒冬夜行人》间的真正关系,又要剖析看似毫无关联的十个故事之间以及它们与框架故事是如何组成有机的整体的,还不由自主地对十部小说的下文进行推测,进入阐释的迷宫。他们在对文本意图和信息进行建构的同时,又使这些信息在语义上扩

---

① 安伯托·艾柯:《开放的作品》,刘儒庭译,北京:中信出版社,2015年,第62页。

大、泛化、消亡，因此他们的博弈使得小说在建构与解构中同时进行。

从深层来看，"读者面对一个叙事文本，必须处理三个实体，即作者、叙事者和模范作者"①，读者必须判断叙事者的声音是否是模范作者，是否代表了作者的意图，作者的意图是否就一定是文本意图。艾柯认为，"一个敏锐的读者在文本中发现这些东西完全符合道理，诗人完全有可能（也可能是无意识地）在其作品的主题之外创造出某些'和声'来"②。在《寒冬夜行人》的框架故事中，叙事的声音对"你"阅读行为的控制比较强势，也时不时地代表了模范作者的声音，揭示作者创作的过程。他会说"今天我们只能要求小说唤醒我们内心的不安，这是认识真理的唯一条件"（145），以此向读者警示阅读小说时焦虑纠结的内心斗争。他也会说："喂！男读者，你在干什么？你不反抗？你不逃走？"（252）因此，读者很容易顺从作者的观点去理解，和文本密切合作，作者的话语占据主导地位。在内嵌故事中，模范作者的声音有时借助"你"发出，例如，"你的这种态度迫使作者在进一步描写这个人物的言行时，不得不把他的言行与这把起初的刮黄油小刀协调起来"（38）。有时通过主人公之口间接出现，例如牢房看守老人说出的那句极具哲理的话："生活是什么？就是串味儿。"（71）再如《在线条交织的网中》主人公"我"说："我在这里写的这些东西应该产生由镜片构成的长廊所能产生的效果，即有限的形象可通过反射、折射而无限地增加。"（187）这可能在暗指晶体小说的折射。有时隐藏得很深，甚至还干扰读者的思维，需要读者敏锐的双眼自我判断。例如，他会说："等我们站起身来时他将变成我，我将变成他。也许我只是现在才这么想，也许是读者你这么猜想而不是我在想。"（41）这类迷惑性的话语无疑给经验读者的阅读带来了极大的挑战。此时，作为棋局游戏的"破局者"，为了不陷入叙事的圈套，读者不再信任文本中的每一句话，而是不断通过阅读与精神挣扎、对话，有时甚至逆反于作者的叙述去想象，他们结合自身经验对文本的解读使得十个内嵌故事无限衍义③。因此，在内嵌故事中，读者往往享有更大的解读主导权。

从历时角度来看，导致博弈的深层次原因是作者的文化语境和读者的文化语

---

① 于晓峰：《埃科诠释理论视域中的标准作者和标准读者》，《深圳大学学报（人文社会科学版）》2010年第2期。
② 安贝托·艾柯等：《诠释与过度诠释》，王宇根译，北京：生活·读书·新知三联书店，1997年，第65页。
③ 在艾柯看来，这里的"无限衍义"仍是一种文本策略，它并不意味着读者可以断章取义地自由阐释文本，而是基于文本自身连贯性和整体性的合理的阐释。"我们需要区分自由使用文本和阐释开放的文本。"（Umberto Eco. *Lector in fabula*. Milano：Tascabili Bompiani, 2010：59.）

境之间的差异。作者为了实现文本意图，维护文本内部的语言规则和文化成规，读者为了挖掘文本意图，双方展开了激烈的博弈。随着地理空间的转变和时代的向前推进，在文本诠释的允许范围之内，读者对文本的作用因子逐步扩大，但解读文本的过程始终还是在作者的全局把控之下，正如艾柯所说的，要为阐释设限。

第三节　"我—我"博弈：矛盾挣扎与自我构建

文本具有多种交际功能，都是"我—你"和"我—我"交际模式综合作用的结果。《寒冬夜行人》作为一部精密复杂的文学机器，在它的内部交织着不同层次、不同角度、不同主体间的博弈关系，外层的"我—你"博弈被置于文本策略的中心地位，促成了意义的建构。

进一步研读文本，我们发现，不仅作者与读者的思维火花互相碰撞、融合，文本中作者的写作"踪迹"本身就是各种相互撞击的观点的集合体，正如卡尔维诺在《美国讲稿》中所说的，"那些最受我们欢迎的现代书籍，却是由各式各样的相反相成的理解、思维与表述通过相互撞击与融合产生的"[1]。它反映出作者在创作过程中，始终进行着有意识的"我—我"博弈，作者将这一创作过程和盘托出，呈现在读者的面前，使得文本中各种属性的"观点"交织在一起，形成一幅多元混杂的画面，这恰恰又是引导读者参与自我博弈与意义建构的一种策略。在博弈游戏中，读者可能做出有争议的解读，然而，艾柯"把阅读歧义也当成一种文本策略，他强调歧义是文本信息的一个层面，解读发生偏离、改变既定范式或者代码是自然的"[2]。因此，"我—我"博弈产生的离心力恰恰是文本意义增殖的强劲驱动力。

作者"我—我"博弈的模式是双重的，既有前文提到的在想象中进行的与读者的博弈，也有与自身的博弈。在写作过程中，卡尔维诺一直试图彻底把握作品的意义，但事实上他是无法完全领悟模范作者的意图的，也很难对文本中所隐含

---

[1] 伊塔洛·卡尔维诺：《美国讲稿》，萧天佑译，南京：译林出版社，2012年，第111页。
[2] 朱桃香：《翁伯托·艾柯读者理论的符号学解读》，《湘潭大学学报（哲学社会科学版）》2016年第3期。

的多种信息给出明确的答复。"文本就在那儿,它产生了其自身的效果"①,这也是作者意图不能完全代表文本意图的原因。艾柯还认为,"在'经验作者'与'标准作者'之间还隐约存在着一个第三者:'阈限作者'(the Liminal Author)或'处于门槛上的作者'——处于特定的'作者意图'与文本策略所显示出的'语言意图'之交叉位置的作者……他可能会迫使他笔下的词语(或是那些词语迫使他)建立起一系列的相互联系"②。也就是说,"阈限作者"是一种极其微妙、自相矛盾的潜意识,它代表着经验作者在创作的过程中始终有意识地和前文本、和自身博弈着,始终在"入戏"与"出戏"中徘徊,时而被从文本中脱颖而出的主人公以及一些模范作者的语词说服,时而又企图控制整个文本的情节走向,不被前文本牵着鼻子走。作者通过"阅读"自身的文本不断自我认同、否定、升华。"他在与'我'自身的丰富对话中获得新的思想,重塑自己的个性,产生巨大的思想流"③,文本的意义也因此不断生成。

  在《寒冬夜行人》中,弗兰奈里笔下的苦闷作家正是卡尔维诺的代言人,他觉得写作是一种磨炼,仿佛"与某种说不清的东西斗争,说不清是一团乱麻还是一条不知去向的道路。就仿佛在万丈深渊上走钢丝"(200)。在文本中,这种内心挣扎随处可见,向读者传递出文本创作的复杂性和矛盾性。例如,弗兰奈里在日记里表达出他力图取消自我的强烈心愿:"假若没有我,我该写得多么好啊!如果在白色的打字纸与沸腾的语词和奔放的故事之间没有人来写,没有我这个碍手碍脚的人存在,那该有多么好啊。"(196)弗兰奈里的话一定程度上体现出"阈限作者"的心声,却不符合真实的文本意图,因为纵观整部小说,它的叙事节奏完全是受经验作者控制的,是一部引导读者成为主体的开放的文本。在第十二章,男读者最终幸运地与女读者柳德米拉结合,这恰恰又背离了前面看似模范作者的心声:"我不希望这位女读者为了躲避那位骗子翻译家最后落入男读者的怀抱。"(229)在第十一章,卡尔维诺将七位读者不同的阅读观和盘托出,这些阅读观既相互对立,又彼此融合,仿佛每一种阅读观都代表着作者的深入思考。在小说的开头,卡尔维诺通过叙事者的声音告诉我们"你若想看懂这部小说,就应

---

① 安贝托·艾柯等:《诠释与过度诠释》,王宇根译,北京:生活·读书·新知三联书店,1997年,第79页。
② 同上书,第74页。
③ 康澄:《文化及其生存与发展的空间:洛特曼文化符号学理论研究》,南京:河海大学出版社,2006年,第132页。

该不仅接受这种低声细语而且要善于领会其中隐含的意义"（18），却在写作的过程中，产生了截然不同的想法："如果未来的读者觉得我的思路不可捉摸，这也无关紧要，重要的是他能感觉到我的努力，努力在各种事物的字里行间读出为我准备的模棱两可的含义。"（68）这实际上是卡尔维诺在创作过程中不断调整观点、自我升华的一种表现。总之，文本中多元的、相互对立的"弦外之音"比比皆是，它们其实是卡尔维诺在"我—我"对话中，将最初传达给自身的代码进行了重新编码，重筑自我个性的一个复杂的过程。无疑，他给经验读者寻找真正意义上的模范作者带来了相当大的挑战，却也一步步赋予读者自主建构文本的能力。

在经验读者阅读文本的过程中，同样是"我—你"和"我—我"两种交际模式共同发生作用，"它们如钟摆般交替占据主导地位"①。在"我—你"模式下，读者始终和想象中的作者在博弈、在调和，以求成为最完美的模范读者；在"我—我"模式下，读者通过不断地重读小说，不断地获取新的信息、重构自我。或许，在阅读初期，小说意义的建构只是为了寻找《寒冬夜行人》的下文，理解作者的多元观点。随着阅读的深入，他们感兴趣的早已不是单纯的"寻找"和"理解"，而是探寻文本的真实意图，阐释文本的博弈策略，甚至通过阅读小说来体验人生，阐释自己的行为动机。"显然，此时的读者不是将小说的文本当作传达，而是在和自己交流的过程中将它作为某种代码"②，并以此重建文本，丰富自我的内世界，这也恰恰是卡尔维诺通过这部小说试图探索的文本诠释的方法与路径。

第四节　"我、你、他"调和：走向"多元统一"

卡尔维诺精心设计了各个层次的博弈过程，这一文本策略的最终目的是实现作者、读者、文本即"我、你、他"的有机融合，达到"多元统一"的境界，从而实现文本意图，这也正是艾柯所倡导的阐释界限下的对文本的自由诠释。

---

① 康澄：《文化及其生存与发展的空间：洛特曼文化符号学理论研究》，南京：河海大学出版社，2006年，第135页。
② 同上。

从内嵌故事进入框架故事后，由于模范作者的声音加强，读者的观点逐步与文本中的"和声"调和，在框架故事的尾声处达到博弈的局部均衡点。整个文本便是由若干个局部均衡点构成的一个动态平衡的稳定结构。卡尔维诺追求的正是文本中的苦闷作家所追求的效果："读他的作品时仿佛眼看就要抓住关键的东西了却老是抓不住那关键的东西，让人老是放不下心。"（199）这样此起彼伏的布局为作品阐释创造了张力，让阐释在有限和无限之间反复进行。

　　第八章"西拉·弗兰奈里日记选"是整个文本的高潮，它是"所有故事线索汇聚的焦点，或许我们正确地沿着卡尔维诺的文本意图前行，在第八章到达了迷宫的中心点"[①]。在第八章，卡尔维诺通过作家弗兰奈里之口，密集地抛出了各种创作理念。在这里，多元的意识、观点相互碰撞，既有伪作家马拉纳与弗兰奈里观点的融合——他们都认为文学的力量在于欺骗，在于把自己从作品中去掉，变成"许多个我"，每部作品都是一个"我"的代言——也有各种矛盾对立的观点：弗兰奈里与女读者的姐姐罗塔里娅关于作品的诠释与过度诠释的对峙；多产作家与苦闷作家对创作的不同追求，多产作家认为他可以慷慨地把读者期望得到的东西全都给读者，作品却浮于表面，而苦闷作家追求作品的结构布局和深奥性，却半天憋不出字来；甚至连弗兰奈里本人也是一个自我分裂的矛盾体，他一方面认为理想的作品中应该不存在任何中心，不存在"我"，另一方面又因为罗塔里娅把他当成一个没有生命的写作机器而痛心。总之，卡尔维诺将多种主体、多种声音一股脑儿地抛给了读者，展现出一种"狂欢节"式的局面，留给读者自行判断。或许，他恰恰想证明：他的小说没有中心，所谓的中心只不过是多重意义的交织点。对于经验读者，在博弈的过程中，在与作者一次次观点调和的过程中，也一步步地从阐释的边缘走向中心，逐渐趋近最本质的文本意图：在诠释范围内的文本意义的不断增殖。因此，从整体来看，博弈的结果走向了"多元统一"，这是一种双赢的局面，作者的胜利在于通过不断设置阅读障碍使文本实现了意义的增殖，而读者的胜利在于在孜孜不倦的阅读中逐渐趋近模范读者，领悟了文本的真谛。

　　下面尝试建立一张示意图来表示作者与读者间强弱交替的博弈共生关系以及博弈走向"多元统一"的过程（如图4-1所示）。

[①] Susan Briziarelli："What's in a name? A seventeenth-century books, detective fiction, and Calvino's 'Se una notte d'inverno un viaggiatore'". *Romance Quarterly* 57（2010）：88.

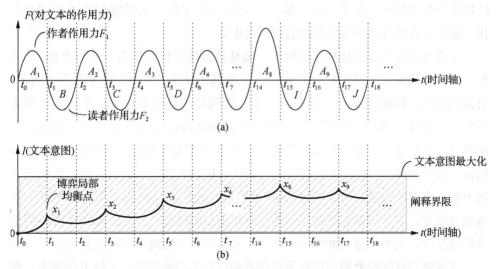

图 4-1 作者与读者博弈关系示意图

如图 4-1 (a) 所示,横轴 t 为时间轴,代表合二为一的读者的阅读过程与作者的叙事过程;纵轴 F 表示作者与读者对文本的作用力,作者与读者的博弈实际上是以文本为介质进行的,因此外化为他们对文本作用力的大小。A_1、A_2、A_3……(直到 A_{12})代表文本的 12 个框架故事,B、C、D……(直到 K)代表文本的 10 个内嵌故事。在 12 个框架故事中,由于频繁出现模范作者的声音,作者的作用力 F_1 显然占据主导地位,处于力的正方向;而在 10 个只有开头的内嵌故事中,读者根据自身经验阐释开放的文本,文本无限衍义,此时他们的作用力 F_2 占据主导地位,与 F_1 相对,处于力的反方向。随着框架故事和内嵌故事的交替进行,文本所受的作用力也呈现出如同正弦曲线般强弱交替的状态。第八章框架故事(A_8)是全书的高潮,也是作者试图密集表达文本意图的一章,因此作者的作用力达到最大。

从文本诠释的角度来看[如图 4-1 (b) 所示],纵轴 I 代表文本意图,横轴 t 仍为时间轴,t_0—t_1 表示框架故事的叙事时间,t_1—t_2 表示内嵌故事的叙事时间,依此类推。t 轴上方的水平线表示文本意图最大化。在文本意图最大化与 t 轴之间的阴影区域表示文本阐释的界限。在界限范围内,在每一个框架故事的叙述进程中(t_0—t_1、t_2—t_3……),读者渐渐向文本意图靠拢,而在每一个内嵌故事中(t_1—t_2、t_3—t_4……),读者又慢慢远离文本意图。X_1、X_2……(直到 X_{12})代表每一个框架故事尾声处的博弈的局部均衡点。纵观整个叙事进程,这些均衡点逐步向终极文本意图靠近，在第八章框架故事的尾声处（X_8）无限接近文本意图最大化，这意味着读者逐步从阐释的边缘走向中心。

作者与读者始终不是对立的两极，而是通过博弈彼此塑造、共同生存。"欺骗"是作者和读者之间的核心问题，克尔凯郭尔认为，"作者对读者不是简单、直接的教诲，而应是通过'精神助产术'式间接的欺骗策略，引导读者成为主体"①。卡尔维诺通过"欺骗"使得读者乐此不疲地与文本展开博弈，参与意义的建构，并带给了读者无尽的美学幸福。在作者苦心建构的一次次迷宫挑战中，阅读一直在继续，"我们可以迷失在迷宫里，我们同样可以重建计划，消解迷宫的力量，直至摧毁迷宫"②。这种不断地质询自我、回归自我，不断地探寻文学真相的过程，本身就是心灵自我历练、逐步丰盈的过程。而在作者和读者不停的编织过程中，文本的意义被织就，被加工出来，并不断地生成新的意义。

文本就像时间的剪影，只有通过作者和读者共同的作用，才能灵动起来，变为流动的影像，源源不断地产生新的意义。卡尔维诺通过博弈的方式，充分地探讨了小说的创作规则和阐释原则。文本因其复杂性和矛盾性如同迷宫世界，而卡尔维诺所重视的并不是提供走出迷宫的钥匙，而是"确定找到迷宫出路的最佳态度，尽管这条出路仅仅是向另一个迷宫的过渡"③。因此，他向读者发出迷宫挑战，逐步引导读者成为阐释的主体。

博弈分为两层，外层博弈是作者与读者之间的"我—你"博弈，他们如同棋牌游戏的做局者与破局者，共同作用于文本，使得文本的意义不断增殖。"我—我"博弈处于博弈的内层，它代表着作者在创作的过程中，时刻与自我精神展开较量，这恰恰又是引导读者参与自我博弈的一种策略。在博弈的过程中，读者一方面在作者的指引下破解文本迷局，另一方面又自由积极地参与意义的建构——这是文本意图的体现，读者也因此从阐释的边缘走向中心，一步步与文本意图接近，与作者共享审美的欢愉。在走向"多元统一"的过程中，最初的传达被不断地重新编码，自我得以重塑，世界得以重构，文本的意义得以重现。

---

① 转引自尚景建：《"神圣的欺骗"：论克尔凯郭尔的作者伦理学》，《外国文学研究》2018年第2期。
② Susan Briziarelli: "What's in a name? A seventeenth-century books, detective fiction, and Calvino's 'Se una notte d'inverno un viaggiatore'". *Romance Quarterly* 57（2010）：89.
③ 伊塔洛·卡尔维诺：《文学机器》，魏怡译，南京：译林出版社，2018年，第151页。

第五章
《看不见的城市》：无限延拓的"多棱金字塔"模式[①]

作者、文本、读者之间的对话构成了文本意义发生的关键，而每个处于结构与解构之间的文本符号圈，都有其独特的建构模式。《看不见的城市》作为卡尔维诺进入后现代转型期的一部经典力作，是他"将'组合的艺术'和'几何的魔力'运用得最全面完善的一部小说"[②]。基于此，本章试图揭示该小说独特的意义再生机制——无限延拓的"多棱金字塔"模式。

《看不见的城市》是卡尔维诺所有作品中意义最为丰富的一部小说。在这部小说里，他充分地试验了小说艺术的无限种可能性，使得所有的元素都成为意义的携带者。小说向读者展现了一个神秘、荒谬却又如此真实的世界，在这背后，挥之不去的心底梦魇慢慢扩散于文字之间。它通过马可·波罗和忽必烈的对话，呈现出由真实与梦境，此岸与彼岸，过去、现在与未来等多重空间交织形成的迷宫般的55座城市之网，推动着每个人去探索和思考心中的"精神之城"。

在学界，对该作品的研究多努力归类其创作的城市主题，或探索城市分布的结构或空间观，试图对创作给予某种确定性的评价，找出一定的规律性。事实上，卡尔维诺曾说："文学创作即是在一些有序的区域里，在其内部呈现出某种

[①] 本章阶段性研究成果已发表。详见潘书文：《〈看不见的城市〉的"多棱金字塔"模式解析：对话、模式、记忆》，《当代外国文学》2018年第1期。

[②] Giorgio Baroni. *Italo Calvino：Introduzione e Guida allo studio dell'opera Calviniana*. Firenze：Le Monnier，1988：92.

不固定、不明确的意义。这个意义不像僵化的岩石,而是一个有生命的机体。"①作为意义生成器的文本,它是运动的、发展的,具有自主进化机能。

从文本意义的发生器来看,对话是意义发生的关键。小说通过人物间的四种对话模式,增强了文本意义增殖的驱动力。这种以对话为核心的意义再生,主要是由独特的"多棱金字塔"模式实现的。该模式的不匀质性和界限性使得对话所构建的动态的文本符号圈无限延拓,完成了"边缘"向"中心"汇聚的界限穿越过程。从历史渊源考察,该模式的形成又是受到社会文化深刻影响的,留有历史的烙印和文化的记忆。

第一节 《看不见的城市》概述

《看不见的城市》是卡尔维诺创作于1972年的一部后现代风格的小说,由都灵埃伊纳乌迪出版社出版。该小说叙述了一个发生在中国元朝的虚构的故事,灵感来源于《马可·波罗游记》。传说马可·波罗是元代皇帝忽必烈汗的宠臣。忽必烈汗统治期间,用武力征服了辽阔的疆土,并在这些土地上兴建大城市。由于疆域辽阔,帝王本人无法亲自去各地视察,便将视察各地的任务交给了使臣马可·波罗。在每次巡察之后,马可·波罗都会到宫殿将自己的所见所闻讲述给帝王听,那是一个缤纷的、让人魂牵梦绕的大千世界。整部小说描述的就是忽必烈脑海里的55座"看不见的城市"。"当马可·波罗描述他旅途走访过的城市时,忽必烈汗未必全都相信,但是有一点可以肯定,那就是这位鞑靼君王听我们这位威尼斯青年的讲述,要比听任何信使和考察者的报告都更专心,更具好奇心。"(3)② 与此同时,马可·波罗那天马行空般的想象力也将读者拉入了另一个世界,每个人对每一座城市的解读都不一样。那么,帝王在听这些报告时的心境如何呢?"在帝王的生活中,总有某个时刻,在为征服的疆域宽广辽阔而得意自豪之后,帝王又会因为意识到自己将很快放弃对这些地域的认识和了解而感到忧伤

---

① 伊塔洛·卡尔维诺:《美国讲稿》,萧天佑译,南京:译林出版社,2012年,第68页。
② 伊塔洛·卡尔维诺:《看不见的城市》,张密译,南京:译林出版社,2012年,第3页。本章中出自该书的引文直接在其后小括号内标注页码,不再添加脚注。

和宽慰，会有一种空虚的感觉。"（3）由于征服的土地太多太广，帝王已经无法掌控这些城市，他那珍奇无比的帝国实际上不过是一个"既无止境又无形状的废墟，其腐败的坏疽已经扩散到远非权杖所能救治的程度"（4）。因此，他的内心是绝望的，只能寄希望于马可·波罗的讲述，希望在那些虚无缥缈的幻境中找到宽慰。整部小说的框架故事就是围绕忽必烈与马可·波罗的对话展开的。

小说的主体部分是55座城市，它们是穿越时空的想象之城，又带着现实中某些城市的影子。所有的城市都以女性的名字命名。这些城市被划分为11个主题，每个主题有5座城市。这些城市在每一章的出现顺序是非常讲究的，从第二章到第八章，它们按照5、4、3、2、1的顺序排布，有一种排列组合的关系，而第一章和第九章各有10个城市。这种有序的排布反映了卡尔维诺在结构主义符号学方面的尝试。

我们再来看这11个主题，它们抽象地反映了城市的面貌和人与城市的关系。单从标题来看，读者似乎无法理解作者想要表达的内涵。这11个主题是"城市与记忆""城市与欲望""城市与符号""城市与贸易""轻盈的城市""城市与眼睛""城市与名字""城市与天空""城市与死者""连绵的城市""隐蔽的城市"。很明显，这些主题是寓言式的，影射当今世界所面临的一系列问题，具有现实意义。

55座城市构成了多元空间、多种元素交织糅合在一起的有机整体。在这些城市里，时空交错，历史、现代、未来并置在一起。城市形态、城市文化也是多元的，繁华与苍凉、正义与邪恶、死亡与希望、流动与永恒、轻盈与沉重、美与丑等等元素都融合在一起，构成了一座座立体的、光彩夺目的城市。翻开小说，我们发现有些城市还保留着历史的痕迹，如城墙、塔楼、吊桥、护城河，而很多城市的故事背景跨越了时空的界限，已不再是我们所熟知的《马可·波罗游记》里的元朝大都会的景象，城里出现了摩天大厦、水族馆、机场这些现代化的建筑，甚至马可·波罗还提到了纽约、百老汇这样的字眼。卡尔维诺将古老与现代、东方与西方元素巧妙地结合在一起，将城市里正在上演的人间百态展现给读者。

在阅读该书的时候，第一印象是55座城市都很奇异、魔幻，带有某种启示意义，它们只能留存于人的梦境中。小说出版以后，很多插画师都按照文字的叙述把这些城市画出来，也有很多建筑师从中受到启发，开始反思城市布局。比如奥塔维亚（Ottavia）这座蛛网之城，"在两座陡峭的高山之间有一座悬崖，城市就悬在半空里，用绳索、铁链和吊桥与两边的山体相连。一张网，既当通道，又做支撑。其余的一切，在网下吊着：绳梯、吊床、麻袋似的房子、晾衣架……"（75）。比如劳多米亚（Laudomia），它的旁边有两座孪生城市，一是死者的劳多米亚，是墓地，另外一个是尚未诞生者的城市。生者的劳多米亚越是发展，死者之城也无限扩大面积，而后来者的城市里面全是像尘埃一样的颗粒状的人和物体，给人带来的是恐慌感。比如索伏洛尼亚（Sofronia），它由两个半边城市构成，在一边，有摩天轮、旋转木马、马戏团，另一边则是工厂、银行、学校等。"两个半边城，一个是永久固定的，另一个则是临时的，时限一到，就会拔钉子、拆架子，被卸开、运走，移植到另一个半边城市的空地上。"（63）

透过这些城市的面貌，卡尔维诺重点向读者抛出了一系列问题，引发读者深刻的反思：城市与人的关系是什么？人类社会在发展过程中，对城市、对自然造成了怎样的冲击？个人与自我、与社会的冲突在哪里？这些都是当今世界所面临的现实问题。卡尔维诺用隐喻的手法，巧妙地展现了这些问题。在这些城市中，有的城市很独特，却是静止的，比如左拉（Zora），它的独到之处在于它能一点一滴地留在人的记忆中，每条街巷、街道两旁的房屋、九眼喷泉的水池，所有的细节都刻在人的脑海里。然而，为了让人更容易记住它，左拉被迫永远静止，于是就萧条了、消失了，成为人们记忆中的城市。有的城市在发展过程中失去了独有精神内核，变得千篇一律，比如特鲁德（Trude），它的郊区、市中心和其他地方别无二致。"世界被唯一的一个特鲁德覆盖着，她无始无终，只是飞机场的名字在更换而已。"（130）还有一座连绵的城市莱奥尼亚（Leonia），这座城市里的居民每天都在制造各种垃圾，由清洁工搬运到城外。城市在逐年扩大，城外的垃圾堆就越堆越高，所占面积也越来越大，逐渐侵占了整个世界。在垃圾堆的最外围，也还有其他城市在排泄那些堆积如山的垃圾。于是，这些城市的边界就是一座座污染的碉堡。垃圾堆得越高，倒塌的危险越大，如果来一场垃圾堆的大雪崩，"整个城市就将被淹没在她始终力图摆脱的过去中"（114）。左拉、特鲁德和莱奥尼亚，分别展现了现代城市建设中的三种困境：有的城市虽然保持了独特的历史记忆，但停滞不前，没有大规模的基建，没有科技的进步，人们生活在静止的时间里，最终被时代所淘汰。而另一个极端是城市大步向前发展，造成了城市景象的重复，使得不同城市的名字失去了实质的差异，所有城市都成为物质化和商品化的世界，没有自己的灵魂。城市化进程的加快导致了城市的蔓延，随着它不断向外扩张，自然世界被侵吞了，消费主义不仅灼伤了人的内心，还导致了垃圾堆积如山，自然环境遭到严重破坏。最终，城市成了没有外在、没有内核、没有美的自然环境，没有可供人类逃离、脱身的空间，人类的未来终将淹没在绵延的城市里。

关于人与城市的关系、人与自我欲望的矛盾，卡尔维诺也通过一些城市的描述，给予了我们反省。比如珍茹德（Zemrude），是参观者的心情赋予了这座城市形状：如果你心情愉悦昂首而行，你对它的认知便是美好的一面；如果你心情沮丧低头走路，你看到的就只能是臭水沟、下水道、废纸。城市是心灵的映照，每一个人都能在城市中找到内心深处问题的答案。心境不一样，城市所呈现的风貌也不一样，城市随欲赋形。有时，当人的欲望过大，不断向城市索取的时候，城市会变成一个束缚人的死城；而当人安身于欲望之中，并且感到满足的时候，城市和人都会获得生命力。比如佐贝伊德（Zobeide），这座月光下的白色城市里，有一个赤身裸体的长发女子，所有的人都在梦中追赶她。大家在那里定居，建造了墙壁和迷宫，好让那女子没有任何可逃遁的出路。然而，无论在梦境中还是在清醒时，那个女子再也没有出现，久而久之，连梦也被遗忘了。长发女子象征着人们的理想或目标，当追求理想的欲望过于强大时，理想反倒成了前进路上的绊脚石。比如阿纳斯塔西亚（Anastasia），这座"诡谲的城市拥有时而恶毒时而善良的力量：你若是每天八个小时工作，你的辛苦就会为欲望塑造出形态，而你的欲望也会为你的劳动塑造出形态；你以为自己在享受整个城市，其实你只不过是她的奴隶"（11）。在现代城市里，每个人都是自身欲望的奴隶，是物化了的世界的奴隶，心为形役。然而，当欲望和城市同频率发展、和谐一致的时候，即使被城市所控制，人们还是乐在其中。因此，人与城市的关系应该是相辅相成的，在现代城市中，不断地将自我融于城市，变成城市的一分子，才能促进城市的进步。若是一味地索取或一味地将人的欲望强加给城市，城市会变成一座围城，内外不通而走向灭亡。只有在不幸的生活中去寻找幸福的片段，自己去构建心目中的幸福城市，才能使城市和人永存生机。

卡尔维诺通过那些"看不见的城市"，深刻揭示了我们所处的"看得见的城市"的各种问题。同时，《看不见的城市》也是在现代城市危机中生长出来的一个梦想，带有乌托邦的色彩，是作者"献给城市的最后一首爱情诗"（7）。寓言式的城市故事、启发式的讲述方式让人印象深刻，使小说充满了魅力。一部好的小说，不仅主题吸引人，形式同样也很精彩，那么，让我们把视线转换到该小说的文本构造——无限延拓的"多棱金字塔"模式，一起探索文本独特的意义再生机制。

第二节 "多棱金字塔"意义的发生器：对话

《看不见的城市》是由框架故事——马可·波罗与忽必烈跨越时空的对话和55座城市的短篇构成。这些城市是马可·波罗、忽必烈游历帝国抑或游历自己的精神王国的所见所闻。它的文本构造结合了结构主义与解构主义的精髓，似乎想重构一种抽象的、符合逻辑的秩序。它既具有复杂的内在结构，又能不断生成新的意义，以有限的形式显示出无限的、开放的世界。"卡尔维诺一直在尝试建立一种微妙的平衡，一方面极尽所能挑战文学极限，另一方面又不使文学坠入乌托邦的虚无之中，因此，他的文学可谓是一种迷宫式的建构、一种异化的文学。"[1] 卡尔维诺把这样的文本构造称为"晶体小说"，他说："在《看不见的城市》里，我把各种考虑、各种经历与各种假设都集中到同一个形象上。这个形象像晶体那样有许多面，每段文章都能占有一个面，各个面相互连接又不发生因果关系或主从关系。它又像一张网，在网上你可以规划许多路线，得出许多结果完全不同的答案。"[2]

"晶体小说"无疑是对卡尔维诺构建的动态的文本符号圈的完美诠释，本章试图在晶体模式的基础上建立一种更为精确的反映《看不见的城市》符号圈运作机制的空间模式："多棱金字塔"模式（如图5-1所示）。根据文本，由马可·波罗、忽必烈、卡尔维诺、读者对话及心路历程所构建的55座"意义之城"被划分为11个主题，每个主题由5座城市构成。这些城市像一个个点，分布在金字塔的5条棱上，而11个主题则是金字塔的11个横截面（如图5-2所示，此时城市$n=5$，主题$n=11$）。

---

[1] Roberto Ludovico. *Le città invisibili di Italo Calvino*: *Le ragioni dello scrittore*. Montreal：McGill Università, 1997：81.

[2] 伊塔洛·卡尔维诺：《美国讲稿》，萧天佑译，南京：译林出版社，2012年，第70页。

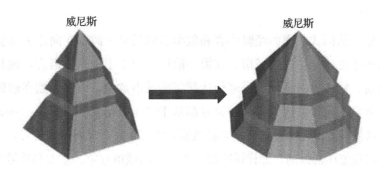

图 5-1 多棱金字塔延拓图

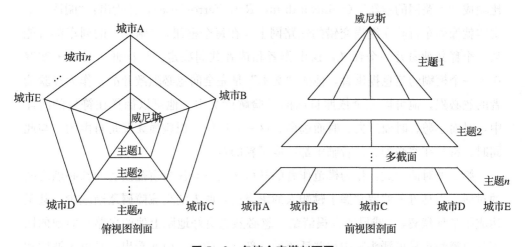

图 5-2 多棱金字塔剖面图

触发这些形态各异的城市产生的因素便是"对话"。洛特曼指出:"文本作为意义的发生器是一种思维机制。要使这个机制发生作用,需要一个谈话者。在这里深刻地反映出意识的对话性质。要使机制积极运行,意识需要意识,文本需要文本,文化需要文化。"① 在《看不见的城市》这个"多棱金字塔"模式的发生器中,"对话"源源不断地在进行,它们是多层次的、多角度的。众多意识相互作用,不断为文本创造出新的意义。小说文本中,最为普遍的对话表现形式是人物间的对话。由此看来,文本里至少存在五种"声音"的对话,它们分别是卡尔维诺、读者、马可·波罗、忽必烈以及许多城市里出现的旅行者"你"。这些对话在不同层面互相交织,有时叙述主体还互相转换,它们的复杂关系形成了文本

---

① 转引自康澄:《文化及其生存与发展的空间:洛特曼文化符号学理论研究》,南京:河海大学出版社,2006 年,第 114 页。

内在的多语性。

第一种对话模式：作为经验作者和叙事者的马可·波罗在向作为经验读者的忽必烈叙述他旅途走访过的城市。在第一阶段，由于不懂东方语言，他只能依靠手势、表情、物件等一系列符号来传达朦胧的城市意象，而忽必烈在解码的过程中遇到了颇多的阻碍，因为每一种符号都基于"无限衍义"（Infinite Semiosis）的原则，可以被解读出无数种含义，忽必烈面临的难题在于理解这些符号，并且揣测出符号之间是怎样连接的，怎样拼凑出一个完整的城市意象。意大利符号学家沃利提出了一个概念："可能性的分离点"（Disgiunzioni di Probabilità），他形象地把它比喻成"铁路网的枢纽"（Svincoli di una Rete Ferroviaria），并指出："阅读一个文本就像列车行驶在纵横交错的铁路网上，在每个枢纽，'阐释'的列车都可能从一个释义驶向另一个释义，这由作者和读者共同决定。"① 因此，马可·波罗作为一个模糊的信息提供者，他的"文本"是完全向忽必烈敞开的，作为经验读者的忽必烈，他可以完全依照自己的经验解读文本，他可以徜徉在符号的海洋中，时而小憩、时而迷失、时而逃离。这一阶段的意识碰撞无疑是自由的，与此同时，符号在忽必烈、读者脑中都形成了新的意义。

第二种对话模式：作为模范作者的马可·波罗与作为模范读者的忽必烈之间的对话。当马可·波罗掌握了鞑靼人的语言后，两人的交流障碍逐渐减少，甚至达成了某种默契，"威尼斯人很清楚，忽必烈想更好地跟上他的思路；而他的回答与争辩都正是可汗头脑中那些话语的一部分"（26）。由此看出，马可·波罗和忽必烈在文本阐释合作中配合相当默契，彼此都能揣摩出对方的心思。这样的对话有时是通过言语，有时仅仅是通过手势进行的，而多半情况下是在双方无言静默的氛围下进行的，因为当忽必烈成为模范读者后，他的"百科全书"被马可·波罗所丰富，语言已经无力解释和概括双方所共想的精神之城了，只有静默的对话才是意义最丰富的交流。卡尔维诺认为："沉默确实可以被看成是讲话，这种沉默式讲话的语义在于讲话中的停顿，亦即这句与那句之间那些没有说出来的东西。"② 有时，沉默等同于千言万语。马可·波罗与忽必烈的关系就像是一场棋赛的比赛双方一样，彼此根据对方的战术想象对方下一步该走哪步棋，同理，模范作者和模范读者也不断彼此想象对方下一步该怎样阐释（描述）文本，正如小

---

① Ugo Volli. *Manuale di semiotica*. Roma：Laterza，2003：29.
② 伊塔洛·卡尔维诺：《帕洛马尔》，萧天佑译，南京：译林出版社，2012年，第122-123页。

说中描写的那样："这时，忽必烈打断马可或想象着打断他，或者马可想象着被可汗的提问打断……"（26）

第三种对话模式：作为经验作者和叙事者的忽必烈在向作为经验读者的马可·波罗叙述他的精神之城。随着帝王"百科全书知识"的扩展，他渐渐脱离了"模范读者"的角色，在自己脑海中形成了一幅与众不同的帝国地图，此时，叙述主体发生了反转，忽必烈成为主导对话的主角，对话依旧在彼此沉默中进行。卡尔维诺曾说"掌控故事的不是声音，而是耳朵"（138），这里的"耳朵"指的是读者，读者在阅读文本的时候，可以充分发挥主观能动作用，任意筛选对自己有意义的信息进行拼贴组合，形成自己对文本的理解。就像忽必烈，在马可·波罗描述城市的时候，令他最感兴趣的是它们周围的空间、一个未用言语充填过的空间，在这个空间里，他可以"把城市一点一点拆开，再将碎片调换、移动、倒置，以另一种方式重新组合"（43）。当他脑海中的城市信息达到饱和之时，便主动向马可·波罗描述城市，由马可来验证是否存在他所想象的城市。此时，马可作为一个经验读者，一方面不断更新着自己对城市的理解，另一方面又对可汗叙述的城市提出质疑，双方经过长时间的讨论，最终形成了各自的城市观念，城市的意义因为激烈的观点碰撞而变得更加多元。如果说在交流早期，忽必烈只是一个追寻马可·波罗给出的符号线索对城市进行理解的逆来顺受的"经验读者"和"模范读者"，那么到了交流后期，他便成为一个经验丰富的、试图作用于马可的"经验读者"。总之，马可·波罗、忽必烈都是洛特曼所说的"有道路的主人公"，他们处于不断的运动、变化中，他们在彼此的影响下，穿越了各自的现实空间结构进入另一个迥然不同的空间结构中，他们带着各自的文化记忆与新的空间碰撞、交流，产生新的文化意义。

第四种对话模式：卡尔维诺与读者"我们"的对话。如果说前三种对话模式都是深入文本，以小说人物的立场从内视角审视它的话，那么该模式则是跳出文本，以局外人的立场从外视角审视文本人物。它是通过文本进行的，既藏匿于框架故事中，又隐藏于每个城市中。从读者解读的角度来看，我们和忽必烈一样，也经历了从经验读者到模范读者再到经验读者（作者）的转变，在同卡尔维诺的"交流"中，我们先是追寻他的脚步，寻找模范作者在文中留下的蛛丝马迹，以求成为最完美的模范读者。真正了解作者意图中的马可与忽必烈的对话以及55座城市的内涵，等到心中关于城市的"百科全书"不断丰富、变化以后，我们又试图在小说林的每个分岔路口自我判断并做出决定。城市就像一个开放的文本，赋予每个时代每位读者无尽解读的可能,在解读的过程中,我们脑海中逐渐形成了一套自己关于城市的认知体系,甚至渴望成为经验作者,向卡尔维诺叙述那些看不见的精神之城。从作者创作的角度来看,一方面,卡尔维诺一直在和心中的模范读者对话着,以求塑造最完美的模范作者。他通过文中各种显性或隐性的线索告诉读者他的思路,似乎一直在掌控着读者。例如许多城市里的旅行者"你",便是模范作者的声音。它试图站在读者的角度与真实的读者进行对话,以便指引读者解读的方向。另一方面,卡尔维诺在书的每个章节间留下好几页空白,这些"空白"既是城市间的距离,又给读者解读留下了足够的空间。毕竟,"文本是一台要求读者参与作品生产的慵懒的机器"①,它们使得小说抑扬顿挫,穿上了一件富有音律感的外衣。

综上所述,《看不见的城市》中四种对话模式、五种声音交织在不同的叙事层面,各种意识在此碰撞、交融、转换,多维度地作用于文本,使其不断衍生出新的意义。

第三节 "多棱金字塔"意义的增殖:符号圈的不匀质性

五种声音、四种对话模式形成了"多棱金字塔"意义的发生器,而意义的增殖则取决于卡尔维诺所建构的不匀质的文本符号圈。它"是点的集合,这些点就是符号圈里各种性质迥异的符号,它们处于不同的水平上,语言性质、发展速度和循环量值均有很大差异。正是由于这些'点'具有不匀质性,才使得符号圈是一个动态的、相互联系的空间,而不是呆滞、僵死的各处'温度均衡的暖水瓶'"②。这些性质迥异的符号不仅相互作用,还作用于不同时代的读者,使得文本意义在读者的阅读过程中不断增殖。

对于《看不见的城市》来说,符号圈的不匀质性首先体现在文本内在的多语

---

① 安贝托·艾柯:《悠游小说林》,俞冰夏译,北京:生活·读书·新知三联书店,2005年,第52页。
② 康澄:《文化及其生存与发展的空间:洛特曼文化符号学理论研究》,南京:河海大学出版社,2006年,第77页。

性上,"文本不是由一种语言,而是由多种语言同时在表述"①。从叙述主体来看,这里有威尼斯旅行家马可·波罗的语言、帝王忽必烈的语言、每个城市中旅行者的语言、隐藏于文本之中的卡尔维诺的语言,甚至还可能出现作者想象中的真实读者的语言等,它们互相交织、重叠、分离,始终处于对话和游戏之中,进而构成了意义的生成机制。从内外视点来看,既有对一座座城市客观描述的旁观者的语言,也有马可·波罗与忽必烈自我剖析的心灵话语。从艺术创作的角度来看,文本中融合了小说语言、诗歌语言、绘画语言、建筑语言甚至音乐语言等。

其次,符号圈的不匀质性体现在动态的文本构造上。从共时截面来看,由马可·波罗、忽必烈、卡尔维诺以及读者所建构的精神之城并存于文本符号圈中,它们是一个个性质迥异的子结构,一个个携带着意义的元素,处于动态的联系之中。从历时截面来看,整个文本系统又作为一个子结构,与符号圈中的另一个子结构《马可·波罗游记》形成了互文,从而构建了文化记忆再生机制。

动态的文本构造是通过"多棱金字塔"的无限延拓来展现的。卡尔维诺说过:"文学只不过是一组数量有限的成分和功能的反复转换变化而已。"② 基于这一原则,帝王从一座样板城市出发,通过不断增加例外元素,以完善模型,计算出各种组合形式来,达到极其复杂的城市概念;马可恰恰相反,他从一座容纳了所有特殊元素的极其复杂的城市模型出发,通过剔除例外元素,简化模型,从而获得一座座真实的城市。因此,帝王的"加法之城"与马可的"减法之城"是符号圈内各种异质的城市符号互动的产物,城市的意义因为不断转换、变化、组合而增殖。不仅如此,不同时代的读者在解读的过程中,还可以随意抽取 55 座城市中的同质元素,如水、女人,组合成新的主题、新的城市。这与德里达的解构主义观点如出一辙,他认为:"中心并非一个固定的地点,而是一种功能、一种非场所,而且在这个非场所中符号替换无止境地相互游戏着。"③ 在《看不见的城市》的文本符号圈中,11 个主题代表着 11 个子结构以及 11 个中心,中心还可以通过产生新的主题而不断向外扩展。此外,每个主题不仅可以产生 5 座城市,还可以无尽向外延伸,产生更多的城市。"形式的清单是永无止境的:只要每种

---

① 康澄:《文化及其生存与发展的空间:洛特曼文化符号学理论研究》,南京:河海大学出版社,2006年,第 27 页。
② Italo Calvino:*The uses of literature*. Trans. Patrick Creagh. New York:Harcourt Brace Jovanovich,1986:22.
③ 王一川:《西方文论史教程》,北京:北京大学出版社,2009 年,第 184 页。

形式还没有找到自己的一座城市，新的城市就会不断产生。一旦各种形式穷尽了它们的变化，城市的末日就开始了。"（141）

这种理念可以用无限延拓的"多棱金字塔"模式进行很好的阐释：如图5-1、图5-2所示，如果保持棱的长度不变，也就是主题个数不变，通过增加棱数，每个主题里的城市个数便会同比例增加；如果保持棱数不变，也就是每个主题的城市个数不变，通过延长棱长，主题截面便可以无限向外延伸；如果既延长棱长，又增加棱数，那么主题和每个主题的城市个数都会相应增加；如果只是将55座城市重新归类，那么可以通过增加棱数、缩短棱长来缩减主题个数，增加每个主题里的城市个数。

然而，无论符号圈中的各种异质的城市符号怎样组合、交融、转换、衍生出新的意义，每座城市似乎都有失落的威尼斯的影子，或者说碎片化的威尼斯散落在各个城市中，使每座城市都具有威尼斯某方面的特征，例如昆塞（Quinsai）、斯麦拉尔迪那（Smeraldina）、菲利德（Fillide），运河上的各式各样的桥梁、临街的各种式样的窗子、纵横交错的运河渠道网与街巷道路网、路面上上下下的台阶，它们都像极了水城威尼斯的意象。这难道是解构后的一种新的建构？结构主义符号学家们一直试图在文本中寻找一个中心点，他们找到了名叫宝琪（Bauci）的城市，"地面上竖起的一根根高高的细长支架一直穿进云层，它们间隔很远，支撑着上面整座城市……城市的一切都不接触地面"（77）。去宝琪的旅人见不到城市的影子，只有登上云梯，才能进入城市里。这是一座建在空中的城市，或者说这是一座真正的看不见的城市，它没有实质，生长在人的灵魂深处。其实宝琪隐射的正是威尼斯，它们同样都是不存在的，都是虚无缥缈的象征符号，不同的读者可以根据自身的文化记忆，并结合对每座城市的解读赋予威尼斯新的定义。"多棱金字塔"模式同样能体现出这种新的建构，如图5-1、图5-2所示，它的顶点便是威尼斯，所有的城市都直指威尼斯这个中心点，同时，威尼斯一层层地映射于每个横截面的城市主题之上，它与每个城市互相作用，为文本解读提供了无限的可阐释空间。卡尔维诺通过忽必烈的一段话，似乎阐明了动态的多棱金字塔模型："我的帝国是用水晶材料建筑的，它的分子排列形式完美无瑕。正是元素的激荡才产生出坚实无比、绝妙无伦的金刚石，产生整座有许多切面的透明的大山。"（60）

第四节 "多棱金字塔"的内在界限性：
界限穿越、时空转换

康澄认为："界限就像一块过滤的膜片，这个膜片具有能将'他人的'文本进行转换的功能，能使'他人的'文本与符号内的文本融合。这样，只有借助于界限，符号圈才可能实现与非符号及外符号空间的交流。"① 在卡尔维诺构建的无限延拓的"多棱金字塔"模式下，存在着一个复杂的界限网，界限内外的各子系统处于不同的层面上，进行着连续不断的对话，界限穿越、时空转换异常活跃。卡尔维诺曾说："在《看不见的城市》里，每个概念和每个标准都有两重性。"② 如果把城市作为一个空间载体来看，这恰恰说明了在每座城市中，都存在着两种甚至多种不同的文化空间（子系统），它们不仅各自表现出鲜明的特征，而且相互间是不断穿越、交错、叠加的。

首先，在55座城市里，大多数城市是双面或多面的，这些文化空间同时并存，有时界限分明，有时一个空间中隐藏着另一个空间，它们是可以相互转化的。没有一座城市是单一的、绝对的，一切都是相对的。比如索伏洛尼亚（Sofronia），它是由两个界限分明的半边城构成的，一个是永久固定的，另一个则是临时的，临时的一面永远处于被拆卸、运走的状态，移植到另一个半边城的空地上，完成了两个空间的交融。比如奥利维亚（Olivia），表面看来是繁华康泰的，胜似天堂，它拥有着"镶金镂银的宫殿和双扇窗台前的流苏软垫，庭院围栏内旋转的碰水嘴子在浇灌绿草坪，一只白色孔雀在开屏"（61）。但随着叙述的展开，它的隐性空间暴露无遗，那是一个爬满苍蝇的丑陋不堪的黑洞，城市上空笼罩着煤粉和油烟的气味，在这座城市里，美好与丑陋这两个空间互为隐藏、互相转换，正如文中所说："虚假永远不在于词语，而在于事物自身。"（62）比如贝莱尼切（Berenice），"在这座不公的城市里，秘密的公正城市的种子在秘密发芽，即一种热爱公正的人可能的觉醒。但是，你若仔细审视这个公正的新胚胎，就会发现一个小点正在

---

① 康澄：《文化及其生存与发展的空间：洛特曼文化符号学理论研究》，南京：河海大学出版社，2006年，第54页。
② 伊塔洛·卡尔维诺：《美国讲稿》，萧天佑译，南京：译林出版社，2012年，第71页。

扩大，不断增长的倾向是采用不公的强制手段实施公正，这也许是一个庞大的都市的胚胎"（164）。因此，贝莱尼切是不同的城市在不同的时间里的交替延续，公正与不公正的两面交替出现，一个孕育着一个，界限一次次地被穿越。

还有一些多重空间城市，几种空间互相折射、互相依存又互相转换。比如贝尔萨贝阿（Bersabea），它同时伴有天上和地下两个投影。天上之城汇集了最高尚的美德与情感，市民们以天上之城为楷模，处处为天上之城增添光彩，并将所有卑劣丑恶的事物抛入地下之城。然而，当视角一转，我们看到了它们的实质：天上之城不过是一个收拢废物的废物库，而地下之城是极尽繁华与设计感的现代都市。比如瓦尔德拉达（Valdrada），它是湖畔之城，湖中的倒影映射出它的每一个细节和居民的一举一动，然而，"这对孪生的城市并不相同，因为在瓦尔德拉达出现或发生的一切都不是对称的：每个面孔和姿态，在镜子里都有相对应的面孔和姿态，但是每个点都是颠倒了的。两个瓦尔德拉达相互依存，目光相接，却互不相爱"（54）。因此，界限内外的两个空间既相互独立，又彼此映射、彼此依存。比如埃乌萨皮娅（Eusapia），它的地下也有一座一模一样的城市，它是死者为了延续生者的生活方式而建的，而且各种改革进行得有声有色，于是，地上的城市开始模仿地下的城市，久而久之，两座城市融合了。有人说，在这两座姊妹城里，没办法知道谁是生者，谁是死者。

其次，如果把时间作为一种特殊的文化空间来考量的话，在这55座城市里，历史、当代、未来之城的界限也是彼此频繁穿越的。有时，这三个文化空间融合在了一座城市里，并且相互转换。比如伊西多拉（Isidora），它既是年轻旅人梦中盼望抵达的未来之城，又是年老旅人耗尽一生到达的现实之城，还是老人们口中成为回忆的历史之城。在这里，欲望已成为回忆，过去、现今、未来都凝结为一个点、一个画面。有时，需要以当代空间为依托，通过它从过去到现在的演变显露出历史空间的魅力，即通过空间转换这一过程实现意义的增殖。比如莫利里亚（Maurilia），"同一个广场，现在是公共汽车站的地方从前站着一只母鸡，现在是拱桥的地方从前是演奏音乐的凉台，现在是火药厂的地方从前站着两位打着白阳伞的小姐"（29）。显然，人们更怀念过去的那座城市。然而，如果没有当今这番巨变、这种古今的对比，人们就无法感受到昔日它作为古城的优雅气质，就不会唤起人们对它过去的怀念。

最后，还有一种贯穿全文的较为隐蔽的界限穿越模式，即现实空间与虚拟空间的穿越，也就是马可与忽必烈的想象世界与真实世界间的穿越。让我们回到文本的标题"看不见的城市",作者似乎想告诉我们所有的城市都是马可与忽必烈虚构的想象世界,但是细读文本,很多城市又都是真实存在的,它们正是《马可·波罗游记》中城市的真实写照或者就是威尼斯,它们是"看得见的城市"。那么,看得见的城市就一定真实吗?看不见的城市就一定不真实吗?正如文中马可所说:"也许,整个世界就只剩下一片堆满垃圾的荒地,还有可汗的空中花园。是我们的眼睑把它们分开,但我们并不清楚究竟哪个在外面,哪个在里面。"(104)真实与虚幻的界限难以分辨,两个空间彼此独立,又彼此转换、交融。比如阿格劳拉(Algaura),"当地居民始终相信他们居住的是一座建立在自己名字之上的阿格劳拉城,而不能发现那座生长在自己土地上的阿格劳拉城"(68)。虽然居民生活在现实的城市空间中,心中却早已把这座城市当成一种虚无的记忆。在这里,现实空间与虚拟空间交错在一起,使居民无法区分所生活的城市的实质。卡尔维诺在此向读者抛出一个发人深省的话题:建城之初,城市有自己的归属和实质,有强大的精神力量。随着岁月的流逝,城市变成了一座毫无色彩、毫无特征、徒有虚名的躯壳,那座记忆中的城市早已消逝。人们在这具躯壳下生活,渐渐地,遗忘了城市的一切。工业文明的发展最终让城市从真实走向虚幻、虚无。

无论是现实空间与虚拟空间,还是历史、当代、未来的融合,都是异质文化的彼此渗透和穿越。康澄认为,"在两种异质文化融合的过程中,会产生非凡的创新能力,会不可避免地导致两种文化的均衡和创建出某种更高层次的新的符号圈"①。卡尔维诺所构建的多棱金字塔式的城市符号圈正是这种更高层次的符号圈,在它的内部,各种异质的城市子空间彼此穿越、交融,形成一种动态的平衡,从而产生出非凡的创新能力,使得城市意义不断增殖。

纵观以上这些异质的子系统间的界限穿越、时空转换,这一过程是随着观察者的立场、观察角度、心境,甚至时代的转变而变化的,界限的划定始终处于动态的发展中。为此,卡尔维诺列举了很多城市的例子加以佐证。其中有一座随欲赋形的城市苔斯皮(Despina),在高原上赶骆驼的人看它,明知是一座城市,却还是把它看作将自己带离荒漠的一条船;在海中乘船航行的水手看它,明知是一座城市,却把它看作一头将自己带离海边的骆驼。因此,它随着观察者的心境变

---

① 康澄:《文化及其生存与发展的空间:洛特曼文化符号学理论研究》,南京:河海大学出版社,2006年,第55页。

化而展现出不同的风貌。人们脚步追随的不是双眼所见的事物,而是内心指引的地方。比如伊莱那(Irene),在路过不进城的人眼里,它是一种模样,而当你从城里观看它,它就是另外一种模样;当人们初次抵达的时候,它是一种模样,而永远离别的时候,它又是另一种模样。"每个城市都该有自己的名字;也许我已经用其他名字讲过伊莱那;也许我讲过的那些城市都是伊莱那。"(126)当人观察城市的心境相同时,每一座城市带给人的感触可能都是一样的;如果不同的城市用不同的心情去观察,那么,即使城市类似,得到的感触也千差万别。还有一座隐蔽的城市莱萨(Raissa),表面看来,在这座城市生活并不幸福,因为它嘈杂混乱,人们如同在噩梦中生存。然而,"即使在悲伤的莱萨城,也有一根看不见的线把一个生命与另一个生命连接起来,瞬间后又松开,然后又将两个移动着的点拉紧,迅速勾画出新的图案,这样,这座不幸的城市每时每刻都包含着一座快乐的城市,而她自己却并未觉察到自身的存在"(151)。隐匿的幸福之城一直存在,只不过需要人们转换视角,从另外一个角度去观察它。

康澄认为,"界限具有双重作用,它既是交流的手段,又构成交流的障碍"[①],读者在阅读的过程中,思维空间中的界限一直与文本中各子系统的界限处于不断的对话之中。一方面,文本中的界限划分与穿越影响着读者,与读者脑中的界限产生共鸣,从而促进了读者与文本的交流;另一方面,有时文本中各子系统的界限划分、相互转换是出乎意料的,与读者脑中固有的界限发生了冲突,于是,便导致了文本的不可理解,构成了交流的障碍。读者在克服障碍的过程中,通过对文本一次次的重新认识,使得文本的意义更加复杂和多元。这一机制在马可·波罗与忽必烈身上得到了充分的考证,作为叙述者的马可·波罗,他所设定的城市中各子系统的界限与作为读者的忽必烈头脑中城市的固有界限既重合又矛盾,忽必烈在交流的过程中,一边不断更新着固有的城市观念,一边大胆提出假设,不断突破马可的界限观。卡尔维诺与读者的对话亦如此。因此,55座城市不断向外延拓,演变成成千上万的城市,生成无限延拓的多棱金字塔模式。

从符号圈的不对称性这一角度考量各子系统的界限穿越,在动态的文本符号圈中,始终存在着"边缘"向"中心"聚焦、"中心"向"边缘"发散的运动。洛特曼指出,"文本的发生器通常处于符号圈的'中心',而接受者则处于'边

---

① 康澄:《文化及其生存与发展的空间:洛特曼文化符号学理论研究》,南京:河海大学出版社,2006年,第50页。

缘'。当接受者所接受的信息饱和到某种程度时,它的内在结构就会发生变化,就会从消极状态转入积极状态,它本身将开始产生大量的新文本,这便是'中心'和'边缘'相互转换的过程"①。在《看不见的城市》中,忽必烈是典型的"接受者"。起初,他与马可的交流是通过各种代码式的小物件、手势、表情、声音实现的,随着他脑中的"百科全书"不断丰富,交流实现了从"我—他"模式向"我—我"模式的飞跃,这些物件已经内化为他心中的代码。忽必烈对城市的解读也就是解析这些内在编码同时生成大量新的代码的过程。因此,对于忽必烈来说,城市的建构是由马可叙述的外世界逐渐过渡到他的内世界的过程,实现了边缘向中心的聚焦。在"我—我"模式下,忽必烈不断地重塑城市印象、重构自我,使得马可的"文本"完成的不仅是信息的传递和记忆功能,而且还完成了信息的生成功能。同理,在真实读者接受的过程中,同样也实现了从"我—他"模式向"我—我"模式的转变,他们在将信息传达给自己的时候,引入了另一种代码,使得传达发生了质的改变。对其而言,城市的建构是由马可、忽必烈共同创立的外世界逐渐聚焦到他们自身塑造的内世界的过程。正是由于符号圈中这些"中心"与"边缘"的互动,城市在一次次的解读中被不断编码,意义持续增殖。

综上可见,卡尔维诺构建的"多棱金字塔"处于不断的运动变化之中,内部的子系统通过各种界限穿越,始终保持着一种动态的平衡。这些界限穿越渗透在文本符号圈错综复杂的各个层面之上,每一次穿越都会"创造出一种翻译和变形的情景,产生新的信息,这种新信息的产生有着雪崩似的性质"②。

第五节 "多棱金字塔"模式产生的根源:文化记忆再生机制

康澄认为:"符号圈中的每一个符号系统都是独立的,但同时它们都处于整体化了的符号圈里。这些符号系统不仅在共时截面上与其他符号系统相互关联、

---

① 康澄:《文化及其生存与发展的空间:洛特曼文化符号学理论研究》,南京:河海大学出版社,2006年,第141-142页。
② 同上书,第55-56页。

相互作用，而且在纵向上与处于各种历史纵深的符号系统发生着联系。"① 如果把《看不见的城市》视为一个"多棱金字塔"式的文本符号圈，不仅内部的各种子系统相互关联、相互作用，而且整个文本作为一个完整的子系统，处于一个更复杂的文化符号圈里。

首先，它与源于中世纪晚期的经典文本《马可·波罗游记》并存，它们相互碰撞，并与不同时代语境下读者的阅读交融，不断衍生出新的意义。众所周知，《马可·波罗游记》是一本最早描述东方各种形态各异的城市的游记小说，神秘性是其魅力所在。马可·波罗叙述了他在旅途过程中碰到的各种有趣的风俗、物产、奇闻逸事，这恰恰是吸引卡尔维诺的关键因素，赋予了他创作的灵感。一方面，他所创作的这些城市符号拥有记忆事实的机制，保存着过去语境的信息，因此，它们或多或少带有《马可·波罗游记》中城市的影子，比如瓦尔德拉达这座位于湖畔的美轮美奂的城市正是游记中忽必烈的翡翠岛的写照；另一方面，这些城市符号进入现代语境中，它们不再是对古代城市真实的叙述，而纯粹是在想象和隐喻中展开的城市意象，是作者的一种诗性描写，它们自带现代性的光环，所携带的原文化符号意义发生了根本性的变化，构成了文化符号圈内的记忆再生机制。

其次，"多棱金字塔"模式的产生与卡尔维诺本人的创作经历和文本所处的时代语境息息相关。一方面，在卡尔维诺小说创作的后期，整个文化符号圈迈入了后现代语境，多元、无序、破碎是其主要特征。作为文化符号圈内的子系统，《看不见的城市》带着时代的文化印记，也不再是静止的、单一的、封闭的，而是动态的、开放的、多元的。然而，它又保留了自己独特的文化记忆，在无序中追求有序，在解构中力图建构，形成了独一无二的多棱金字塔模式。另一方面，该模式的诞生也是卡尔维诺后期创作中充分试验小说形式的成果。卡尔维诺的后半生大部分时间都在巴黎度过。巴黎是欧洲先锋思想的汇聚地，在那儿他结识了众多结构主义、后结构主义大师，并参加了先锋派文学理论团体。因此，他的后期作品深受结构主义、后结构主义的影响，将两者有机结合在了一起。此外，他对20世纪初在绘画领域中（例如立体主义绘画）产生后来蔓延到文学领域的各种几何图形、解构式拼图的创作方法十分感兴趣，并力图将其用于自己的文本结

---

① 康澄：《文化及其生存与发展的空间：洛特曼文化符号学理论研究》，南京：河海大学出版社，2006年，第38页。

构创新中。因此，在《看不见的城市》中，他游刃有余地用数学、绘画、科学等元素把玩文学形式，将传统文学的线性发展的模式解构，使其碎片化，并建立一种深隐其中的模型，这样便使单调的文字获得一种视觉上的魅力，将小说的"断裂的美学"发挥到极致。

卡尔维诺强调发掘文本的无限的可阐释空间，认为"一部经典作品是一本永不会耗尽它要向读者说的一切东西的书"①。《看不见的城市》正是一部经典之作，它以独特的"多棱金字塔"模式，携带着历史积淀的文化意义，与不同时代语境下的读者碰撞。读者在解读的过程中，结合他们自身的文化语境，又不断"催醒"一些新的意义。这便构成了文化符号圈内复杂的记忆再生机制，整个符号圈以这样的方式实现着信息的传递、保存、加工和创新。

艾柯曾说："一部作品里，促使其成为被'追崇'的因素正是缘于作品的破碎凌乱，它可以被无穷无尽地变形、脱节……因此，小说之林要成为神圣之林，必须要像德鲁伊人的森林那样缠乱纠结，而不能如法式花园一般井井有条。"②这不禁让人联想起立体主义绘画，其中每个元素都是独立、破碎和多元的，并且所有的碎片亦可拼凑出一幅完整的画作。如果在解读中改变组合规律，画作的意义又将发生改变。《看不见的城市》正如同一幅立体主义画作，它是城市元素的高度符号集中化，每个元素的意义都是通过与其他元素的相互作用而产生的，55座城市拼凑出一幅庞大的城市画卷，如果将这些城市中的元素重新变形并且搭配、拼贴、组合，城市画卷便会衍生出无穷无尽的意义。无限延拓的"多棱金字塔"模式是卡尔维诺构建的文本符号圈的图像形式，它较好地诠释了这一动态的运作机制，城市和主题的增加通过棱数和棱长的延拓来实现，并且以威尼斯这个缥缈的意象作为中心点，一层层地映射在各个主题截面之上。在动态平衡的"多棱金字塔"模式下，界限穿越、时空转换异常活跃。"界限是符号个性的主要机制之一。"③"界限既可以划分，又能够连接不同的文化世界，正是这些世界和声音的融合和对峙，与不同时代读者的接受话语相遇，再生出小说文本无穷无尽的意义。"④

---

① 伊塔洛·卡尔维诺：《为什么读经典》，黄灿然、李桂蜜译，南京：译林出版社，2012年，第4页。
② 安贝托·艾柯：《悠游小说林》，俞冰夏译，北京：生活·读书·新知三联书店，2005年，第135-137页。
③ 康澄：《文化及其生存与发展的空间：洛特曼文化符号学理论研究》，南京：河海大学出版社，2006年，第49页。
④ 张杰：《文本的智能机制：界限、对话、时空：对19世纪俄罗斯文学史研究的反思》，《外国文学研究》2014年第5期。

值得一提的是，历史文化记忆不仅在作品主题上留下烙印，也深刻影响着作品的艺术形式。无限延拓的"多棱金字塔"模式便是文化记忆再生机制的产物。

"城市画卷"的解构与建构离不开不同时代的读者，他们的解读实现了文本的自主进化机能。在《看不见的城市》这个迷宫世界里，读者并不是被囚禁的，而是可以自由地出入或穿梭其间，它以错综复杂的路径极大可能地赋予了读者自由活动的空间，而触发读者自由解读的正是文中众多"声音"之间多层次的、多角度的对话。卡尔维诺通过写作重构世界，在轻盈中观察世界，他的文本似乎给了我们无穷无尽的支配自己能力的机会，让我们重建过去、现在与未来。

第六章
《命运交叉的城堡》：文化记忆机制

第五章揭示了《看不见的城市》中各子系统相互碰撞、对话、界限穿越的运行机制，探讨了文本符号圈的建构模式——无限延拓的"多棱金字塔"模式。如果说第三、第四章均侧重于从共时性角度来探讨文本的意义生成机制的话，本章则是从历时性角度，即时间的维度，来阐释符号圈内多层次的文化记忆机制，并以此来揭示意义的生成过程。

第一节 《命运交叉的城堡》概述

《命运交叉的城堡》是卡尔维诺于1973年发表的实验小说，整部小说由16个短篇故事组成，分为《命运交叉的城堡》与《命运交叉的饭馆》两个部分。第一部分《命运交叉的城堡》于1969年首次发表。该小说也是框架故事与内嵌故事的结合体。故事发生的时间不详，地点是在一片迷雾森林的孤独城堡里，附近有一家小饭馆接待过往的旅客，而城堡也向所有途中赶上过夜的人提供住所。一群失语症患者来到城堡，坐在餐桌前，这群人身份不一，有农民、贵族、水手、骑士、工匠等，但似乎都来自远古时代。晚餐结束后，他们玩起了游戏，通过桌上的塔罗牌的排列组合，依次向他人叙述自己的冒险经历。尽管他们素不相识，也不知道各自的来历，但他们都急于把路途上发生过的非同寻常的人生经历告诉旅伴们。在城堡里，每个人都感到摆脱了原来所应该遵守的规矩，感到前所未有的放松和自由。

塔罗牌一共有78张，每一张的意象——例如大棒、宝剑、教皇、倒吊者等等——都代表着一个情节。叙述者们可以挑出一些塔罗牌来自由排列，这些意象拼凑在一起，经过自上而下、自下而上、从左到右、从右到左的任意顺序的解读，形成一个个精彩纷呈的故事。不仅如此，每张纸牌上的意象所表达的内容不是唯一的，它的含义取决于叙述者的诠释以及该纸牌在序列中的位置。塔罗牌的交叉组合也代表着叙述者们命运的交织。这便是框架故事。

　　内嵌故事是由塔罗牌组合而成的各种诡奇独特的命运和经历，融入了古希腊神话、民间故事、经典文本、童话等多种元素，是传统文本与现代演绎的完美结合。这些故事有的讲述的是爱情，有的描述人性的丑陋，有的感叹命运的突变，有的描绘死亡的恐怖，有的讲述魔幻般的奇遇。故事跨越了时间、空间，一下回到遥远的中世纪，一下又穿越到现代社会，一下在阴暗的原始森林里，一下又回归灯火辉煌的城市，甚至带领读者登上月球参观。故事中的人物也是形形色色，有众叛亲离的国王、为爱而疯的骑士、温柔多情的公主、阴险毒辣的女巫、十恶不赦的魔鬼。总而言之，过去、现在、未来，现实与可能，无穷无尽的关系都交织在这些交错摆放的纸牌方阵中。

　　卡尔维诺通过书中人物各自的命运叙述，似乎也在探索自己的人生、人类的存在问题。因此，"与其说作者在探求小说的文学结构，不如说他在探索现实生活的结构。由于作者是在深入地探索自身存在的实质意义，所以也把读者引领在其中去进行自身价值的探索，以寻觅一把钥匙，用它来解释我们为什么活着，又是怎样地活着"①。通过对书中人物命运的解读，读者一次次陷入反思与追问中，寻找自我与世界、自我与他人、自我与自我调和的方式。

　　作为一部晶体小说，一个个由纸牌拼接而成的子故事构成了一个个晶面，而时间所呈现的方式也不是线性的，而是被揉碎在并置的纸牌空间里，正如博尔赫斯在《交叉小径的花园》中所提出的"多样化的、分出许多枝权的时间的观点……从而形成一个令人头晕目眩的相互分离、相互交叉又相互平行的不断扩大的时间网"②。在《命运交叉的城堡》中，每张纸牌都是一个"时间零"，一个故事的过去、现在、未来都凝结在一个静止的纸牌意象里，展现出的是最有丰富内涵的那个时间点的画面。因此，每张纸牌都能分叉出多种时间，各种纸牌的交错排列形

---

① 沈萼梅、刘锡荣：《意大利当代文学史》，北京：外语教学与研究出版社，1996年，第362页。
② 伊塔洛·卡尔维诺：《美国讲稿》，萧天佑译，南京：译林出版社，2012年，第114页。

成了一个无限发散、延伸的时间网。

与时间因素不可分割的是文化记忆。文化是一种社会现象，它承载着一个民族共同的集体记忆。康澄认为，"文化复杂的记忆再生机制根植于文化符号系统中。一方面，文化符号带有有关过去语境的信息；另一方面，由于符号会进入某种现代语境中，这种信息将因此被'催醒'，这不可避免地会使原文化符号意义发生变化。所以，新信息永远诞生于过去和现在之间进行的'游戏'般的语境中"①。基于此，如果我们把《命运交叉的城堡》看成文化符号圈内的子系统的话，一方面，它保存着过去的文化记忆，例如一系列的象征意象如高塔、魔鬼等，一些处于历史纵深的经典文本如《疯狂的奥兰多》《浮士德》、莎士比亚的悲剧等情节片段，也频繁地出现在小说中，与小说形成了互文；另一方面，在小说进入现代语境之后，各种象征产生了新的文化意义，各种经典文本在与现代元素的交流与碰撞之后，产生了一些新的意义，变成了最现实的文本。

在对文化记忆类型的研究中，洛特曼指出，文字记忆和无文字记忆如图画、音乐、舞蹈等，都是文化记忆不可或缺的重要载体。康澄总结道："两种不同记忆方式的碰撞是文化新意生成的重要源头之一，无文字与文字记忆的相互交杂和互译共同实现着人类文化记忆的传承与创新。"② 在《命运交叉的城堡》里，卡尔维诺别出心裁地将文字叙述与塔罗牌方阵的绘画穿插在一起，既为文字叙述做了充分的补充说明，又通过各种象征意象，在有限的叙述空间，营造出一个无限的想象世界。他说："想要讲述一个神话，仅凭词语是不够的，还需要一系列多功能符号的共同作用，也就是一种仪式。"③该小说便是结合了文字与视觉形象的极具仪式感和创新性的一部作品。读者在阅读的过程中，既可以从语词出发判断图画的意义，又可以从一幅幅塔罗牌的图像出发，结合语词进入无限的想象空间，这样，原有的文化记忆被唤醒、传递，同时也产生了不可预见的新的意义。

---

① 康澄：《文化及其生存与发展的空间：洛特曼文化符号学理论研究》，南京：河海大学出版社，2006年，第85页。
② 康澄：《文化记忆的符号学阐释》，《国外文学》2018年第4期。
③ 伊塔洛·卡尔维诺：《文学机器》，魏怡译，南京：译林出版社，2018年，第272页。

第二节　原始记忆的保存与传递

康澄认为,"文化符号系统具有多级性和复杂性,均是一种记忆进入带有其他记忆容量的子符号系统的表征"①。文化符号圈内存在着各种异质的子系统,它们是那些处于不同发展阶段的象征符号或经典文本,它们携带着鲜活的文化记忆,进入《命运交叉的城堡》这一文本系统中,与之碰撞、对话、交融。

首先,在文本里,存在着大量的象征,例如"死亡""世界""倒吊者""高塔""巴尕托""星辰""审判""魔鬼"等。这些象征符号是一张张塔罗牌上的原型意象,承载着人类文明最初的文化记忆。洛特曼强调,象征是"文化记忆的重要机制,来自人类历史最深处的一个十字、一个手势、一个图案都凝聚着丰富的文化意义,它们穿梭于各文化层面,并在新的文化语境中重新实现自我"。② 在众多的象征符号中,"高塔"和"魔鬼"是两个最具代表性的符号,正如卡尔维诺在小说前言里所说:"其中有两张在我的故事里非常重要,即魔鬼和高塔。"(2)③ "高塔"和"魔鬼"的象征意义,是解码文本的钥匙。

"高塔"的意象来自《圣经》旧约里的巴别塔原型,巴别塔又称巴比伦塔或通天塔。当时人类动用了大量的人力物力修建它,梦想着通过高塔到达彼岸世界,并达到神的高度。这使上帝惊怒,他认为人和神之间有着绝对的鸿沟,是不能轻易跨越的。为了惩罚人类的傲慢、野心和欲望,重塑自己的权威,他变乱了人类的语言,使之陷入分裂、混乱之中。在希伯来语中,"巴别"即是"变乱"的意思,巴别塔的倒塌象征着命运的突变、秩序的瓦解。时隔千年,卡尔维诺把高塔这一记忆符号写入了小说文本中,它频繁出现在各种短篇故事里,每一次出现,都意味着情节发生关键性转折,人物陷入悲剧之中。而人类无止境的欲望,人性的堕落、罪恶是导致悲剧结果的直接原因。在《盗墓贼的故事》里,盗贼顺着一棵高大笔直的树,爬了上去,一直向上,直至来到一座悬在空中的城市。此时,占命牌巴别尔塔的出现,意味着盗贼命运的改变。它的寓意是:"那下到死

---

① 康澄:《文化记忆的符号学阐释》,《国外文学》2018年第4期。
② 同上。
③ 伊塔洛·卡尔维诺:《命运交叉的城堡》,张密译,南京:译林出版社,2012年,"前言"第2页。本章中出自该书的引文直接在其后小括号内标注页码,不再添加脚注。

亡之渊又上到生命之树的人。"(35)此后，一位天使向盗贼提供了三种选择：财富、力量或智慧。盗贼毫不犹豫地选择了财富，于是，整个城市和大树都突然消失，盗贼重重地跌落在林中的地面上，期盼落空。该故事和《圣经》中巴别塔的故事十分相似，空中之城代表着那个美轮美奂的古巴比伦城，盗贼欲顺着通天大树爬上空中之城，获得财富，象征着人类无止境的贪欲、理性的丧失和拜金主义，结果必然是自掘坟墓。在《阿斯托尔福在月亮上的故事》里，巴黎数月遭受异教徒撒拉逊人的包围，纸牌高塔"极形象地表现了因热油泼洒而使敌人的尸体从碉堡的斜坡纷纷坠落的场面和正在使用的攻城机械"(48)，高塔的出现预示着巴黎即将沦陷。在这个生死攸关的转折点上，只有骑士奥尔兰多能够率领队伍突破重围。然而，奥尔兰多此前因为疯狂迷恋上撒拉逊公主而失去了理智。于是，查理大帝派阿斯托尔福去月球上寻回奥尔兰多的理智……故事虽然荒谬诡奇，却通过高塔的图像，揭示了种族之间的仇恨、人类的相互摧残、人性的阴暗，战争永远是人类记忆里不可磨灭的创伤。在《其余的所有故事》里，金币女王想找一个预言家，告诉她被困他乡多年的这场战争会有怎样的结局。此时，高塔牌出现，给她带来的预示信息是家乡特洛伊城的衰亡、悲剧的开场，与之形成强烈对比的是希腊人"为攻陷该城那个期盼已久的日子准备的宴会"(55)。希腊人通过木马骗局，赢得了特洛伊战争的胜利，成功地占领了特洛伊城。在这里，高塔象征着人性的贪婪、阴谋、欺骗、背叛。在《荒唐与毁坏的三个故事》里，麦克白夫人认出高塔是"女巫们隐晦地宣布的复仇即将爆发时的邓西嫩城堡"(149)。她彼时对权力的渴望和野心，导致了此时无限的恐惧和精神错乱。高塔成为小说中情节转折的分割线，影射人类欲望的无限膨胀和畸形发展，必然导致人性的堕落、自我的毁灭。综上可见，"高塔"这一意象的出现为各种故事的情节走向蒙上了一层悲剧色彩，是步入悲剧漩涡的转折点。高塔的背后，象征着人性的贪婪、阴谋、背叛、欺骗、仇恨，一切罪恶皆因欲望而生。

"魔鬼"这一象征符号在文本中也经常出现，它的原型同样来自《圣经》，是邪恶的象征。它是诱惑亚当夏娃偷吃禁果的蟒蛇，诱惑是其行使邪恶的主要手段，它能将人类的"心魔"催生出来，陷入一切欲望的陷阱中。此外，吸血鬼的意象也是魔鬼的衍生物，它来自《圣经》中的该隐和犹大形象。"该隐因为嫉妒杀了自己的兄弟而被上帝惩罚终生漂泊"[①]，最后学会了吸食人血。犹大因为贪

---

① 唐亚：《卡尔维诺隐喻的诗学研究：以〈命运交叉的城堡〉为例》，闽南师范大学硕士学位论文，2016年。

图钱财出卖了耶稣,上帝惩罚他永不得死亡,备受内心愧疚折磨。可以看出,吸血鬼的原型都是因为嫉妒、物欲等种种心魔在作祟,才会导致最终的堕落和毁灭。因此,"魔鬼"这一意象总和人类的"心魔"联系在一起。它与"高塔"息息相关,因为高塔的出现也时时在揭示人的"心魔"的出现。在《出卖灵魂的炼金术士的故事》里,魔鬼靡菲斯特用制造黄金的秘密来诱惑炼金术士浮士德出卖整个城市人们的灵魂,交易达成,整座城市变为耀眼的黄金之城。然而,人们因为失去了灵魂,逐渐退化为牲畜、植物甚至矿物。人类的心魔是变形的物欲,最终每个人都沦为物化的奴隶。更可怕的是,该过程是潜移默化的,无人能够察觉灵魂的消失。在《犹豫不决者的故事》里,年轻人自我分裂,犹豫迷茫,难做抉择。贪婪是永无止境的,他想要的从一口井变为一个大蓄水池,再变为大海,他的选择均得到了满足。然而,魔鬼出现了,它令人毛骨悚然,梦魇般侵蚀着年轻人的灵魂。最终,"他有了大海,自己却头朝下沉没到海底"(81)。欲望的膨胀最终让人类自食其果。在《吸血鬼王国的故事》里,吸血鬼既是女巫,又酷似王后,她与墓地里的尸体交合诱发了国王的嫉妒之心,国王认为是王后背叛了他,于是将善良的王后推下凉台。可是,谁也没有告诉他,"不仅女巫与王后长得一模一样,墓地里的男尸和国王就像两滴水一样相像"(109),国王中了吸血鬼的计谋。人类的"心魔"是失去理智的嫉妒,是谎言和复仇,却以善良和美好为代价,令人痛惜。

其次,小说框架故事与内嵌故事结合的文本构造,来源于古老的阿拉伯民间故事集《一千零一夜》。它是一种嵌套式结构,在框架故事的内部层层展开新的叙事空间,使得各种类型的内嵌故事连成完整的统一体。欧洲很多经典文本的叙事模式都受此影响,其中最负盛名的当属薄伽丘的《十日谈》。为了躲避中世纪的瘟疫,十个青年男女来到佛罗伦萨的一个乡间别墅,每人每天讲一个故事来消磨时光,十人十天,正好轮流讲完一百个故事。《命运交叉的城堡》沿袭了《十日谈》固有的主题和叙事模式:那些失语症患者也是因为一些机缘巧合聚集在一起,讲述各自的离奇故事,这些故事同样也是结合了民间传奇、神话、历史,虚实交错,精彩纷呈。如果把《命运交叉的城堡》比作一粒种子,虽然它在现代语境中生根发芽,它的基因则来自欧洲古老的文学传统。

最后,处于历史纵深各截面的大量经典文本,都进入了该小说中,与文本内部的众多故事形成了互文。"艾略特认为,作家作品中最好的并且最具有个性的部分很可能正是已故诗人(先辈们)最有力地表现了他们作品之所以不朽的部分。戴维·洛奇对文本的互文性也提出过明确看法：所有文本都是用其他文本的素材编织而成。"① 卡尔维诺十分重视经典文本对小说的建构作用，他始终追随着经典作品的话语来创作。因此，该小说里充满了各种为人所熟识的人物和片段，历史的经典在小说里无限延续。总体来看，小说通过文字和图画双声道的叙事方式，复制了中世纪民间故事、骑士传奇、古希腊神话、莎士比亚四大悲剧等经典文本。除此之外，还有大量神话的意象隐喻、冒险故事的程式化内容隐于其中，使得一篇篇短文犹如历史的马赛克，镶嵌在整个文本之上。《因爱而发疯的奥尔兰多的故事》和《阿斯托尔福在月亮上的故事》这两则短篇，来源于文艺复兴时期意大利作家阿里奥斯托的骑士传奇《疯狂的奥尔兰多》，情节几乎与该传奇的两个经典片段完全一致：查理大帝的宫廷骑士奥尔兰多爱上了东方公主安杰丽卡，不料公主却爱上了另一个骑士梅多罗。当奥尔兰多在林中追逐到公主时，却被她拒绝了。嫉妒和爱情最终让奥尔兰多失去了理智。查理大帝派骑士阿斯托尔福去月球上寻找奥尔兰多的理智，于是，他跨上骏鹰飞至月球，将奥尔兰多遗失之物取回后装瓶。《荒唐与毁坏的三个故事》将莎士比亚的三大悲剧《哈姆雷特》《李尔王》《麦克白》中的人物和情节，巧妙地编织在一起，形成了一个独立完整的故事。其中大量地引用了三部悲剧中的经典段落，表达了作者对传统意义上自然与人的关系、人的存在、死亡、毁灭等精神价值的思考。《出卖灵魂的炼金术士的故事》很明显来自德国的浮士德传说，它沿袭了《浮士德》对人性的探讨，在小说的最后，向人类提出了灵魂拷问："'你怕我们的灵魂落到魔鬼手里吗？'这是城里人的问话。'不！你们根本就没有灵魂可以交给他！'"（27）这是作者对人类集体意识丧失的担忧，充分展现出人类生存的困境。

"一种文化的记忆机制越是强大，就越适于传达和产生综合的信息，就越有生命力。"②在《命运交叉的城堡》里，存在着大量经典的记忆碎片，它们在不同深度的文化层活跃着，跨越了几十年、几百年，乃至上千年，它们穿越界限，与小说中各种现代演绎的故事交融，并不断地撞击读者脑中的固有界限。在各种文化空间的碰撞过程中，文本的意义不断生成。这就是经典文本拥有无限的可阐释空间，既能展示过去，又能描绘现实，并为未来指明道路的原因所在。

---

① 冯季庆：《纸牌方阵与互文叙述：论卡尔维诺的〈命运交叉的城堡〉》，《外国文学》2003年第1期。
② 康澄：《文化及其生存与发展的空间：洛特曼文化符号学理论研究》，南京：河海大学出版社，2006年，第87页。

第三节 记忆的重新编码与建构

康澄认为,"文化作为一种集体记忆机制,其信息的保存、创造和遗忘功能并非单独存在、相互隔绝,而是一个互相渗透、相互交织的有机整体"①。正是因为记忆的保存与创造,才使文本成为"过去的与将来的、现实的与可能的、无穷无尽的关系交织在一起形成的网"②。《命运交叉的城堡》里的那些故事叙述者们,是洛特曼所定义的"有道路的主人公"。他们穿越森林,进入带有神秘色彩的城堡之中,象征着"穿越现实的空间结构进入另一个迥然不同的空间结构中。带有原空间文化结构和文化记忆的主人公与新的空间碰撞、交流,产生新的文化意义"③。因此,叙事者用塔罗牌组成的故事,既以现代的叙事手法引出传统,又在传统中创造出更多现实的意义,经典与现代在故事中相互渗透、相互交织。传承经久的古典文化带来庄重古朴之感,而现代文化又在其上蒙上了一层神秘主义的面纱。

首先,在众多历史文本的空间图景里,卡尔维诺穿插了很多现代的、虚幻的空间描写,很多都有着他的另一部奇幻小说《看不见的城市》中城市的影子,表现出现代文明对环境的摧残,世界的一步步物化以及走向虚无的悲剧。在《阿斯托尔福在月亮上的故事》里,当阿斯托尔福登上月球寻找理智的时候,结局突然反转,他发现整个月球就是人们胡言乱语虚构的产物,混沌而又荒诞,没有理智可言。最后,月球诗人告诉他,"月亮是个荒漠……而任何穿越森林、战斗、宝库、盛宴和洞房的旅行都把我们带到这里,这个空洞的视野的中心"(52)。阿斯托尔福寻找理智的失败,象征着人类在经历了创造现代文明的种种艰辛之后,却发现世界原本就无法用理性解释清楚,原本就是一个虚无空洞的荒漠,那些混乱无序的存在方式归根结底就是虚无。世界空洞的景象正如《看不见的城市》中忽必烈的王国,永远无法被掌控,它一直向外扩展,直到消失不见。因此,现代语境下的读者在阅读这则短篇时,脑中对《疯狂的奥尔兰多》这一古典文本的固有

---

① 康澄:《文化记忆的符号学阐释》,《国外文学》2018年第4期。
② 伊塔洛·卡尔维诺:《美国讲稿》,萧天佑译,南京:译林出版社,2012年,第103页。
③ 康澄:《文化及其生存与发展的空间:洛特曼文化符号学理论研究》,南京:河海大学出版社,2006年,第91页。

记忆发生了改变，又加入了新的代码，产生了新的意义。与此同时，一种空虚的感觉袭上心头，"带着雨后大象的气味，以及火盆里渐冷的檀香木灰烬的味道"①。在《吸血鬼王国的故事》里，国王的城市表面看来光鲜亮丽、现代化程度很高、秩序井然，"他一直坚信自己的都城坚固透明得像一个水晶雕刻的石杯，却发现它千疮百孔、腐朽不堪，像一个陈旧的软木塞一样恰好堵在阴湿腐坏的死人王国边境的突破口上"（110）。这座摩登都市把腐败阴暗的部分深埋地底，它被吸血鬼吞噬，在死人之国上演着现代文明。作者把这一鲜明的对比置于读者眼前，展现出现代文明的实质：世界在一步步地物化，它虽然拥有光鲜亮丽的外表，却隐藏不住丑陋腐败的真相。在《看不见的城市》中，许多城市都拥有吸血鬼王国的特质，生者之城与死者之城并存，甚至这两座姐妹城之间没有界限，无法识别谁是生者、谁是死者，这再一次激起了读者对人类生存状况的忧患意识。同样在《吸血鬼王国的故事》里，作者把女王从高空坠落的景象描写得极具现代感："一个女人在摩天大厦间的空间垂直坠下……她身体坠落到地面之前有一只脚缠住了电线，这解释了电路出现故障的原因。"（114）从这段描写我们仿佛读出了一种辛酸的幽默感，坠楼的画面在《看不见的城市》里也出现过几次。作者可能是想通过这一情节影射现代人灵魂的垂直坠落，直到丧失在无边无际的深渊里，就像那些末日审判中的罪人纷纷落入但丁的地狱之门。在《复仇的森林的故事》里，作者用略带科幻的手法十分细致地描写了大自然对人类的报复：森林无限延伸，不断吞食着动物、植物和人。龙卷风和台风席卷大地，密密麻麻的飞鸟遮蔽天空。象征人类文明的高塔坍塌，人类只能眼睁睁地等待着末日审判。"不论是野牛、人，还是秃鹰，如果不晓得适时抑制自己的力量，就会使身边荒凉起来，使我们自己变成皮包骨头，最后沦为苍蝇、蚂蚁的食物。"（87）这番话深刻地批判了人类在建设世界的过程中，对自然、环境的破坏，并提示我们如果不适当抑制工业文明、消费主义对自然资源的摧残的话，人类将付出惨痛的代价，终将被自己的文明果实所毁灭。在这则故事里，我们似乎看到了《看不见的城市》中那座被漫无边际的垃圾一点点侵占、吞没的连绵的城市莱奥尼亚的影子。除了上述故事之外，卡尔维诺还描绘了许多奇幻的空间意象，例如作为天体垃圾站的月球、拥有颠倒的世界的月球、漂浮在海水或云海上的城市等等。然而，这些空间描写大多是荒凉的、虚无的、触目惊心的，它使读者反思自我，重构对于现在与未来的认识。因此，在古老的塔罗牌组成的传统故事中，不断迸发出新的现实

---

① 伊塔洛·卡尔维诺：《看不见的城市》，张密译，南京：译林出版社，2012年，第3页。

意义。

其次，卡尔维诺重塑了很多经典文本中的传统形象，使其原有意义发生了改变，原有的形象不再具有厚重的历史感，而是多了一分戏谑、荒诞的色彩。通过这些形象，卡尔维诺传达出了现代社会人的异化、主体的迷失与焦虑以及众多的哲学思考。例如，传统的"骑士"形象总是代表着骁勇善战、无所畏惧、充满正能量的传奇英雄，无论是勇闯天涯的堂吉诃德，还是披荆斩棘击败异教徒的奥尔兰多。然而，在该小说中，骑士形象染上了一层荒谬、悲剧的色彩，产生了新的寓意。在《受惩罚的负心人的故事》中，负心骑士背叛了与林中少女纯洁的爱情，与一位贵族豪门之女举办了婚礼，最终受到树林女神的惩罚。他将失去自我，自我解体，被改造成一个无个性、无差别的人。这段故事似乎在指涉现代社会中，人因为欲望的驱使而做出有悖初心的举动，心为形役，每个人都沦为物化的奴隶，最终自我分解，丧失灵魂，异化为无差别的机器。在《两个寻觅又丢失的故事》中，圆桌骑士帕尔西法尔不再肩负寻找圣杯的宗教重任。他认为，世界的核心是空虚，现存的一切围绕着不存在而构成，"他所关心的只是他自己存在于世界上这个事实，而从不想要对所见的事物提出问题"（126）。这也体现出人类对自我迷失的焦虑。在科学日益发展、理性分崩离析的时代，人类渴望从工业文明的沼泽地中脱离出来，拥有血肉和灵魂，回归完整的自我。

卡尔维诺还借助一些经典人物之口，表达了创作的美学观和哲学思考，从这点来看，这部小说也具有元小说的特色。因爱而发疯的奥尔兰多最后被倒吊起来，似乎恢复了理智，他的面色终于变得平静开朗，目光清澈。他说："就让我这样吧，我已走遍四方，我已经明白了。世界应该颠倒过来看，这样一切才清楚。"（44）这一句立刻将读者从庄重严肃的史诗回忆中拉回到充满童话色彩的现代语境中来，意味着应该要换一个角度看待世界。这不禁让人联想起作者塑造的另外一个经典形象——树上的男爵。他终生在树上生活，必须与世界保持一定的距离，从高处观察，才能将现实看得更加清楚。奥尔兰多和树上的男爵是卡尔维诺思想的化身，他提出的"轻逸美学"正是换种角度来间接面对世界的方式，也是他一直遵循的写作方法。

浮士德的传统形象在该小说的几则短篇故事中也经历了变形，从把灵魂交给魔鬼换取炼金术，到对世界多样性的渴求。他说："我原以为，财富就是差别，就是多样，就是变幻，可我现在只看见同一种金属的碎块在来来回回，被积累，不过是数量的增多，却总是一成不变。"（124）卡尔维诺追求世界的差异性和多元发展，"兼容并蓄"是文化应该具有的模式，这与洛特曼所倡导的多元融合的文化世界的理念是完全一致的。卡尔维诺将这一文化模式融入文学实践中，他说："对小说可能呈现的多样性进行取样，也是我另一本小说即《命运交叉的城堡》的基础。这本小说的目的是描写一部对小说进行大量翻版的机器，而这部机器的出发点则是塔罗牌中可作各种解释的图像。"① 各种塔罗牌的意象以及由它们组合而成的故事并置于文本中，使得文本像一幅色彩缤纷的拼图。除此以外，浮士德对世界本质的一些论述，与《美国讲稿》中对文学作品的形式，即晶体模式的论述，十分相似，体现出卡尔维诺创作的美学观。浮士德下结论说："元素是有限的，它们的组合却可以成千上万地倍增，其中只有一小部分找到了一种形式和意义，在一团无形式无意义的尘埃中受到了重视。"（127）这一小部分元素呈现的形式，即是文学的晶体结构。它属于宇宙那一团热云中一些有序的区域，有着一定的组合规律，然而它又是不断向外衍生的，具有不固定、不明确的意义。总之，该小说中的众多古典形象，经常跳脱出原有的历史语境，用时而沉重、时而轻盈幽默的话语，向读者讲述关于世界的本质、人类存在的意义、写作与阅读等众多现实话题。由此可见，在古典外衣的掩盖之下，该小说的内核是现代的、厚重的、发人深省的。读者在阅读小说的同时，不断结合自身所处的文化语境以及个人经历进行揣摩、反思，每个人的解读都是不一样的，文本的意义如雪崩般生成。

第四节 历史文化语境下的文本创作

在文化符号圈中，不仅历史纵深的各种象征符号、经典文本，向《命运交叉的城堡》传递信息，并能在新的语境下产生新的意义，该小说所保存的过去的历史文化语境以及卡尔维诺的个人经历，也对它的意义生成产生了深远的影响。在《其余的所有故事》这则内嵌故事中，卡尔维诺证实："我的故事，无论过去、现在还是将来，也肯定包含在这些纸牌的交错摆放之中，只是我无法将它从众多的故事中分辨出来……我丢失了自我的故事，把它混在了由众多故事构成的那团尘埃中，得到了自我的解脱。"（61）

在《文字世界和非文字世界》一书中，卡尔维诺认为，在当代社会，小说创

---

① 伊塔洛·卡尔维诺：《美国讲稿》，萧天佑译，南京：译林出版社，2012年，第115页。

作一部分回归到了自然主义，也就是真实主义，一部分则是纯抒情风格。显然，这两种风格都有其可取之处，应该将两者（客观成分和理智抒情成分）融合在一起，形成一种新的文学表达的方式，这也是他本人在小说中所追求的目标。卡尔维诺吸收和借鉴了当时流行的两种文学风格，并创造性地将两者融合在一起，对集体文化元素进行了重新编码。《命运交叉的城堡》作为一部交织着幻想与现实的作品，正是卡尔维诺独特文学风格的典型之作。他偏爱的创作方法是从幻想中自发出现的形象出发，用语词将它表述出来，在此过程中，形象周围又产生了其他形象和场所，语词逐渐丰满起来，逐步发展成一篇故事。因此，"形象鲜明"是他创作追求的重要目标之一。卡尔维诺通过该小说试验了他的文学理想，塔罗牌的各种鲜明意象是小说的中心元素，意象结合幻想的文字正是该小说独特的标签之一。"以各种方式解释塔罗牌上绘制的神秘图案，编出各式各样的互不相同的故事，不能不说是源于我童年时期根据那些连环画进行的幻想。"[1] 作者的童年记忆在该小说中刻下了深深的烙印。他从小就喜爱看连环画，一看就是好几个小时，他喜欢以各种方式去解释那一幅幅画，并且把它们拼凑在一起，编成一个个长故事。他还热衷于提取每一篇故事的主要情节，随机把它们糅合在一起，组合成一个个新故事。《命运交叉的城堡》的构思几乎与他儿时进行的图像幻想实验一致，是幻想的产物。然而，在幻想的人物、意境和情节之中，我们又总是能找到各种现实的缩影。小说是对现实社会的真实写照，反映出时代存在的诸多问题，因此，幻想又是真实的。基于此，卡尔维诺认为，适合他自己的幻想应该是"各种可能性的集合，它汇集了过去没有、现在不存在、将来也不存在，然而却有可能存在的种种假想"[2]。

《命运交叉的城堡》创作于70年代初，这一时期恰恰是西方文艺理论界由结构主义转向后结构主义的历史转折期。"结构主义"与"后结构主义"作为文化符号圈的两个子系统，在这一时期相互碰撞与交流，造就了非凡的创新力。卡尔维诺曾隐居巴黎13年之久，在此期间与列维-斯特劳斯、罗兰·巴尔特等结构主义、后结构主义符号学家交往密切，他参与了符号学研讨会，并参加了《原样》杂志、乌力波等先锋派文学理论团体。各种先进的理论思想带给了卡尔维诺全新的创作理念，使得他的创作朝全新的方向发展。然而，他并没有拘泥于某种理论，被理论所束缚，而是创造性地汲取了"结构主义"与"后结构主义"的精

---

[1] 伊塔洛·卡尔维诺：《美国讲稿》，萧天佑译，南京：译林出版社，2012年，第92页。
[2] 同上书，第89页。

华，建构了自己的理论体系。他既注重文学作品的结构性和系统性，又强调系统是开放的、未完成的、不确定的，作品可以被解构成若干碎片进行拼贴组合。此外，他还十分关注系统与系统外的关系，认为，现实世界、社会文化、读者、作者都在文本的意义生成方面起着至关重要的作用，因此，他更注重寻找意义多元化的过程。晶体小说不仅拥有着稳定有序的结构，不断自我复制的过程又使它成为一个无限生长的生命体，折射出绚丽多彩的意义，这是卡尔维诺将结构主义与后结构主义结合的理想的文学产物。《命运交叉的城堡》正是在这样的历史文化语境下孕育而生的，它拥有着晶体小说的典型特征：各种塔罗牌组合而成的故事代表着一个个晶面，它们交错在一起，形成井然有序的牌阵，如同一个结构完整而规则的晶体。它能产生绚丽折射的互文效果，如果改变纸牌组合的方式，故事的意义将不断增殖，晶体将不断向外衍生。

"互文性"是后结构主义符号学中一个重要的概念，也是在符号系统的研究中一个起决定性作用的因素。"互文性"（Intertextuality）"可以理解为'文本之间的关系'，或称'文本间性''间文本性''文本互涉性'等。法国符号学家克里斯蒂娃把互文性定义为符号系统的互换关系，或符号系统的互文性结构。"[①]《命运交叉的城堡》作为一个符号系统，它的互文性结构尤为凸显。该小说在内容上吸收了中世纪和文艺复兴时期的西方文学经典中的众多人物形象和故事情节、《圣经》和古希腊神话中的各种象征意象、神话和童话的传统母题等，在艺术构造上吸收了传统的嵌套式结构。在吸收的同时，卡尔维诺又将这些意象和故事进行重新编码，加入了现代的元素和哲学思考，编织成一个个神秘独特、寓意深远的故事。不仅如此，有些故事的片段还复制和改写了作家自身的作品，如《看不见的城市》《树上的男爵》《不存在的骑士》等。所有这些传统的、历史的、现代的故事，如同文本符号圈中处于各个层次的子系统，它们相互指涉、多重参照、环环相套，使小说达到了意义无限增殖的效果。

此外，风靡欧美学术界的后现代主义思潮也作为一种文化记忆，进入了小说文本中，体现在它的迷宫叙事策略以及通篇所呈现出的荒诞凄凉的意境上。后现代主义认为，人类与世界"由随意性、偶然性和破碎性所支配，这种文化上和生活中的零散体验和缺陷体验驱使他们认同离开中心原则，走向片段叙述"[②]。《命运交叉的城堡》被解构成若干个短篇故事，每则故事都由塔罗牌拼贴而成。小说

---

① 王铭玉：《符号的互文性与解析符号学：克里斯蒂娃符号学研究》，《求是学刊》2011年第3期。
② 冯季庆：《纸牌方阵与互文叙述：论卡尔维诺的〈命运交叉的城堡〉》，《外国文学》2003年第1期。

没有确定的意义和主线，没有中心，叙事空间是断裂的、片段式的，读者可以自由进出于各种奇异的虚构空间。时间也被解构成很多片段，它们在各种故事中按照不同的轨迹行驶与消逝。因此，复制、拼贴、增殖、片段、短路等叙事策略，共同构成了小说的迷宫形式。从小说的内容来看，绚丽多彩的古典故事充盈在整个文本中，不断给读者带来一种奇异的兴奋感。然而，在古典光环的背后，读者看到的却是现代文明中的城市荒漠、人性异化、自我迷失、情感的消逝，正如"凡·高把人间那荒凉贫瘠的种种用乌托邦般的颜料填得异常充实饱满"①。

卡尔维诺曾说："我写的故事，是在人类大脑中构建出来的；我使用的材料，是通过对我出生之前各种人类文明加工过的符号进行组合而形成的。"② 这段话表明他的文本是双声道机制，一方面，文本保留了人类文明的种种记忆，另一方面，这些记忆又经过作者的幻想和重新编码，生发出新的意义。文本在进入不同时空的阅读语境后，它的记忆再生机制被再一次激活，读者与它对话、交流，不断更新着头脑中的记忆空间，使得文本的原文化符号意义不断发生变化。

《命运交叉的城堡》就是这样一部典型的作品，在它的内部交织着多层次的文化记忆机制。首先，符号圈内的一些象征意象如高塔、魔鬼等，它们携带着人类集体的文化记忆，进入了该文本系统中，与文本中的故事融为一体；其次，符号圈里的一些经典文本如《疯狂的奥尔兰多》《浮士德》《哈姆雷特》《李尔王》《麦克白》等，也进入了文本系统中，与文本形成了互文，在交流与碰撞之中，产生了新的文化意义；最后，文本形式和内容的产生也与它所处的时代语境和作者的个人经历息息相关，这同样是一种文化记忆。通过文化记忆机制，卡尔维诺"一边唤回我们对古典的尊重和对传统的反思，一边又借用传统表达了他对现代社会和现代人生存本质的哲理思考。古典作品在这部小说中获得了新生，获得了新意，延续了生命"③。与此同时，处于各种文化语境的现代读者通过不同的解读，不断挖掘文本中新的信息，使文本成为一个富有活力的生命体。

---

① 王一川：《西方文论史教程》，北京：北京大学出版社，2009年，第298页。
② 伊塔洛·卡尔维诺：《文学机器》，魏怡译，南京：译林出版社，2018年，第293页。
③ 张俊萍：《一部关于叙事文学的"寓言"小说：评卡尔维诺小说〈命运交叉的城堡〉》，《江南大学学报（人文社会科学版）》2005年第6期。

结语

约翰·巴思曾在20世纪60年代提出"枯竭的文学"一说，认为文学的末日已经到来，文学的表现形式已被耗尽，文学的各种可能性已被发挥到极限。这种"文学之死"的观念一时激起了学界广泛而又深入的争论。一些持乐观态度的作家纷纷以创作实践驳斥这一观点，在众多未知的领域探索出一片新的天地。卡尔维诺就是其中的重要代表，他对文学的未来持有充分的信心，认为"有些东西只能靠文学及其特殊的手段提供给我们"[①]。同时，他认为："在文学无尽的宇宙中，总有新的道路值得探索。"[②] 他以"追求无限"的探索精神向世人证明：文学并未枯竭，而是开放的、未完成的，文学文本的形式变幻无穷、永无止境，而每一种形式的元素都是意义的元素。因此，文本的意义也是不断变化的，永远处于生成之中。

卡尔维诺认为，宇宙是一团热云，在其中存在着一些有序的区域，文学创作即是这些区域之一，文本通过某种形式，展现出多元的意义，它是一个有生命的机体[③]。为此，他找到了"晶体"这一完美的模式。虽然"晶体"似乎是没有生命的物体，但是"晶体"由于自身内在构造的独特性，它能不断向外延展，所折射出来的光芒也是千变万化的，卡尔维诺赋予了"晶体"以独特的生命力。他把那些表面结构稳定而规则，给人带来宁静感和秩序感，同时又具备复杂的"自我编制系统"的小说都纳入"晶体小说"这面旗帜之下。晶体小说是精神幻想的卓越产物，结合了结构主义与解构主义的精髓，在结构中解构，在解构中建构，以有限的形式显示出无限的、开放的世界，总是给人带来一种视觉上的魅力。同时，它也融入了众多后现代的元素。可以说，晶体小说充分凸显了文本的系统性、智能性、开放性，它不拘泥于美学史上任何一种理论框架，而是卡尔维诺独

---

① 伊塔洛·卡尔维诺:《美国讲稿》，萧天佑译，南京：译林出版社，2012年，第1页。
② Italo Calvino. *Lezioni Americane*. Milano：Oscar Mondadori，2014，back cover.
③ 同上书，第68页。

创的一套适用于自身创作的美学体系。

首先，晶体小说是一个结构严密、有秩序的文本系统。在这里，时间和空间都不再是连续的、线性发展的，而是化作一块块碎片，凝结在一个个短篇小说之中。这些短篇就像一个个精确的晶面，相互独立、彼此平等，通过一定的组合规则连接在一起，形成浑然有序的整体。

其次，晶体小说具有自我编制功能，在这里，元素的抽取、替换、重组时刻在进行，它像一张网，在网上可以规划出许多路线，因此，它可以无限向外衍生。晶体小说具有精密复杂的层级结构，多元的异质符号交融于此，构成了一个令人眼花缭乱的迷宫。例如，各种城市、塔罗牌空间、虚拟空间、现实空间、历史、现代空间等等，它们并存于各个层次之上，彼此穿越界限、碰撞、交融，将小说的意义推向了无限。

再次，晶体小说具有绚丽的多重折射，它折射出了百科全书式的内容。一方面，无论在形式还是内容上，它都与历史纵深的一些经典文本、神话、童话形成了互文。文本所处的时代语境和卡尔维诺的个人经历也在其中刻下了烙印，因此，文本携带着历史文化的记忆，表现出繁杂的多彩内容。另一方面，它的内部构成了多语性特征，众多的主体、众多的声音、众多的目光代替了唯一能思索的"我"，这便是巴赫金提出的"对话"模式、"狂欢化"模式。晶体小说的绚丽折射还是它与读者互动的结果。作者、文本、读者彼此依存、彼此塑造。不同文化背景、不同时代读者，通过对文本的多样解读，使文本在不同的光合作用下，源源不断地折射出新的意义。

最后，晶体小说也融入了众多后现代的元素。从形式上来看，它迷宫般的构造体现出复制、拼贴、增殖、片段、短路等常见的后现代叙事策略。从内容上来看，"后期现代派可以被看成这样一种倾向，它以讥讽的方式对待群众幻想，或者说它把文学传统中对美的爱好投入到小说中去，目的是为了使这种美的爱好发生异化"①。晶体小说中虽然有大量的绚丽的古典文本、象征意象，然而，这些传统元素经过了作者另类的处理，发生了异化，它们被用一种现代的、扭曲的方式展现出来，凸显了现代文明下情感的消逝、人类精神的荒漠。

洛特曼把"文本"作为他的文化符号学最核心的概念，并以分析文本的传递、保存、创造信息功能为基础，进而扩展到研究文化系统的各个方面，提出了

---

① 伊塔洛·卡尔维诺：《美国讲稿》，萧天佑译，南京：译林出版社，2012年，第94页。

"符号圈"理论，并且论证了文本和文化结构的相似性。洛特曼把艺术文本当作一种功能、一个符号系统，将其置于大文化系统中去考察，用整体化、系统化的研究方法来阐释艺术文本的意义生成机制。因此，这恰恰可以诠释艺术文本是一个"活的生命体"，它有着无限的生命力，它的意义不仅产生于自身复杂的文本构造，还来自它与社会文化语境、作者、读者不间断的对话之中。

文化符号学视域下的文本分析是开放的、多元的、动态的。文本的功能化和智能化是文化符号学理论关注的核心，这无疑契合了卡尔维诺创作的初衷，为解读他的晶体小说提供了一种全新的视角、理想的途径。

第一，在文本或文化符号圈内部存在着各种异质的子结构，它们不是相互独立的，而是多元共生的关系。"对话"是多元共生的符号圈模式存在的前提条件，一切元素和意义都在对话中生成、变化。作者、文本、读者三者之间彼此对话、互相制约、互相塑造，融合成有机的整体，是符号圈中多元共生的对话机制最重要的表现之一。

第二，艺术文本始终遵循在解构中建构、在建构中解构的动态运行模式。艺术文本具有复杂的层级结构，各种不匀质的子结构并存各个层级之上。文本内部存在着一个复杂的界限网，子结构不断穿越界限、交融，中心与边缘相互转换，使得文本的结构不断被打破，从而促成了意义的不断生成。

第三，如果从时间的维度来考量符号圈的话，它有着复杂的文化记忆机制。不同历史发展阶段的文化符号、文本并存于符号圈中，它们是异质的符号系统，携带着鲜活的文化记忆，并且永远处于动态的联系中。它们与现代元素碰撞、穿越界限、融合，所保存的文化记忆被重新编码，不断产生新的意义。因此，文化记忆机制包含信息的保存和创造功能。

关于作者、文本、读者之间多层次的对话，艾柯通过文本诠释理论，给予了细致全面的论述。在该理论中，他提出了"开放的文本"观，充分肯定了读者的能动作用。然而，他也认为，文本阐释应该在作者、文本、读者之间的互动中进行，并要考虑文本所处的文化语境，这些主体共同构建了文本的完整意义。因此，他倡导对文本适度阐释。为此，他提出了"经验作者—经验读者""模范作者—模范读者"这两组概念，细致地阐释了这些主体围绕"文本意图"的关系。洛特曼与艾柯分别从不同的视角对文本的结构和对话关系进行研究，它们既有各自的独特性，又相互融合、互为补充。

基于洛特曼文化符号学的上述三方面理论要旨，并结合艾柯的文本诠释理论,本书选取了卡尔维诺最具代表性的三部晶体小说——《寒冬夜行人》《看不见的城市》《命运交叉的城堡》,围绕"博弈对话""模式构建""文化记忆"三个关键词,具体阐释三种独特的意义再生机制,从而展现出晶体小说的秩序感、自我编制和绚丽折射。

本书的主要发现有以下三点:

第一,在《寒冬夜行人》这部元小说中,作者不仅遵循元小说的写作原则,从作家创作的视角叙述了创作过程,而且创造性地从读者阐释的视角,艺术地叙述了元小说的阐释原则。作者与读者之间是一种博弈对话关系,而此关系恰恰是一种文本策略,构成了该小说独特的意义再生机制。外层博弈是作者与读者之间不同层次、不同角度的"我—你"博弈,他们彼此塑造,共同推动意义的无限增殖。在博弈的过程中,读者一方面在作者的指引下破解文本迷局,另一方面又积极地参与意义的建构,实现了与作者、文本的有机融合,这也是文本意图的体现。作者的"我—我"博弈处于博弈的内层,它使得文本中各种相反相成的观点交织在一起,这恰恰又是引导读者参与自我博弈的一种策略。因此,作者、文本、读者三位一体,通过不断的互动,促成了文本意义的增殖。

第二,在《看不见的城市》中,独特的文本构造——无限延拓的"多棱金字塔"模式,构成了文本独特的意义再生机制。文本内部多层次的、多角度的对话所构建的55座城市分布在金字塔的各条棱上,而11个城市主题则是金字塔的11个横截面。同时,每座城市似乎都有碎片化的威尼斯的影子,金字塔的顶点便是威尼斯,它一层层地映射于每个横截面的城市主题之上,与每座城市对话、交融。在该模式下,存在着一个复杂的界限网,各子系统的界限穿越、时空转换十分活跃,完成了"边缘"向"中心"汇聚的界限穿越过程。因此,55座城市可以通过元素抽取、转换、重组,不断组合成新的主题、新的城市。这体现在多棱金字塔的无限延拓上:棱数的增多代表城市个数的增加,而棱长的延伸代表城市主题的扩展。因此,该模式始终在建构秩序和打破秩序中保持动态的平衡。从根源上来看,该模式的形成又是受到社会文化深刻影响的,留有历史的烙印和文化的记忆。

第三,在《命运交叉的城堡》中,"回忆构成一张把所有的故事连接起来的大网"[①],纵横交错的塔罗牌方阵中交织着不同层次的文化记忆。一系列的象征

---

① 伊塔洛·卡尔维诺:《美国讲稿》,萧天佑译,南京:译林出版社,2012年,第132页。

意象、处于历史纵深的各种经典文本片段、童话、神话母题都频繁地出现在小说中，与文本融合在一起。同时，由于小说是在现代的文化语境下诞生的，各种象征、经典文本在与现代元素的交流与碰撞之后，产生了一些新的文化意义，变成了最具现实性的文本。后现代、结构主义、后结构主义交融的文化语境和作者的个人经历，也深刻影响了文本的内容和形式。因此，该小说是各种不同的文化记忆共同编码的产物。读者在解码的过程中，也加入了自身的文化记忆，他们通过对文本不同的解读，使文本成为一个富有活力的生命体。

卡尔维诺在《寒冬夜行人》的最后一个内嵌故事中说："世界正在变成碎片，我在这些虚悬着的碎片上奔跑……我现在迫不及待地想倒退回去，让世界上的一切事物重新存在，让它们一个一个地或一起重新恢复，以它们那五彩缤纷的、看得见摸得着的存在来对抗这些人消灭一切的企图。"[1]在现代文明的冲击之下，世界被解构成碎片，一步步走向虚无，化为乌有，而卡尔维诺期待的是重建秩序，不使文学坠入乌托邦的虚无之中。为此，他极尽所能挑战文学极限，试图建构一种抽象的、符合逻辑的秩序。然而，这样的秩序不是完整的、一成不变的，而像万花筒一般，时刻变幻出多样的存在。"晶体小说"就是这种秩序的完美体现，它无所不包，多元的子结构在其中形成微妙的平衡。作者通过晶体小说这一模式，向读者发出迷宫挑战，尽最大可能赋予读者自由解读的空间，读者也从中发现了无限的阅读乐趣，这恰恰就是卡尔维诺经典作品引起热议的原因所在。

洛特曼的文化符号学蕴含着一种多元共生、兼容并蓄的文化精神，与卡尔维诺的思维理念深深契合。文化符号学的研究方法不再是归纳文学作品的主题和艺术形式，赋予文本固定的意义，而是动态地挖掘文本的意义再生机制；符号学的研究目的是让作品意义变得多元，让世界变得多元。因此，本书将卡尔维诺的晶体小说置于洛特曼的文化符号学理论框架下进行分析，以期拓宽文本批评的视野，为解读卡尔维诺的经典文学文本提供方法论意义上的参考。

当然，鉴于文化符号学开放、未完成、动态的研究方法，对卡尔维诺作品的艺术审美一直在发展，各种独特的意义再生机制也永远无法穷尽。对于卡尔维诺，"我们同他无奈的告别转变为对他的一个全新的欢迎仪式"[2]。后期的艺术审

---

[1] 伊塔洛·卡尔维诺：《如果在冬夜，一个旅人》，萧天佑译，南京：译林出版社，2012年，第288-291页。
[2] 安吉拉·M. 让内：《在骄阳和新月之下：伊塔洛·卡尔维诺讲故事》，杨静译，哈尔滨：黑龙江教育出版社，2017年，"前言"第8页。

美必然不同于早期的艺术审美,在时间的长河中,审美活动必然会不断地推陈出新。本书的研究也仅仅是卡尔维诺文本阐释的一个方面,甚至,在此研究中,由于时间有限、水平有限,还有很多有价值的工作没有完成,例如:从整体性着眼,从对话机制、文本符号圈模式建构、文化记忆机制三个层次分别研究这三部小说,把《寒冬夜行人》《命运交叉的城堡》所特有的文本空间构造、《看不见的城市》的文化记忆机制等挖掘出来,从而较全面地展示三部小说独特的审美价值;从历时性角度,纵向挖掘这三部小说之间的关联性;在文化记忆机制方面,阐述三部小说对中国后现代文学创作实践的影响;等等。这些都是今后需要努力的方向。希望本书能起到抛砖引玉的作用,为今后的文学批评提供新的路径,并激发对卡尔维诺文学作品多维度的、深入的思考。

参考文献

一、中文专著

[1] 让内. 在骄阳和新月之下：伊塔洛·卡尔维诺讲故事 [M]. 杨静, 译. 哈尔滨：黑龙江教育出版社, 2017.

[2] 艾柯, 等. 诠释与过度诠释 [M]. 王宇根, 译. 北京：生活·读书·新知三联书店, 1997.

[3] 艾柯. 悠游小说林 [M]. 俞冰夏, 译. 北京：生活·读书·新知三联书店, 2005.

[4] 埃科. 符号学与语言哲学 [M]. 王天清, 译. 天津：百花文艺出版社, 2006.

[5] 艾柯. 一位年轻小说家的自白 [M]. 李灵, 译. 桂林：广西师范大学出版社, 2014.

[6] 艾柯. 开放的作品 [M]. 刘儒庭, 译. 北京：中信出版社, 2015.

[7] 艾柯. 误读 [M]. 吴燕莛, 译. 北京：中信出版社, 2015.

[8] 埃科. 埃科谈文学 [M]. 翁德明, 译. 上海：上海译文出版社, 2016.

[9] 布林克. 小说的语言和叙事：从塞万提斯到卡尔维诺 [M]. 汪洪章, 译. 上海：上海人民出版社, 2010.

[10] 巴赫金. 巴赫金全集 [M]. 钱中文, 晓河, 等译. 石家庄：河北教育出版社, 1998.

[11] 白茜. 文化文本的意义研究：洛特曼语义观剖析 [M]. 北京：中国社会科学出版社, 2007.

[12] 残雪. 辉煌的裂变：卡尔维诺的艺术生存 [M]. 上海：上海文艺出版社, 2009.

[13] 托多罗夫. 象征理论 [M]. 王国卿, 译. 北京: 商务印书馆, 2004.

[14] 陈曲. 为了另一种小说: 卡尔维诺小说理论研究 [M]. 西安: 太白文艺出版社, 2020.

[15] 洛奇. 小说的艺术 [M]. 王峻岩, 等译. 北京: 作家出版社, 1998.

[16] 狄青. 卡尔维诺年代 [M]. 桂林: 广西师范大学出版社, 2020.

[17] 丁尔苏. 符号与意义 [M]. 南京: 南京大学出版社, 2012.

[18] 萨莫瓦约. 法国大学 128 丛书: 互文性研究 [M]. 邵炜, 译. 天津: 天津人民出版社, 2003.

[19] 邓晓芒, 赵林. 西方哲学史 [M]. 北京: 高等教育出版社, 2005.

[20] 卡西尔. 人论 [M]. 甘阳, 译. 上海: 上海译文出版社, 2003.

[21] 纳博科夫. 文学讲稿 [M]. 申慧辉, 等译, 北京: 生活·读书·新知三联书店, 1991.

[22] 纳博科夫. 微暗的火 [M]. 梅绍武, 译. 上海: 上海译文出版社, 2013.

[23] 马丁. 当代叙事学 [M]. 2 版. 伍晓明, 译. 北京: 北京大学出版社, 2005.

[24] 胡经之. 西方文艺理论名著教程 [M]. 2 版. 北京: 北京大学出版社, 2003.

[25] 沃利斯, 博尔顿. 立体派艺术家与超现实主义艺术家 [M]. 王骥, 译. 天津: 天津教育出版社, 2008.

[26] 康澄. 文化及其生存与发展的空间: 洛特曼文化符号学理论研究 [M]. 南京: 河海大学出版社, 2006.

[27] 孔金, 孔金娜. 巴赫金传 [M]. 张杰, 万海松, 译, 上海: 东方出版中心, 2000.

[28] 李幼蒸. 理论符号学导论 [M]. 3 版. 北京: 中国人民大学出版社, 2007.

[29] 李薇. 洛特曼美学思想研究 [M]. 北京: 人民出版社, 2017.

[30] 李静. 符号的世界: 艾柯小说研究 [M]. 成都: 四川大学出版社, 2017.

[31] 李静. 符号学家的文学世界: 艾柯文学研究 [M]. 北京: 人民出版社, 2018.

[32] 刘康. 对话的喧声: 巴赫金的文化转型理论 [M]. 北京: 北京大学出版社, 2011.

［33］司格勒斯. 符号学与文学［M］. 谭大立, 龚见明, 译. 沈阳: 春风文艺出版社, 1988.

［34］巴尔特. 符号学原理［M］. 李幼蒸, 译. 北京: 中国人民大学出版社, 2008.

［35］巴尔特. 写作的零度［M］. 李幼蒸, 译. 北京: 中国人民大学出版社, 2008.

［36］巴尔特. 小说的准备［M］. 李幼蒸, 译. 北京: 中国人民大学出版社, 2008.

［37］巴尔特. 中性［M］. 李幼蒸, 译, 北京: 中国人民大学出版社, 2008.

［38］巴尔特, 著; 马尔丁, 摄影. 埃菲尔铁塔［M］. 李幼蒸, 译. 北京: 中国人民大学出版社, 2008.

［39］洛特曼. 艺术文本的结构［M］. 王坤, 译. 广州: 中山大学出版社, 2003.

［40］吕同六. 地中海的灵魂: 意大利文学透视［M］. 北京: 社会科学文献出版社, 1993.

［41］吕同六. 多元化多声部: 意大利二十世纪文学扫描［M］. 北京: 社会科学文献出版社, 1993.

［42］柯里. 后现代叙事理论［M］. 宁一中, 译. 北京: 北京大学出版社, 2003.

［43］布朗肖. 文学空间［M］. 顾嘉琛, 译. 北京: 商务印书馆, 2003.

［44］沈萼梅, 刘锡荣. 意大利当代文学史［M］. 北京: 外语教学与研究出版社, 1996.

［45］朗格. 艺术问题［M］. 滕守尧, 译. 北京: 中国社会科学出版社, 1983.

［46］朗格. 情感与形式［M］. 刘大基, 等译. 北京: 中国社会科学出版社, 1986.

［47］苏宏斌. 现代小说的伟大传统: 从卡夫卡到卡尔维诺［M］. 杭州: 浙江文艺出版社, 2004.

［48］盛宁. 人文困惑与反思: 西方后现代主义思潮批判［M］. 北京: 生活·读书·新知三联书店, 1997.

［49］申丹, 韩加明, 王丽亚. 英美小说叙事理论研究［M］. 北京: 北京大学出版社, 2005.

[50] 布斯. 小说修辞学 [M]. 华明, 等译. 北京：北京大学出版社, 1987.

[51] 王铭玉. 语言符号学 [M]. 北京：高等教育出版社, 2005.

[52] 汪民安. 身体、空间与后现代性 [M]. 南京：江苏人民出版社, 2015.

[53] 汪民安. 谁是罗兰·巴特 [M]. 南京：江苏人民出版社, 2015.

[54] 王一川. 西方文论史教程 [M]. 北京：北京大学出版社, 2009.

[55] 王军. 意大利文学简史及名著选读 [M]. 北京：外语教学与研究出版社, 2016.

[56] 米勒. 文学死了吗 [M]. 秦立彦, 译. 桂林：广西师范大学出版社, 2007.

[57] 卡尔维诺. 通向蜘蛛巢的小径 [M]. 王焕宝, 王恺冰, 译. 南京：译林出版社, 2006.

[58] 卡尔维诺. 疯狂的奥兰多 [M]. 赵文伟, 译. 南京：译林出版社, 2010.

[59] 卡尔维诺. 分成两半的子爵 [M]. 吴正仪, 译. 南京：译林出版社, 2012.

[60] 卡尔维诺. 不存在的骑士 [M]. 吴正仪, 译. 南京：译林出版社, 2012.

[61] 卡尔维诺. 树上的男爵 [M]. 吴正仪, 译. 南京：译林出版社, 2012.

[62] 卡尔维诺. 宇宙奇趣全集 [M]. 张密, 杜颖, 翟恒, 译. 南京：译林出版社, 2012.

[63] 卡尔维诺. 短篇小说集（上）[M]. 马小漠, 译. 南京：译林出版社, 2012.

[64] 卡尔维诺. 命运交叉的城堡 [M]. 张密, 译. 南京：译林出版社, 2012.

[65] 卡尔维诺. 如果在冬夜, 一个旅人 [M]. 萧天佑, 译. 南京：译林出版社, 2012.

[66] 卡尔维诺. 看不见的城市 [M]. 张密, 译. 南京：译林出版社, 2012.

[67] 卡尔维诺. 帕洛马尔 [M]. 萧天佑, 译. 南京：译林出版社, 2012.

[68] 卡尔维诺. 美国讲稿 [M]. 萧天佑, 译. 南京：译林出版社, 2012.

[69] 卡尔维诺. 巴黎隐士 [M]. 倪安宇, 译. 南京：译林出版社, 2012.

[70] 卡尔维诺. 意大利童话 [M]. 文铮, 等译. 南京：译林出版社, 2012.

[71] 卡尔维诺. 为什么读经典 [M]. 黄灿然, 李桂蜜, 译. 南京：译林出版社, 2012.

[72] 卡尔维诺. 文学机器 [M]. 魏怡, 译. 南京: 译林出版社, 2018.

[73] 卡尔维诺. 文字世界和非文字世界 [M]. 王健全, 译. 南京: 译林出版社, 2018.

[74] 卡尔维诺. 论童话 [M]. 黄丽媛, 译. 南京: 译林出版社, 2018.

[75] 卡尔维诺. 收藏沙子的旅人 [M]. 王健全, 译. 南京: 译林出版社, 2018.

[76] 卡尔维诺. 一个乐观主义者在美国: 1959—1960 [M]. 孙超群, 译. 南京: 译林出版社, 2018.

[77] 卡尔维诺. 马可瓦尔多 [M]. 马小漠, 译. 南京: 译林出版社, 2020.

[78] 张海燕. 文化符号诗学引论: 洛特曼文艺理论研究 [M]. 北京: 人民出版社, 2014.

[79] 张冰. 洛特曼的结构诗学 [M]. 北京: 中国社会科学出版社, 2019.

[80] 张杰, 康澄. 结构文艺符号学 [M]. 北京: 外语教学与研究出版社, 2004.

[81] 张杰. 张杰文学选论 [M]. 上海: 复旦大学出版社, 2007.

[82] 张杰. 走向真理的探索: 白银时代俄罗斯宗教文化批评理论研究 [M]. 北京: 北京大学出版社, 2012.

[83] 张杰. 20世纪俄苏文学批评理论史 [M]. 北京: 北京大学出版社, 2017.

[84] 张杰. 文学符号王国的探索: 方法与批评 [M]. 北京: 北京大学出版社, 2021.

[85] 张世华. 意大利文学史 [M]. 上海: 上海外语教育出版社, 2013.

[86] 赵毅衡. 苦恼的叙述者: 中国小说的叙述形式与中国文化 [M]. 北京: 北京十月文艺出版社, 1994.

[87] 赵毅衡. 符号学原理与推演 [M]. 南京: 南京大学出版社, 2011.

[88] 赵毅衡. 符号学文学论文集 [M]. 天津: 百花文艺出版社, 2004.

[89] 赵渭绒. 西方互文性理论对中国的影响 [M]. 成都: 巴蜀书社, 2012.

[90] 周小莉. 卡尔维诺小说中的空间问题研究 [M]. 北京: 中国社会科学出版社, 2018.

[91] 朱立元. 当代西方文艺理论 [M]. 上海: 华东师范大学出版社, 1997.

[92] 朱光潜. 给青年的十二封信 [M]. 北京: 人民文学出版社, 2018.

[93] 克里斯蒂娃. 主体互文精神分析（克里斯蒂娃复旦大学演讲集）[M]. 北京：生活·读书·新知三联书店，2016.

二、报刊论文

[1] 艾晓明. 叙事的奇观：论卡尔维诺《看不见的城市》[J]. 外国文学研究，1999，21（4）：68-76.

[2] 卜伟才. "世界的地图"与空间晶体：《帕洛马尔》主题和结构透视[J]. 外国文学评论，2003（4）：53-60.

[3] 卜伟才. 卡尔维诺小说的"迷宫叙事"探析[J]. 外国文学评论，2005（3）：74-82.

[4] 曹文轩. 推荐《卡尔维诺文集》[J]. 语文建设，2003（12）：32-33.

[5] 残雪. 垂直的写作与阅读：关于《寒冬夜行人》的感想[J]. 当代作家评论，2005（6）：117-121.

[6] 残雪. 精读卡尔维诺《看不见的城市》上篇[J]. 外国文学，2008（3）：113-124.

[7] 残雪. 精读卡尔维诺《看不见的城市》下篇[J]. 外国文学，2008（4）：116-124.

[8] 陈曲. 卡尔维诺小说的后现代疏离性表征[J]. 江西社会科学，2018，38（10）：145-151.

[9] 陈英. 切萨雷·帕韦塞的"神话空间"[J]. 外国文学，2019（3）：52-60.

[10] 冯季庆. 纸牌方阵与互文叙述：论卡尔维诺的《命运交叉的城堡》[J]. 外国文学，2003（1）：82-88.

[11] 黄灿然. 在兼容中锐化差异[J]. 读书，2009（1）：105-111.

[12] 康澄. 文本：洛特曼文化符号学的核心概念[J]. 当代外国文学，2005，26（4）：41-49.

[13] 康澄. 文化符号学的空间阐释：尤里·洛特曼的符号圈理论研究[J]. 外国文学评论，2006（2）：100-108.

[14] 康澄. 洛特曼语言观的嬗变及其意义[J]. 解放军外国语学院学报，2007，30（3）：18-22.

[15] 康澄. 象征与文化记忆[J]. 外国文学，2008（1）：54-61.

[16] 康澄. 文化符号学中的"象征"[J]. 国外文学, 2018, 38 (1): 1-8.

[17] 康澄. 文化记忆的符号学阐释[J]. 国外文学, 2018, 38 (4): 11-18.

[18] 李薇. 单词意象: 洛特曼符号学要旨[J]. 中国文学研究, 2015 (4): 5-10.

[19] 李静. 试论艾柯小说的百科全书特征[J]. 江西社会科学, 2010, 30 (7): 129-132.

[20] 雷武锋. "轻": 卡尔维诺小说美学中的诗性智慧[J]. 西北大学学报 (哲学社会科学版), 2009, 39 (5): 88-91.

[21] 吕同六. 向"迷宫"挑战的作家: 卡尔维诺访谈[J]. 外国文学季刊, 1982 (4).

[22] 吕同六. 卡尔维诺独特的小说世界 (专家荐书) [N]. 人民日报, 2002-02-26 (11).

[23] 潘书文. 《看不见的城市》的"多棱金字塔"模式解析: 对话、模式、记忆 [J]. 当代外国文学, 2018, 39 (1): 88-95.

[24] 潘书文. 《寒冬夜行人》: 元小说文本阐释的博弈策略[J]. 当代外国文学, 2020, 41 (1): 42-49.

[25] 申洁玲. 低语境交流: 文学叙事交流新论[J]. 外国文学研究, 2018, 40 (1): 78-87.

[26] 尚景建. "神圣的欺骗": 论克尔凯郭尔的作者伦理学[J]. 外国文学研究, 2018, 40 (2): 159-168.

[27] 宋德发, 袁娜. 国际象棋与纳博科夫的小说叙事[J]. 英语研究, 2018 (1): 18-28.

[28] 苏宏斌. 《看不见的城市》与卡尔维诺的叙事艺术[J]. 外国文学研究, 2005, 27 (4): 64-69.

[29] 谭梦聪. 意大利文化变迁中的现代性问题探究: 从《罗兰之歌》到《疯狂的奥兰多》[J]. 兰州大学学报 (社会科学版), 2016, 44 (6): 164-171.

[30] 唐希. 后现代叙事的"无穷后退"现象研究: 以卡尔维诺《寒冬夜行人》为例[J]. 当代文坛, 2014 (5): 94-98.

[31] 王小波. 我的师承[J]. 基础教育, 2007 (12): 57-58.

[32] 王宁. 艾科的写作与批评的阐释[J]. 南方文坛, 2007 (6): 49-51.

[33] 王铭玉. 符号的互文性与解析符号学: 克里斯蒂娃符号学研究[J]. 求是学刊, 2011, 38 (3): 17-26.

[34] 王杰泓. 《我们的祖先》: 童话传统的"视象化"与伦理补位[J]. 外国文学研究, 2017, 39 (3): 84-91.

[35] 王芳实. "晶体模式": 时间与空间: 卡尔维诺小说创作理论及其创作实践[J]. 贵州社会科学, 2017 (2): 59-63.

[36] 王铭玉. 语言文化研究的符号学观照[J]. 中国社会科学, 2011 (3): 157-169.

[37] 魏怡. 挑战卡尔维诺式的迷宫[N]. 文艺报, 2018-08-08 (5).

[38] 严兆军. 文字的魅力 语言的狂欢: 评介《卡尔维诺文集》[J]. 中国图书评论, 2002 (9): 30-32.

[39] 杨黎红. 论卡尔维诺小说的"晶体模式"[J]. 外国文学研究, 2007, 29 (1): 118-124.

[40] 杨晓莲. 轻逸之美 沉重之思: 《看不见的城市》与卡尔维诺的"轻逸"美学[J]. 重庆师范大学学报 (哲学社会科学版), 2012 (2): 111-116.

[41] 杨丽娟. 卡尔维诺作品的"元小说"特征分析[J]. 东北师大学报 (哲社版), 2008, 233 (3): 125-130.

[42] 袁佳玲, 曾建湘. 《如果在冬夜, 一个旅人》简论[J]. 当代外国文学, 2009, 30 (3): 174-176.

[43] 于晓峰. 埃科诠释理论视域中的标准作者和标准读者[J]. 深圳大学学报 (人文社会科学版), 2010, 27 (2): 101-106.

[44] 张杰. 符号学王国的构建: 语言的超越与超越的语言: 巴赫金与洛特曼的符号学理论研究[J]. 南京师大学报 (社会科学版), 2002 (4): 133-139.

[45] 张杰. 19世纪俄罗斯小说创作中的主体性问题[J]. 外国文学研究, 2013, 35 (6): 80-86.

[46] 张杰. 《当代英雄》文本意义再生机制解析[J]. 俄罗斯文艺, 2014 (3): 125-129.

[47] 张杰. 文本的智能机制: 界限、对话、时空: 对19世纪俄罗斯文学史研究

的反思 [J]. 外国文学研究, 2014, 36 (5): 131-137.

[48] 张海燕. 文化诗学的对话: 洛特曼与巴赫金的文化理论之比较 [J]. 文艺理论研究, 2009, 29 (1): 104-110.

[49] 张海燕, 秦启文. 文化动力的生产机制: 洛特曼文化符号学理论研究 [J]. 西南大学学报 (社会科学版), 2010, 36 (1): 107-111.

[50] 张江, 伊拉莎白·梅内迪, 马丽娜·伯恩蒂, 等. 文本的角色: 关于强制阐释的对话 [J]. 文艺研究, 2017 (6): 75-81.

[51] 张俊萍. 一部关于叙事文学的"寓言"小说: 评卡尔维诺小说《命运交叉的城堡》[J]. 江南大学学报 (人文社会科学版), 2005, 4 (6): 76-79.

[52] 张艳蕊, 王莉. 由阅读行为建构的小说: 《寒冬夜行人》的叙述及意义 [J]. 解放军外国语学院学报, 2009, 32 (5): 108-112.

[53] 周小莉. 卡尔维诺小说的空间实验及其空间观 [J]. 国外文学, 2011, 31 (1): 60-67.

[54] 周小莉. 卡尔维诺对空间知识型态的反思: 解读《看不见的城市》中两种城市观 [J]. 兰州大学学报 (社会科学版), 2011, 39 (3): 86-90.

[55] 周小莉. 卡尔维诺的政治认同与前后期创作转型 [J]. 外国文学, 2014 (1): 81-87.

[56] 周大新. 卡尔维诺的启示 [J]. 国外文学, 2001, 83 (3): 18-20.

[57] 朱桃香. 翁伯托·艾柯读者理论的符号学解读 [J]. 湘潭大学学报 (哲学社会科学版), 2016, 40 (3): 111-115.

[58] 朱桃香. 试论翁伯托·艾柯的"百科全书迷宫"叙事观的演绎 [J]. 当代外国文学, 2017, 38 (1): 108-115.

三、学位论文

[1] 车乃韩. 宇宙·自我·文本: 解读卡尔维诺的《命运交叉的城堡》[D]. 南京: 南京大学, 2015.

[2] 方宝琼. "零时间"与空间化: 卡尔维诺中后期作品的空间叙事研究 [D]. 昆明: 云南大学, 2015.

[3] 郭嘉雯. 卡尔维诺小说的童话源流与特征 [D]. 北京: 北京外国语大学, 2019.

[4] 李娟. 叙事的游戏: 艾柯与后现代语境中的小说美学 [D]. 杭州: 浙江大

学，2009.

[5] 刘小波. 卡尔维诺后现代小说的意义［D］. 苏州：苏州大学，2009.

[6] 罗锡英. 诗与思：卡尔维诺的小说艺术［D］. 广州：暨南大学，2006.

[7] 牧园青. 论卡尔维诺的叙事速度［D］. 上海：复旦大学，2014.

[8] 彭薇. 寻找迷宫的出口：《寒冬夜行人》与卡尔维诺的小说观［D］. 上海：复旦大学，2009.

[9] 孙慧. 艾柯文艺思想研究［D］. 济南：山东师范大学，2009.

[10] 唐亚. 卡尔维诺隐喻的诗学研究：以《命运交叉的城堡》为例［D］. 漳州：闽南师范大学，2016.

[11] 王芳实. 卡尔维诺文艺思想研究［D］. 武汉：华中师范大学，2016.

[12] 王宪花. 卡尔维诺的小说艺术及其对中国的影响［D］. 济南：山东大学，2006.

[13] 谢明琪. 对话与狂欢：巴赫金文化符号学视域下的纳博科夫创作研究［D］. 南京：南京师范大学，2018.

[14] 许黎. 卡尔维诺中后期小说兼容空间研究［D］. 青岛：青岛大学，2018.

[15] 杨黎红. 论卡尔维诺小说诗学［D］. 济南：山东师范大学，2008.

[16] 余宏. 论"过度诠释"［D］. 扬州：扬州大学，2012.

[17] 张祎. 洛特曼诗歌文本分析的符号学研究［D］. 南京：南京师范大学，2015.

[18] 张童童. 卡尔维诺小说的叙事学阐释［D］. 长春：东北师范大学，2006.

[19] 朱桃香. 叙事理论视野中的迷宫文本研究：以乔治·艾略特与翁伯托·艾柯为例［D］. 广州：暨南大学，2009.

四、意大利文文献

[1] Afribo A. Modernità italiana［M］. Roma：Carocci，2011.

[2] Aragona R. Italo Calvino：Percorsi potenziali［M］. Lecce：Manni，2008.

[3] Baroni G. Italo Calvino：Introduzione e guida allo studio dell'opera Calviniana［M］. Firenze：Le Monnier，1988.

[4] Barenghi M, Falcetto B. Romanzi e racconti di Italo Calvino［M］. Milano：Mondadori，1991.

[5] Barenghi M. Italo Calvino, le linee e i margini［M］. Bologna：Il Mulino saggi，2007.

[6] Bonura G. Invito alla Lettura di Italo Calvino［M］. Milano：Ugo Mursia，1990.

[7] Bertone G. Italo Calvino：La letteratura, la scienza, la città. Atti del

Convegno nazionale di studi di Sanremo [M]. Genova: Marietti, 1988.

[8] Bonsaver G. Il mondo scritto. Forme e ideologia nella narrativa di Italo Calvino [M]. Torino: Tirrenia Stampatori, 1995.

[9] Baldi E. Italo Calvino, l'occhio che scrive. La dinamica dell'immagine autoriale di Calvino nella critica italiana [J]. Incontri Rivista Europea Di Studi Italiani, 2015, 30 (1): 23.

[10] Capozzi R. Tra Eco e Calvino: relazioni rizomatiche [M]. Milano: EM Publishers, 2013.

[11] Calvino I. Quel giorno i carri uccisero le nostre speranze [N]. La Repubblica, 1980 - 11 - 13 (1 - 2).

[12] Calvino I. I libri degli altri. Lettere 1947 - 1981 [M]. Torino: Einaudi, 1991.

[13] Calvino I. Mondo scritto e mondo non scritto [M]. Milano: Oscar Mondadori, 2011.

[14] Calvino I. Marcovaldo [M]. Milano: Mondadori, 2011.

[15] Calvino I. Eremita a Parigi [M]. Milano: Oscar Mondadori, 2011.

[16] Calvino I. I Racconti [M]. Milano: Oscar Mondadori, 2012.

[17] Calvino I. Il Castello dei destini incrociati [M]. Milano: Oscar Mondadori, 2013.

[18] Calvino I. Lezioni Americane [M]. Milano: Oscar Mondadori, 2014.

[19] Calvino I. Collezione di sabbia [M]. Milano: Oscar Mondadori, 2015.

[20] Calvino I. Palomar [M]. Milano: Oscar Mondadori, 2016.

[21] Calvino I. Le cosmicomiche [M]. Milano: Mondadori, 2016.

[22] Calvino I. Le città invisibili [M]. Milano: Mondadori, 2016.

[23] Calvino I. Gli amori difficili [M]. Milano: Mondadori, 2016.

[24] Calvino I. Il sentiero dei nidi di ragno [M]. Milano: Mondadori, 2016.

[25] Calvino I. Se una notte d'inverno un viaggiatore [M]. Milano: Mondadori, 2016.

[26] Calvino I. Perché leggere i classici [M]. Milano: Oscar Mondadori, 2017.

[27] Calvino I. Una pietra sopra [M]. Milano: Oscar Mondadori, 2017.

[28] Calvino I. Fiabe Italiane [M]. Milano: Mondadori, 2017.

[29] Calvino I. Ti con zero [M]. Milano: Mondadori, 2019.

[30] Calvino I. Un ottimista in America (1959-1960) [M]. Milano: Mondadori, 2019.

[31] Calvino I. I nostri antenati [M]. Milano: Mondadori, 2020.

[32] Ceserani R. Raccontare il postmoderno [M]. Torino: Bollati Boringhieri, 1997.

[33] Wright S C. La poetica neobarocca in Calvino [M]. Ravenna: Longo Editore, 1998.

[33] Francese J, Wright S C. La poetica neobarocca in Calvino [J]. Italica, 1999, 76 (3): 429.

[34] Cimador G. Calvino e la riscrittura dei generi [D]. Trieste: Trieste Università, 2008.

[35] Eco U. Interpretazione e sovrainterpretazione [M]. Milano: Bompiani, 2002.

[36] Eco U. Kant e l'ornitorinco [M]. Milano: Tascabili Bompiani, 2008.

[37] Eco U. La struttura assente [M]. Milano: Tascabili Bompiani, 2008.

[38] Eco U. Sulla letteratura [M]. Milano: Tascabili Bompiani, 2008.

[39] Eco U. Trattato di semiotica generale [M]. Milano: Studi Bompiani, 2008.

[40] Eco U. Opera aperta [M]. Milano: Tascabili Bompiani, 2009.

[41] Eco U. Lector in fabula [M]. Milano: Tascabili Bompiani, 2010.

[42] Eco U. Sei passeggiate nei boschi narrativi [M]. Milano: Tascabili Bompiani, 2011.

[43] Eco U. Baudolino [M]. Milano: Bompiani, 2011.

[44] Eco U. Semiotica e filosofia del linguaggio [M]. Torino: Biblioteca Einaudi, 2012.

[45] Eco U. Numero zero (Narratori Italiani) [M]. Milano: Bompiani, 2015.

[46] Zinato E. Conoscere i romanzi di Calvino [M]. Milano: Rusconi, 1997.

[47] Ferroni G. Storia e testi della letteratura Italiana (Ricostruzione e sviluppo nel dopoguerra 1945-1968) [D]. Milano: Mondadori Università, 2005.

[48] Ferroni G. Dopo la fine, una letteratura possibile [M]. Roma: Donzelli Editore, 2010.

[49] Iovino S. Storie dell'altro mondo. Calvino post-umano [J]. MLN, 2014, 129 (1): 118-138.

[50] Lavagetto M. Dovuto a Calvino [M]. Torino: Bollati Boringhieri, 2001.

[51] Ludovico R. Le città invisibili di Italo Calvino: Le ragioni dello scrittore [D]. Montreal: McGill Università, 1997.

[52] Mario A. Italo Calvino [M]. Florence: Firenze Università Press, 2015.

[53] Milanini C. L'utopia discontinua. Saggio su Italo Calvino [M]. Milano: Garzanti, 1995.

[54] Modena L. Italo Calvino e la saggistica del magma: Verso un'altra genealogia della leggerezza [J]. MLN, 2008, 123 (1): 40-55.

[55] Palumbo R. Narrazioni spurie: Letteratura della realtà nell'Italia contemporanea [J]. MLN, 2011, 126 (1): 200-223.

[56] Perrella S. Calvino [M]. Roma: Laterza, 2010.

[57] Piacentini A. Tra il cristallo e la fiamma: Le lezioni americane di Italo Calvino [M]. Firenze: Firenze Atheneum, 2016.

[58] Piecentini A. L'inesplorata sesta lezione di Calvino [M]. Firenze: Firenze Atheneum, 2016.

[59] Pistelli M. La giovane narrativa italiana [M]. Roma: Donzelli, 2013.

[60] Piacentini A. Tra il cristallo e la fiamma: Le lezioni Americane di Italo Calvino [M]. Firenze: Firenze Atheneum, 2016.

[61] Pierangeli F. La metamorfosi e l'idea del nulla [M]. Catanzaro: Rubbettino, 1997.

[62] Polacco M. L'intertestualità [M]. Bari: Laterza, 1998.

[63] Serra F. Calvino [M]. Roma: Salerno Editrice, 2006.

[64] Tamburri A J. Una semiotica della ri-lettura. Guido Gozzano, Aldo Palazzeschi, Italo Calvino [M]. Milano: Cesati, 2003.

[65] Terrin L. Quando il classico incontra il moderno: la pratica della riscrittura. Iliade, Orlando furioso, Promessi sposi-Baricco, Calvino, Eco [D]. Padova: Padova Università, 2016.

[66] Volli U. Manuale di Semiotica [M]. Roma: Laterza, 2003.

[67] Vezzani M G. La vocazione combinatoria di Italo Calvino: Gli amori difficili [M]. Germania: Edizioni accademiche italiane, 2014.

五、英文文献

[1] Bloom H. Italo Calvino [M]. New York: Chelsea House Pub, 2002.

[2] Bolongaro E. Italo Calvino and the compass of literature [M]. Toronto: Toronto University Press, 2003.

[3] Brera M. At the court of Kublai Kan: Storytelling as semiotic art in Le città invisibili by Italo Calvino [J]. Symposium, 2011, 65 (4): 271-289.

[4] Briziarelli S. What's in a name A Seventeenth-Century Book, Detective fiction, and Calvino's Se una notte d'inverno un viaggiatore [J]. Romance Quarterly, 2009, 57 (1): 77-91.

[5] Calvino I. If on a winter's night a traveler [M]. Trans. William Weaver Toronto. New York: Harcourt Brace Jovanovich, 1981.

[6] Calvino I. The uses of literature [M]. Trans. Patrick Creagh. New York: Harcourt Brace Jovanovich, 1986.

[7] Calvino I. Six memos for the next millennium [M]. Cambridge: Harvard University Press, 1988.

[8] Calvino I. Letters, 1941-1985 [M]. Trans. Martin Mclaughlin. Princeton: Princeton University Press, 2013.

[9] Capozzi R. Italo Calvino and the compass of literature (review) [J]. University of Toronto Quarterly, 2004, 74 (1): 581-583.

[10] Chiesa L. Space as storyteller: Spatial jumps in architecture, critical theory, and literature [M]. Evanston: Northwestern University Press, 2016.

[11] Doob P R, Cipolla G. Labyrinth: Studies on an archetype [J]. Italica, 1990, 67 (2): 229.

[12] Constance M. Italo Calvino: A journey toward postmodernism [M]. Florida: Florida University Press, 1999.

[13] Curtis J. Italo Calvino and values of world literature [J]. The Global Studies Journal, 2013, 5 (4): 77-84.

[14] Dani C. The mind of Italo Calvino a Critical Exploration of His Thought and Writings [M]. London: McFarland and Company, Inc, Publishers, 2010.

[15] Domini J. Chessboard and cornucopia: Forty years of invisible cities [J]. Ploughshares, 2014, 40 (1): 193-204.

[16] Fleischman S. Tense and narrativity: From medieval performance to modern fiction [M]. Austin: University of Texas Press, 1990.

[16] Fleischman S. Tense and narrativity [M]. Austin: University of Texas Press, 1990.

[17] Foucault M. Language, counter-memory, practice [M]. Ithaca: Cornell University Press, 1977.

[18] Francese J. The refashioning of Calvino's public self-image in the 1950s and early 1960s [J]. The Italianist, 2007, 27 (1): 125-150.

[19] Ricci F, Hume K. Calvino's fictions: Cogito and cosmos [J]. Italica, 1994, 71 (1): 134.

[20] Ragusa O, Cannon J. Italo Calvino: Writer and critic [J]. World Literature Today, 1983, 57 (1): 87.

[21] Laas O. Dialogue in Peirce, Lotman, and Bakhtin: A comparative study [J]. Sign Systems Studies, 2016, 44 (4): 469-493.

[22] Jeannet A M. Under the radiant sun and the crescent moon [M]. Toronto: Toronto University Press, 2000.

[23] Mclaughlin M. Italo Calvino, writers of Italy [M]. Edinburgh: Edinburgh University Press, 1998.

[24] Mclaughlin M. Image, eye and art in Calvino: Writing visibility [M]. Oxford: Legenda, 2007.

[25] Calvino I, McLaughlin M. Finding one's way as a writer: A sequence of letters [J]. New England Review, 2013, 34 (1): 44-59.

[26] Miele G. Transformations and mutations: The Birth of Italo Calvino's varianti [J]. Italica, 2017 (94).

[27] Modena L, Gastaldi S. Italo Calvino's architecture of lightness: The utopian imagination in an age of urban crisis [J]. Quaderni d's Italianistica, 2015, 35 (1): 171-173.

[28] Nöth W. Yuri Lotman on metaphors and culture as self-referential semiospheres [J]. Semiotica, 2006 (161): 249-263.

[29] Panigrahi S. Cities as strata in Italo Calvino's invisible cities [J]. The Explicator, 2014, 72 (1): 23-27.

[30] Panigrahi S. Postmodern temporality in Italo Calvino's Invisible cities [J]. Italica, 2017, 94 (1): 82-100.

[31] Pilz K. Reconceptualising thought and space: Labyrinths and cities in Calvino's fictions [J]. Italica, 2003, 80 (2): 229-242.

[32] Pilz K. Mapping complexity: Literature and science in the works of Italo Calvino [M]. Leicester, RU: Troubador, 2005.

[33] Pedriali F. Under the rule of the great khan: On Marco Polo, Italo Calvino and the description of the world [J]. MLN, 2005, 120 (1): 161-172.

[34] Rainey L. Italo Calvino: The last modernist [J]. Modernism, 2013, 20 (3): 577-584.

[35] Re L. Calvino and the age of neorealism: Fables of estrangement [M]. Stanford: Stanford University Press, 1990.

[36] Ragusa O, Re L. Calvino and the age of neorealism: Fables of estrangement [J]. World Literature Today, 1992, 66 (1): 114.

[37] Re L. Pasolini vs. Calvino, one more time: The debate on the role of intellectuals and postmodernism in Italy today [J]. MLN, 2014, 129 (1): 99-117.

[38] Ricci F. Calvino revisited [M]. Ottawa: Dovehouse Editions Inc, 1989.

[39] Kibler L, Ricci F. Difficult games: A reading of "I racconti" by Italo Calvino [J]. Italica, 1992, 69 (4): 548.

[40] Ricci F. Reviews [J]. Italica, 1999, 76 (3): 428-429.

[41] Ricci F. Painting with words, writing with pictures [M]. Toronto: Toronto University Press, 2001.

[42] Ryan P. Politics, discourse, empire: Framed knowledge in Italo Calvino's Invisible cities [J]. Interdisciplinary Literary Studies, 2016, 18 (2): 222.

[43] Sorapure M. Being in the midst: Italo Calvino's If on a winter's night a traveler [J]. MFS Modern Fiction Studies, 1985, 31 (4): 702-710.

[44] Spackman B. Calvino's non-knowledge [J]. Romance Studies, 2008, 26 (1): 7-19.

[45] Subramanian J. The Collapse of spatial and temporal barriers in Italo Calvino's invisible cities [J]. Ijellh, 2019, 7 (1): 595-602.

[46] Tal-Socher M. Calvino's "crisis of reason" revisited [J]. Configurations, 2015, 23 (3): 331-353.

[47] Thibault M. Lotman and play: For a theory of playfulness based on semiotics of culture [J]. Sign Systems Studies, 2016, 44 (3): 295-325.

[48] Wallace M. Recent theories of Narrative [M]. Beijing: Peking University Press, 2006.

[49] Jeannet A M, Weiss B. Understanding Italo Calvino [J]. Italica, 1995, 72 (2): 236.

[50] Wolfe C. What is posthumanism [M]. Minneapolis: Minnesota University Press, 2010.

六、网络资源

[1] 陈英. 意大利当代文学地图：北方的故事 [Z]. (2020-01-16) [2020-06-25]. 三联中读 App.

[2] 秦传安. 伊塔洛·卡尔维诺访谈录 [EB/OL]. (2019-06-14) [2021-07-27]. http://www.360doc.com/content/19/0614/14/53322749_842411686.shtml.

[3] 文铮. 卡尔维诺：世界上最好的寓言作家之一 [Z]. (2016-01-12) [2019-07-20]. 三联中读 App.

[4] 吴潜诚. 在波赫士之东、纳博柯夫之西：介绍卡尔维诺的生平和作品 [EB/OL]. (2007-09-10) [2019-06-08]. http://www.ruanyifeng.com/calvino/2007/10/between_borges_and_nabokov.html.

[5] 约翰·巴思. "平行性!"：卡尔维诺与博尔赫斯 [EB/OL]. (2007-02-20) [2019-03-12]. http://www.ruanyifeng.com/calvino/2007/10/the_parallels.html.

[6] Scorrano L. Italo Calvino, an author as a reader [EB/OL]. (2017-07-17) [2019-06-08]. http://www.iuncturae.eu/2017/07/17/italo-calvino-un-autore-in-veste-di-lettore.

[7] Nöth W. The topography of Yuri Lotman's semiosphere [EB/OL]. (2014-04-14) [2019-06-07]. http://ics.sagepub.com/content/early/2014/04/14.

后记

本书是教育部人文社会科学研究青年基金项目"文化符号学视域下的意大利作家卡尔维诺晶体小说研究"（项目编号：19YJC752022）的最终成果，也是在博士论文基础上修改并进一步完善而成的。

伊塔洛·卡尔维诺是意大利当代著名的作家、文艺理论家，也是20世纪世界最具影响力的作家之一。他是一位百科全书式的作家，思想深邃，作品融合了科学思辨性和艺术审美性，而中后期的晶体小说更是他创作生涯巅峰的代表作。

从开始研究卡尔维诺至今，经历了一段漫长的时光。这期间各种曲折、心力交瘁，是一种真正的身体、心灵上的历练。很多时候有一种孤独的感觉，外面的世界渐渐隐去，只剩下我和卡尔维诺、和书上的文字在对话，可是总也领会不出他在说什么，分外焦急。然而，转换视角，邂逅卡尔维诺，并有幸去研究他，也是人生中的一种美好。初次相识，是高中时期无意中在书店买到的一本《寒冬夜行人》，当时只是被书的名字所吸引，回家读了一小段，便不再读下去，因为它对于高中生的我来说，实在有些晦涩难懂。大学时代，又读了很多他的作品——《看不见的城市》《树上的男爵》《马可瓦尔多》等等，完全被他轻盈纯净的文字、充满童话色彩的内容、深邃的思想所折服，没想到，世界上还有这么一位睿智的、可爱的作家。于是，我决定去研究他，研究过程自然也是痛并快乐着。

感谢我的导师张杰教授，正是他的鞭策和鼓励给了我信心和勇气，才有了这次与大师眼中的大师接触的心灵之旅。张杰教授是我攻读硕士、博士阶段的导师，更是我学术历程的引路人。他就像灯塔一样，引领我开始了文艺美学探索之路。

他睿智、眼界开阔、学识渊博、治学严谨、思路敏捷，给了我很大的启示。他总是积极支持学生谈论自己的想法，从多角度思考问题，鼓励我们带着批判的精神进行学术创新，并给予我们高屋建瓴的指导。在我学习的每一阶段，张老师都悉心指导，答疑解惑。尤其在博士论文撰写过程中更是深得老师教诲，从最初的论文选题、确定论文结构、完成初稿,再到论文反复的修改,每一步都凝聚了张老师的心血。每每得到老师细致的指导,总不禁百感交集,心存愧疚,感叹于老师对学术精益求精的态度,更坚定了我做好论文的决心。张老师教导我们符号学本身就是认知世界的一种独特方法,我们要努力通过符号学感知世界的"多元化",万物统一、多元共生,这是对我学术和人生道路的重要启示。此次张老师又在百忙之中为本书撰写序言,寄予了对我学术钻研的鼓励与治学期望。所有这些,一句"感激""感谢"难以传达,唯有潜心钻研,力图有所成就来回报老师的厚望。

感谢我漫漫求学路上的各位老师,他们是康澄教授、姚君伟教授、王晓英教授、王军教授、曹金刚教授、文铮教授、魏怡教授、李婧敬教授等。他们让我学习了众多的符号学理论、文学理论和一些方法论,带领我进入了意大利语的美丽世界,受益匪浅。

感谢刘成富教授、宋学智教授、王永祥教授、管海莹教授、许诗焱教授,他们以其渊博的学识、严谨的治学态度和前瞻性的眼光,对我的论文修改提出了一系列宝贵的建议。

感谢南京师范大学外国语学院,给我提供科研和学习的平台,她是孕育我思想成长、启迪我学术探寻的精神家园。

感谢我的同事们、朋友们,他们对我学习和生活上的关怀无微不至,并给我的论文写作提供了大量的支持和帮助,这些感动永远珍藏在心里。

最后,还要感谢我的家人,在我身心俱疲的时候,支持着我、陪伴着我。他们放弃了很多休闲的时间,在生活上一直做我坚强的后盾。感谢我的女儿申亦睿,她就像卡尔维诺的文本一样,澄净、透明、快乐,时时闪耀着璀璨的光芒。每当我面对写作之"重"时,是她,用她独有的方式,把我从疲倦的深渊拉出,带我进入纯真、温暖、美好的"轻"的世界。她是拯救我心灵的天使。

本书还有诸多缺憾与不足之处,恳请各位专家学者和读者提出宝贵的批评意见。

潘书文
2021 年 8 月 15 日于南师大随园

附录 1

卡尔维诺主要作品
意大利文—英文—中文名录[①]

一、小说

1947 年

意文版　*Il sentiero dei nidi di ragno*（Torino：Einaudi）

英文版　*The Path to the Nest of Spiders*（trans. Archibald Colquhoun. Boston：Beacon，1957）&（trans. William Weaver. New York：Ecco Press，1976；这一版加上了卡尔维诺于1964年写的前言）

中译名　《通向蜘蛛巢的小径》（王焕宝、王恺冰译，南京：译林出版社，2006年版）

1949 年

意文版　*Ultimo viene il corvo*（Torino：Einaudi）

英文版　*The Crow Comes Last*（in Adam, One Afternoon, and Other Stories. trans. Archibald Colquhoun and Peggy Wright. London：Collins，1957）

[①] 本部分是以卡尔维诺研究的权威专家贝诺·韦斯（Beno Weiss）的导读性专著《理解伊塔洛·卡尔维诺》（*Understanding Italo Calvino*，1993）的附录为基础，结合维基百科以及"卡尔维诺中文站"等新的材料，进行整理和编辑。此附录从小说、理论著作、散文、随笔等多方面对卡尔维诺的作品进行分类，旨在较为全面地展现卡尔维诺作品的全貌。由于收集资料客观条件所限，未能收录卡尔维诺全部著作，存在诸多遗憾，有待进一步补充完善。附录中所列的出版年份为意大利版著作的出版时间。尚无英译本的著作，资料提供英文书名的，给出英文书名，未提供英文书名的，则英文书名空缺；尚无中译本的著作，其中文书名是笔者按其意大利语书名翻译而来，存在纰漏欠缺之处，恳请大方之家指正。

中译名　《最后飞来的是乌鸦》

1952 年

意文版　*Il visconte dimezzato*（Torino：Einaudi）

英文版　*The Nonexistent Knight and the Cloven Viscount*（trans. Archibald Colquhoun. New York：Random House，1962）

中译名　《分成两半的子爵》（吴正仪译，南京：译林出版社，2012 年版）

1954 年

意文版　*L'entrata in guerra*（Torino：Einaudi）

英文版　*Entrance into War*

中译名　《进入战争》

1957 年

意文版　*Il barone rampante*（Torino：Einaudi）

英文版　*The Baron in the Trees*（trans. Archibald Colquhoun. New York：Random House，1959）

中译名　《树上的男爵》（吴正仪译，南京：译林出版社，2012 年版）

意文版　*La speculazione edilizia*（首次出版于 Botteghe Oscure 20，1957；后来收录进 I *Racconti*，Torino：Einaudi）

英文版　"A Plunge into Real Estate," in *Difficult Loves*（trans. D. S. Carne Ross，Toronto：Lester and Orpen Dennys，1984）

中译名　《房产投机》

1958 年

意文版　*I racconti*（Torino：Einaudi）

英文版　*The Stories*（其中的很多短篇小说出现在以下英文版本中：*Adam, One Afternoon, and Other Stories*；*The Watcher and Other Stories*；*Difficult Loves*）

中译名　《短篇小说集（上、下）》（马小漠译，南京：译林出版社，2012 年版）

1957—1958 年

意文版　*I giovani del Po*，in *Officina*，gennaio 1957—aprile 1958

中译名　《波河的青年》(1957年1月—1958年4月发表在《工坊》杂志)

1959年

意文版　*Il cavaliere inesistente*（Torino：Einaudi）

英文版　*The Nonexistent Knight and the Cloven Viscount*（trans. Archibald Colquhoun. New York：Random House，1962）

中译名　《不存在的骑士》(吴正仪译，南京：译林出版社，2012年版)

1960年

意文版　*I nostri antenati*（由 *Il visconte dimezzato*，*Il barone rampante*，*Il cavaliere inesistente* 三部小说组成，并加了卡尔维诺写的前言。Torino：Einaudi）

英文版　*Our Ancestors*（trans, by Archibald Colquhoun, with an introduction by the author. London：Minerva，1992）

中译名　《我们的祖先》三部曲

1963年

意文版　*Marcovaldo, ovvero le stagioni in città*（Torino：Einaudi）

英文版　*Marcovaldo or the Seasons in the City*（trans. William Weaver. New York：Harcourt Brace，1983）

中译名　《马可瓦尔多》(马小漠译，南京：译林出版社，2020年版)

意文版　*La giornata d'uno scrutatore*（Torino：Einaudi）

英文版　*The Watcher and Other Stories*（trans. William Weaver. New York：Harcourt Brace，1971）

中译名　《观察者》

1965年

意文版　*La nuvola di smog e la formica argentina*（Torino：Einaudi）

英文版　"Smog" and "The Argentine Ant" in *The Watcher and Other Stories*（trans. William Weaver. New York：Harcourt Brace，1975）

中译名　《烟云·阿根廷蚂蚁》(萧天佑、袁华清译，南京：译林出版社，2019年版)

意文版　*Le cosmicomiche*（Torino：Einaudi，1965）& *Cosmicomiche vecch-*

ie e nuove（Milano：Garzanti，1984）& *Tutte le cosmicomiche*（Milano：Mondadori，1997）

英文版　*Cosmicomics*（trans. William Weaver. New York：Harcourt Brace，1968）& *Cosmicomics*（trans. William Weaver. London：Picador，1993）& *The Complete Cosmicomics*（trans. Martin McLaughlin, Tim Parks, William Weaver. London：Penguin Books，2009）

中译名　《宇宙奇趣全集》（张密等译，南京：译林出版社，2012 年版）

1967 年

意文版　*Ti con zero*（Torino：Einaudi）

英文版　*T Zero*（trans. William Weaver. New York：Harcourt Brace，1969），另一版本为 *Time and the Hunter*（trans. William Weaver. London：Picador，1993）

中译名　《时间零》

1968 年

意文版　*La memoria del mondo e altre storie cosmicomiche*（Milano：Club degli Editori）

英文版　*The Memory of the World and More Cosmicomic Stories*

中译名　《世界的记忆和宇宙中的其他故事》

1969 年

意文版　*Il castello dei destini incrociati* in "*Tarocchi*：*Il mazzo visconteo di Bergamo e di New York*"（Parma：Franco Maria Ricci Editore，1969）；随后，合集 *Il castello dei destini incrocaiti* 出版（Torino：Einaudi，1973）

英文版　*The Castle of Crossed Destinies*（trans. William Weaver. New York：Harcourt Brace，1979）

中译名　《命运交叉的城堡》（张密译，南京：译林出版社，2012 年版）

1970 年

意文版　*Gli amori difficili*（Torino：Einaudi）

英文版　部分短篇小说收录进 "Stories of Love and Loneliness," in *Difficult Loves*（trans. William Weaver, Archibald Colquhoun, and Peggy Wright. New York：Harcourt Brace，1984）

中译名　《困难的爱》（马小漠译，南京：译林出版社，2018年版）

意文版　*Orlando furioso di Ludovico Ariosto raccontato da Italo Caivino, con una scelta del poema*（Torino：Einaudi）

英文版　*Calvino's Reading of the Epic Poem and Selections*

中译名　《疯狂的奥兰多》（赵文伟译，南京：译林出版社，2012年版）

1972年

意文版　*Le città invisibili*（Torino：Einaudi）

英文版　*Invisible Cities*（trans. William Weaver. New York：Harcourt Brace，1974）

中译名　《看不见的城市》（张密译，南京：译林出版社，2012年版）

1979年

意文版　*Se una notte d'inverno un viaggiatore*（Torino：Einaudi）

英文版　*If on a Winter's Night a Traveler*（trans. William Weaver. New York：Harcourt Brace，1981）

中译名　《如果在冬夜，一个旅人》（萧天佑译，南京：译林出版社，2012年版）或《寒冬夜行人》（萧天佑译，南京：译林出版社，2001年版）

1983年

意文版　*Palomar*（Torino：Einaudi）

英文版　*Mr. Palomar*（trans. William Weaver. New York：Harcourt Brace，1985）

中译名　《帕洛马尔》（萧天佑译，南京：译林出版社，2012年版）

1986年

意文版　*Sotto il sole giaguaro*（Milano：Garzanti）

英文版　*Under the Jaguar Sun*（trans. William Weaver. London：Vintage，1993）

中译名　《美洲豹阳光下》（魏怡译，南京：译林出版社，2015年版）

1990年

意文版　*La strada di San Giovanni*（Milano：Mondadori）

英文版　*The Road to San Giovanni*（trans. Tim Parks. London：Jonathan Cape，1993）

中译名　《圣约翰之路》（杜颖译，南京：译林出版社，2015年版）

1993年

意文版　*Prima che tu dica "Pronto"*（Milano：Mondadori）

英文版　*Before You Say "Hello"*（trans. William Weaver. Verona：Plain Wrapper Press，1985）。该小说在《黑暗中的数字》（1996年英文版名为 *Numbers in the Dark*）里也出现过。

中译名　《在你说"喂"之前》（刘月樵译，南京：译林出版社，2015年版）

书中包含了4幅安东尼奥·弗拉斯科尼（Antonio Frasconi）的套色木刻画。整套木刻画中有75幅作品进行了编号，并有卡尔维诺和弗拉斯科尼的签名。这是卡尔维诺的书籍中最罕见的版本。

二、非小说作品

1. 文学批评著作及散文、随笔

1980年

意文版　*Una pietra sopra：Discorsi di letteratura e società*（Torino：Einaudi）

英文版　*The Uses of Literature：Essays*（trans. Patrick Creagh. New York：Harcourt Brace，1986）；另一个版本为 *The Literature Machine：Essays*（trans. Patrick Creagh. London：Secker and Warburg，1987）

中译名　《文学机器》（魏怡译，南京：译林出版社，2018年版）

1983年

英文版　*The Written and the Unwritten Word*（Lecture at the New York Institute for the Humanities on 30 March 1983，trans. William Weaver）

中译名　《已写和未写的话》（卡尔维诺1983年3月30日在纽约的文学讲座）

1984年

意文版　*Collezione di sabbia*（Milano：Garzanti）

英文版　*Collection of Sand*（trans. Martin McLaughlin. New York：Mariner Books，2014）

中译名　《收藏沙子的旅人》（王建全译，南京：译林出版社，2018年版）

1988年

意文版　*Lezioni Americane：Sei proposte per il prossimo millennio*（Milano：Garzanti）

英文版　*Six Memos for the Next Millennium*（trans. Patrick Creagh. London：Vintage，1996）

中译名　《美国讲稿》（萧天佑译，南京：译林出版社，2012 年版）或《新千年文学备忘录》（黄灿然译，南京：译林出版社，2015 年版）

意文版　*Sulla fiaba*（Torino：Einaudi）
英文版　*Essays on Fables*
中译名　《论童话》（黄丽媛译，南京：译林出版社，2018 年版）

1991 年

意文版　*Perché leggere i classici*（Milano：Mondadori）
英文版　*Why Read the Classics*（trans. Martin McLaughlin. London：Cape，1999）

中译名　《为什么读经典》（黄灿然、李桂蜜译，南京：译林出版社，2012 年版）

1995 年

意文版　*Enciclopedia：Arte, scienza e letteratura*（Special Issue of *Riga*，vol. 9）（a cura di Marco Belpoliti. Milano：Marcos y Marcos）

中译名　《百科全书：艺术、科学和文学》

2003 年

意文版　*Il libro dei risvolti*（a cura di Chiara Ferrero，Torino：Einaudi）
中译名　《折页书》

2014 年

意文版　*Un ottimista in America*（1959 - 1960）（Milano：Mondadori）
中译名　《一个乐观主义者在美国：1959—1960》（孙超群译，南京：译林出版社，2018 年版）

2. 文集

1956 年

意文版　*Fiabe Italiane*（Torino：Einaudi）
英文版　*Italian Fables*（trans. Louis Brigante. New York：Collier，1961）& *Italian Folktales*（trans. George Martin. New York：Harcourt Brace，1980）

中译名　《意大利童话（上、中、下）》（文铮等译，南京：译林出版社，2012年版）

1983 年

意文版　*Racconti fantastici dell'ottocento* vol. I, II（Milano：Mondadori）

英文版　*Fantastic Tales*

中译名　《19世纪传奇故事》（两卷本）

1991 年

意文版　*I libri degli altri：Lettere* 1947 - 1981（a cura di Giovanni Tesio. Torino：Einaudi, 1991）。2000年，又出版了更全的版本 *Lettere 1940—1985*（a cura di Luca Baranelli, con una introduzione di Claudio Milanini. Milano：Mondadori, 2000）

英文版　*Italo Calvino：Letters*, 1941—1985（trans. Martin McLaughlin. New Jersey：Princeton University Press, 2013）

中译名　《卡尔维诺书信集 1941—1985》

意文版　*Romanzi e racconti*, vol. I, II, III（Milano：Mondadori, 1991, 1992, 1994）

中译名　《卡尔维诺小说集》（三卷本）

1995 年

意文版　*Saggi* 1945 - 1985 vol. I, II（Milano：Mondadori, 1995），另一版本为 *Mondo scritto e mondo non scritto*（a cura di Mario Barenghi. Milano：Oscar Mondadori, 2002）

中译名　《卡尔维诺随笔集（1945—1985）》（两卷本）
《文字世界和非文字世界》（王建全译，南京：译林出版社，2018年版）

2021 年

意文版　*Dalla favola al romanzo. La letteratura raccontata da Italo Calvino*（Introduzione di Nadia Terranova. Milano：Mondadori）

中译名　《从寓言到小说：卡尔维诺讲述的文学》

3. 自传性作品

1994 年

意文版　*Eremita a Parigi：Pagine autobiografiche*（Milano：Mondadori）

英文版　*Hermit in Paris：Autobiographical Writings*（trans. Martin McLaughlin. London：Vintage，2004）

中译名　《巴黎隐士》（倪安宇译，南京：译林出版社，2012 年版）

1995 年

意文版　*Album Calvino*（a cura di Luca Baranelli，ed. Ernesto Ferrero. Milano：Mondadori）

中译名　《卡尔维诺影像集》

4. 访谈录

2012 年

意文版　*Sono nato in America … Interviste* 1951 – 1985（a cura di Luca Baranelli，Introduzione di Mario Barenghi. Milano，Mondadori）

中译名　《我出生在美国：卡尔维诺访谈录 1951—1985》

5. 剧本

1956 年

意文版　*La panchina.*（Opera in un atto，su musica di Sergio Liberovici. Torino：Toso）

中译名　《长椅》（独幕剧，塞尔焦·利贝罗维奇配乐，都灵）

1982 年

意文版　*La vera storia*（due atti，su musica di Luciano Berio. Milano：Edizioni del Teatro alla Scala）

中译名　《真正的故事》（两幕歌剧，鲁契亚诺·贝里奥配乐，米兰）

1983 年

意文版　*Un re in ascolto*（Azione musicale in due parti，su musica di Luciano Berio. Milano：Universal Edition）

中译名　《一个正在聆听的国王》（分为两部分的音乐表演，鲁契亚诺·贝里奥配乐，米兰）

附录 2

卡尔维诺简略年谱[①]

1923 年 10 月 15 日,伊塔洛·卡尔维诺(Italo Calvino)出生在古巴哈瓦那附近圣地亚哥的一个名叫拉斯维加斯的小镇(Santiago de Las Vegas)。父亲马里奥·卡尔维诺(Mario Calvino)原是意大利圣雷莫(Sanremo)人,后定居古巴,是个植物学家和农艺学家;母亲埃韦利娜·马梅利(Evelina Mameli)是撒丁岛人,植物学教授。

1925 年(2 岁)卡尔维诺举家迁往父亲的故乡圣雷莫。

1927 年(4 岁)开始上当地的幼儿园。弟弟弗洛里亚诺·卡尔维诺(Floriano Calvino)出生,后来他成为一个具有世界声誉的地质学家。

1935—1938 年(12—15 岁)喜欢画连环画,并且对美国的电影充满热情。在家里,有一台父母从美国带回来的电影放映机。

1939—1940 年(16—17 岁)开始在 *Bertoldo* 杂志发表他的连环画,署名 Jago。同时开始创作戏剧脚本。

卡尔维诺在一个充满奇花异草的环境里度过了童年,那里面对大海,背靠阿尔卑斯山。在儿童时代,他就对阅读小说和诗歌更有兴趣,而他的父母更希望他向科学研究方面发展。他在圣雷莫待了近 20 年。

1941—1942 年(18 岁—19 岁)开始在都灵大学学习农艺学,他的父亲是那

[①] 本部分参照卡尔维诺研究的权威专家、意大利教授 Silvio Perrella 的专著《卡尔维诺》(*Calvino*, 2010)的"卡尔维诺生平和作品时间轴"以及维基百科、"卡尔维诺中文站"的部分内容,整理、翻译、凝练而成。由于资料所限,此年谱有待进一步修正。

里的热带农业教授。都灵带给卡尔维诺一种积极参与世界的新鲜感,而不像在圣雷莫那样,永远把自己封闭在一个狭小的城镇里。在卡尔维诺的文学读物里,他尤其喜欢爱伦·坡的《阿瑟·戈登·皮姆奇事》(*The Narrative of Arthur Gordon Pym*),因为"有一些片段让他既害怕又充满激情,仿佛命运的召唤"。他还和朋友们一起参加了戏剧杂志的撰写。

1944 年(21 岁)在德国占领期间,卡尔维诺参加了意大利抵抗运动,成为"加里波第旅"(Garibaldi)的一员,同德国部队在利古里亚山脉进行战斗。卡尔维诺后来写道,正是在这段时间,他开始意识到讲故事的艺术,那时游击队员们经常围坐在篝火旁,讲述各种各样的冒险经历。同年,他成为意大利共产党(Partito Comunista Italiano,PCI)的成员。卡尔维诺认为,他的文学素养的最初培养就是在战争期间。

1945 年(22 岁)意大利解放后,卡尔维诺一家来到都灵,并在此定居。他在都灵大学文学系三年级学习,之前一直在读 Solaria 出版社的书籍。在都灵,他认识了两位新现实主义作家:帕韦塞(Cesare Pavese)和维托里尼(Elio Vittorini)。

1946 年(23 岁)开始参与埃伊纳乌迪出版社(Einaudi)的工作,并为 *Il Politecnico* 周刊(主编是维托里尼)和意大利共产党的中央机关报《团结报》(*L'Unità*)撰写文章。帕韦塞和维托里尼经常同卡尔维诺交流文学思想,介绍他向左翼政治靠拢。在埃伊纳乌迪出版社,他与帕韦塞、维托里尼、犹太裔女作家金兹伯格(Natalia Ginzburg)的友谊不断增长,这样的关系中还包括了与历史学家(如弗朗哥·文图里 Franco Venturi)和哲学家(如诺尔贝托·博比奥 Norberto Bobbio 和费利切·巴尔博 Felice Balbo)的友谊。

1947 年(24 岁)大学毕业,毕业论文是关于英国作家约瑟夫·康拉德(Joseph Conrad)的。同年,他的处女作《通向蜘蛛巢的小径》(*Il sentiero dei nidi di ragno*)由埃伊纳乌迪出版社出版。该书只用了 20 天时间就撰写完成,十分畅销,卡尔维诺一举成名,还因该书赢得了 Premio Riccione 奖。后来,卡尔维诺把该书称为"一个非常年轻的年轻人的作品"以及"第一部自传性质的作品"。这本小说带有一点童话色彩,就像卡夫卡的作品一样,使人着迷。在埃伊纳乌迪,卡尔维诺继续从事新闻和出版工作。他还去布拉格参加国际青年节。继续为《团结报》撰写文章。

1948年（25岁）成为《团结报》的全日制职员，同时参加意大利共产党人办的《新生》（*Rinascita*）周刊的出版工作。

1949年（26岁）回到埃伊纳乌迪出版社工作。为布达佩斯的青年节撰写文章。

出版短篇小说集《最后飞来的是乌鸦》（*Ultimo viene il corvo*）。同时，他还写了另一部带有童话色彩的小说《白帆》（*Il bianco veliero*），然而未曾发表。

1950年（27岁）1月，埃伊纳乌迪出版社出版了一套系列丛书"科学—文学小文库"（"La Piccola Biblioteca Scientifica-Letteraria"），卡尔维诺负责其中的文学卷。8月27日，他的好友帕韦塞自杀身亡，此后，出版社度过了一个艰难的阶段。整个50年代，卡尔维诺在意大利各地收集民间故事。他研究了普罗普（Propp）的民间故事理论，开始对小说的样式和作用产生特别的兴趣。

1951年（28岁）他出现在都灵市的选举活动中。完成了一部现实主义的小说《波河的青年》（*I giovani del Po*），这个作品于1957年1月至1958年4月发表在《工坊》（*Officina*）杂志上。遗憾的是，该作品没有进入他的官方书目中。他去苏联旅行了55天。旅行中，他为杂志写作专栏和通讯，1952年2月至3月间由团结出版社（L'Unità）结集出版，这为他赢得了"Premio Saint-Vincent"奖。10月25日，他父亲去世。

1952年（29岁）《分成两半的子爵》（*Il Visconte Dimezzato*）的出版引起关注，并得到了维托里尼的充分肯定。卡尔维诺开创了一种新的文学风格，这种风格介于寓言与幻想小说之间。他成为"埃伊纳乌迪新闻"（*Notiziario Einaudi*）的责任主编。在 Botteghe Oscure（一本由 Giorgio Bassani 主编的罗马文学杂志）上，他发表了短篇小说《阿根廷蚂蚁》（*La formica argentina*）。他为帕韦塞的作品《美国文学和其他的一些随笔》（*La letteratura Americana e altri saggi*）写了序言。

在这一年的最后几个月里，他发表了另一些短篇小说，它们形成了《马可瓦尔多》（*Marcovaldo*）的雏形。

1954年（31岁）关于战争回忆的小说《进入战争》（*L'entrata in guerra*）出版。他经常去罗马参加活动，并参加马克思主义周刊《当代》（*Il Contemporaneo*）的出版工作。同年，他开始进行《意大利童话》的准备工作，这是一项对大约两百个意大利民间故事的精选和改写工作。

1955年（32岁）成为埃伊纳乌迪出版社的经理。在 Paragone 杂志上发表文章《狮子的骨髓》（Il midollo del leone），讨论文学的作用。

1956年（33岁）《意大利童话》（Fiabe Italiane）出版，广受欢迎。他将此书改写为独幕剧《长椅》（La panchina），塞尔焦·利贝罗维奇（Sergio Liberovici）为它配乐。10月，该剧在贝加莫的一家剧院（Il Teatro Donizetti di Bergamo）上演。"匈牙利事件"发生以后，国际形势的动荡使他产生了精神危机，其政治信仰开始动摇，他希望政党能够进行改革。

1957年（34岁）卡尔维诺退出意大利共产党。他在8月7日的《团结报》上发表了退出信。同年，《树上的男爵》（Il Barone Rampante）和《房产投机》（La speculazione edilizia）问世。

1958年（35岁）在《新评论》（Nuovi Argomenti）杂志上发表了作品《烟云》（la nuvola di smog）。《短篇小说集》（I racconti）也于同年出版，获得了"Premio Bagutta"奖。与新左翼社会党杂志《意大利明天》（Italia Domani）和《过去和今天》（Passato e Presente）杂志合作。此外，还为乐队"Cantacronache"写了几首歌。

1959年（36岁）《不存在的骑士》（Il cavaliere inesistente）出版。他结束了在"埃伊纳乌迪新闻"的编辑工作，从1959年至1966年，与维托里尼在米兰共同负责文学杂志《样书》（Il Menabò）的出版发行。11月，他访问了美国，在那儿待了6个月，其中4个月在纽约。这个城市给卡尔维诺留下了深刻印象。他说："我感到来到北美令我轻松自在……待在意大利就没有这种感觉，也许因为我第一次和父母来北美时，我才一岁。当我成人后再访美国，我有福特基金会提供的资助，使我可以没有限制地走遍美国。我当然访问了南方和加利福尼亚，但我总感到我是个纽约人。我的城市是纽约。"

1960年（37岁）带着《不存在的骑士》参加了意大利最高文学奖斯特雷加文学奖（Premio Strega）的角逐，遗憾的是，没有获奖。他将三部幻想小说《分成两半的子爵》《树上的男爵》《不存在的骑士》集结成合集《我们的祖先》（I nostri antenati）出版，并加上了前言。

1962年（39岁）在巴黎，他结识了他的妻子艾斯特尔·辛格（Esther Judith

Singer),一个被朋友们称为齐姬塔(Chichita)的阿根廷女人。她是联合国教科文组织和国际能源组织驻巴黎的翻译人员。从此,卡尔维诺频繁来往于罗马、都灵和巴黎。他开始与杂志 *Il Giorno* 合作。在都灵,听了知识分子乔其奥·德·桑蒂拉纳(Giorgio De Santillana)关于《古老的命运和现代的命运》(*Fato antico e fato moderno*)的讲座,该讲座为他后来写《宇宙奇趣全集》提供了很大的帮助。

1963年(40岁)《观察者》(*La giornata d'uno scrutatore*)出版,这是一篇标志着他新现实主义写作风格终结的短篇小说。同年,《马可瓦尔多》(*Marcovaldo*)出版。

1964年(41岁)2月19日,他和齐姬塔在哈瓦那举行了婚礼。他说:"在我的生命中,我遇到过许多有强大力量的女性,我不能没有这样一个女性在我身旁。"

古巴的旅行使他能够访问一些他幼年待过的地方。他同这个岛屿上不同的人们谈话,其中包括切·格瓦拉(Ernesto Che Guevara)。婚礼之后,他和妻子回到罗马,建立家庭。每两个星期他去一次都灵埃伊纳乌迪出版社。这一年,他为自己之前的小说《通向蜘蛛巢的小径》的新版写了一篇很重要的前言。在《咖啡》(*Il Caffe*)杂志上,《宇宙奇趣全集》中的四个故事首次出现。

1965年(42岁)他的女儿乔万娜·卡尔维诺(Giovanna Calvino)在罗马出生。

《宇宙奇趣全集》(*Le Cosmicomiche*)出版。《烟云》和《阿根廷蚂蚁》也集结成合集出版。

1966年(43岁)维托里尼去世。维托里尼的死是卡尔维诺生命中的一个里程碑。在维托里尼死后的那几年,卡尔维诺内心产生了一种疏远感,生命的节奏发生了变化。一年后,《样书》杂志出专刊纪念维托里尼,其中有卡尔维诺的一篇文章《维托里尼:设计和文学》(*Vittorini: Progettazione e letteratura*)。

1967年(44岁)卡尔维诺举家移居巴黎,在后来的13年里,他经常待在那里。在这期间他结交了一些文学理论家,如列维-斯特劳斯(Claude Levi-Strauss)和罗兰·巴尔特(Roland Barthes),以及同"原样"(Tel Quel)和"乌力波"(Oulipo,又称"潜在文学工场")这样的文学圈发生来往。同年,《时间零》(*Ti con zero*）出版。他翻译了法国小说家雷蒙·格诺（Raymond Queneau）的《蓝花》（*I fiori di blu*）。格诺对卡尔维诺新的文学创作有很强的影响。在《新潮流》（*Nuova Corrente*）杂志上，卡尔维诺发表了散文《作为组合过程的叙事》（*Appunti sulla narrativa come processo combinatorio*）。在这本杂志上他还零零散散地发表了后来放在《时间零》中的一些片段。

1968年（45岁）他参加了由罗兰·巴尔特组织的两次研讨会，内容有关巴尔扎克的《萨拉金》（*Sarrasine*）。同时，他对格雷马斯（Greimas）的研究也很感兴趣。卡尔维诺参加了在乌尔比诺大学（Università di Urbino）召开的符号学研讨会。在那次研讨会上，他被保罗·法布里（Paolo Fabbri）的报告吸引，并且认识了贾尼·切拉蒂（Gianni Celati）。切拉蒂给卡尔维诺提供了很多灵感。卡尔维诺拒绝以作品《时间零》获得"Premio Viareggio"奖。

《世界的记忆和宇宙中的其他故事》（*La memoria del mondo e altre storie cosmicomiche*）出版。

1969年（46岁）《命运交叉的城堡》（*Il castello dei destini incrociati*）首次在一本叫 *Tarocchi：Il mazzo visconteo di Bergamo e di New York* 的书里出现，该书由里奇（Franco Maria Ricci）编辑出版。《最后飞来的是乌鸦》第二版问世。

1970年（47岁）《困难的爱》（*Gli amori difficili*）出版。由卡尔维诺重新讲述的意大利经典骑士传奇《疯狂的奥兰多》（*Orlando furioso di Ludovico Ariosto raccontato da Italo Calvino*）出版。

1972年（49岁）《看不见的城市》（*Le città invisibili*）出版。他成为文学团体"乌力波"的成员。

1973年（50岁）《命运交叉的城堡》（*Il castello dei destini incrociati*）完整版出版，包含了《命运交叉的饭馆》（*La taverna dei destini incrociati*）这一部分。他经常在位于卡斯蒂廖内（Castiglione）小镇的海滨别墅度假。

1974年（51岁）开始和意大利的《晚邮报》（*Corriere della Sera*）合作。

1975年（52岁）帕洛马尔先生（Il Signor Palomar）的形象第一次在《晚邮报》上出现。埃伊纳乌迪出版社再次出版《世界的记忆和宇宙中的其他故事》。这一年，他和两位好友一起去伊朗旅行。卡尔维诺成为美国科学院（the American Academy）的荣誉成员。

1976年（53岁）他重新回到美国，然后又去参观了墨西哥、日本。他在《晚邮报》上发表各种旅途见闻，这些文章后来被收在1984年出版的随笔集《收藏沙子的旅人》(Collezione di sabbia)中。在维也纳，他赢得了Staatpreis奖，这是奥地利政府为欧洲文学设置的奖项。

1977年（54岁）在《比较—文学》(Paragone-Letteratura)杂志上发表法语文章 La poubelle agréée。

1978年（55岁）卡尔维诺母亲去世，享年92岁。

1979年（56岁）《如果在冬夜，一个旅人》(Se una notte d'inverno un viaggiatore)出版。他开始为《共和国报》(La Repubblica)写文章，包括小说、散文、书评和艺术批评。

1980年（57岁）重新回到罗马居住。《文学机器》(Una pietra sopra)出版。

1981年（58岁）获得荣誉勋章（la Legion d'onore）。整理和引进了雷蒙·格诺的作品《符号、数字和文学》(Segni, cifre e lettere)。当选为第29届威尼斯电影节评审团主席。

1982年（59岁）卡尔维诺和鲁契亚诺·贝里奥（Luciano Berio）合写的两幕歌剧《真正的故事》(La vera storia)在米兰斯卡拉剧院上演。在"FMR"杂志上发表作品《味道·知道》(Sapore sapere)。为米兰 Rizzoli 出版社的书籍《托马索·兰多尔菲最动人的篇章》(Le più belle pagine di Tommaso Landolfi)选择文章。接受艾柯的邀请，讲述《鲁滨逊漂流记》的故事。

1983年（60岁）《帕洛马尔》(Palomar)出版。担任了法国学术机构L'Ecole des Hautes études 的研究主任，为时一个月。整理了两卷本的《19世纪传奇故事》(Racconti fantastici dell'ottocento)，并由蒙达多里出版社(Mondadori)出版。

1月25日，他在一个由格雷马斯主持的研讨会上，发表了主题为"伽利略的科学和隐喻"(Science et métaphore chez Galilée)的演说。

1984年（61岁）4月，他去阿根廷旅行。9月，去了西班牙的塞维利亚，并在那里参加了一个关于传奇文学的会议，和博尔赫斯（Borges）进行了交流。那一年，埃伊纳乌迪出版社正经历严重的危机，卡尔维诺被迫接受了加尔赞蒂出版社（Garzanti）的邀约。同年，《收藏沙子的旅人》（*Collezione di sabbia*）和《新旧宇宙故事集》（*Cosmicomiche vecchie e nuove*）出版。卡尔维诺参与创作的音乐剧《一个正在聆听的国王》（*Un re in ascolto*）在奥地利萨尔茨堡上演，该剧本的一部分发表在《共和国报》上。

1985 年（62 岁）夏天，他开始为美国哈佛大学的诺顿讲座（the Norton Lectures）准备讲稿。9 月 6 日，他突发脑出血，被送进了卡斯蒂廖内（Castiglione）小镇的 Santa Maria Della Scala di Siena 医院抢救。9 月 19 日凌晨，他在该医院去世。